Sangre azul

Biblioteca

DANIELLE STEEL

Sangre azul

Traducción de
José Serra Marín

DEBOLS!LLO

Papel certificado por el Forest Stewardship Council®

Título original: *Royal*

Primera edición en Debolsillo: enero de 2023

© 2020, Danielle Steel
© 2022, 2023, Penguin Random House Grupo Editorial, S. A. U.
Travessera de Gràcia, 47-49. 08021 Barcelona
© 2022, José Serra Marín, por la traducción
Diseño de la cubierta: Penguin Random House Grupo Editorial / Begoña Berruezo
Imagen de la cubierta: © Jeff Cottenden

Printed in Spain – Impreso en España

ISBN: 978-84-663-6272-6
Depósito legal: B-20.278-2022

Compuesto en Comptex & Ass., S. L.
Impreso en Liberdúplex
Sant Llorenç d'Hortons (Barcelona)

P 3 6 2 7 2 6

Para mis amados hijos,
Beatie, Trevor, Todd, Nick,
Samantha, Victoria, Vanessa,
Maxx y Zara.
Nunca renunciéis a vuestros sueños,
dad gracias por ser quienes sois
y por lo que podéis llegar a ser,
nunca os conforméis con menos de lo que merecéis.
¡¡No os rindáis!! ¡¡Atreveos a ser quienes sois!!
¡Sed sinceros con vosotros mismos!
¡Y nunca olvidéis lo grande
que es mi amor por vosotros!
¡Más grande que el cielo!
Con todo mi amor,

MAMÁ/D.S.

1

En junio de 1943, el bombardeo que la Luftwaffe alemana estaba infligiendo sistemáticamente sobre las ciudades y la campiña inglesas duraba ya tres años. Había comenzado el 7 de septiembre de 1940, con un masivo ataque sobre Londres que causó una gran destrucción en la capital, empezando por el East End y siguiendo por el West End, el Soho, Piccadilly y, finalmente, todos los demás barrios londinenses. Las zonas residenciales también fueron duramente castigadas. El palacio de Buckingham fue bombardeado el 13 de septiembre, seis días después de que empezaran las incursiones aéreas. La primera bomba cayó en el patio interior del recinto, una segunda atravesó una cubierta acristalada y otra destruyó la capilla real. En ese momento, el rey y la reina se encontraban en la residencia.

Otros lugares históricos de la capital se añadieron pronto al sendero de destrucción de los bombarderos alemanes: el palacio de Westminster, Whitehall, la National Gallery, Marble Arch, parques, calles comerciales, grandes almacenes y plazas como las de Leicester, Sloane y Trafalgar. Para diciembre de 1940, casi todos los grandes monumentos de la ciudad habían sufrido daños en mayor o menor grado, muchos edificios habían sido reducidos a escombros y un gran número de londinenses se habían quedado sin hogar y habían resultado heridos o muertos.

Los intensos ataques aéreos se prolongaron durante ocho meses, hasta mayo de 1941. Después siguió otra fase conocida como *the lull*, «la calma», con incursiones diarias pero de menor intensidad. El rastro de muerte y destrucción prosiguió. Durante los dos años anteriores, los londinenses habían hecho todo lo posible por acostumbrarse a su nueva realidad: pasaban las noches en refugios antiaéreos, ayudaban a desenterrar a sus conciudadanos, se ofrecían voluntarios como vigilantes para alertar sobre los ataques y colaboraban para retirar los millones de toneladas de escombros a fin de hacer las calles de nuevo transitables. Entre los cascotes aparecían frecuentemente cadáveres y miembros descuartizados.

Durante el primer año fueron atacadas otras dieciocho ciudades inglesas, así como varias áreas residenciales, y en la zona de la campiña sufrieron graves daños los condados de Kent, Sussex y Essex. Más adelante también fueron bombardeadas las ciudades portuarias a lo largo de la costa. Ningún lugar del territorio inglés parecía estar a salvo. El primer ministro Winston Churchill y los reyes Anne y Frederick se esforzaban por mantener la moral alta, y alentaban a la población a permanecer fuerte. Inglaterra había hincado la rodilla pero no había sido derrotada, y se negaba a serlo. El plan de Hitler era invadir el país después de haberlo sometido a un terrible castigo mediante sus constantes bombardeos aéreos, pero el Gobierno británico no permitiría que eso ocurriera.

En el verano de 1943, la situación era dramática y el grado de destrucción, altísimo, pero la población se negaba a rendirse. Los alemanes habían intensificado también su ofensiva en el frente ruso, lo cual concedió cierto respiro a los británicos.

Esa noche, como casi todas las noches de los últimos meses, volvió a sonar el estridente sonido de las alarmas antiaéreas. Los reyes y sus tres hijas bajaron al refugio privado del palacio de Buckingham, instalado en lo que habían sido los alojamientos del servicio. El lugar, que había sido reforzado mediante vigas de acero y planchas de hierro en los altos ventanales, contaba con butacas de armazón dorado, un sofá de estilo Regency y una gran mesa de madera de caoba, además de hachas colgadas en las paredes, lámparas de aceite, linternas eléctricas y algunos equipamientos sanitarios de emergencia. En la sala contigua había otro refugio para algunos miembros del personal de palacio, que contenía incluso un piano. Había más de un millar de personas trabajando para la institución monárquica, por lo que se habían tenido que acomodar otros espacios como refugios. La familia real esperó a que sonara la alarma que señalaba el final del ataque, algo que para entonces habían hecho ya durante cerca de mil noches. Cuando empezaron los bombardeos, en 1940, las dos princesas mayores tenían diecisiete y dieciséis años.

Se había pedido encarecidamente a las familias que enviaran a sus hijos al campo para garantizar su seguridad, pero las princesas habían permanecido en Londres para proseguir con sus estudios y ayudar en el esfuerzo bélico en cuanto cumplieran los dieciocho años. En las épocas en que los bombardeos eran más intensos, sus padres las habían enviado al castillo de Windsor para protegerlas. En esos momentos, con veinte años, la princesa Alexandra conducía un camión y era una mecánica de lo más competente. Y a sus diecinueve años, la princesa Victoria trabajaba en un hospital haciendo tareas auxiliares que liberaban a las enfermeras para atender a los enfermos más graves.

Al comienzo de los ataques, la más pequeña de las hermanas, la princesa Charlotte, tenía catorce años, y en un principio los reyes habían considerado enviarla a Windsor o a Balmoral, su castillo en Escocia. Sin embargo, Charlotte era una jovencita menuda y tenía una salud muy delicada, y la reina había preferido que se quedara en Londres. La muchacha sufría de asma desde muy pequeña, y su madre no había querido separarse de ella. Incluso más tarde, ya con diecisiete años, no se le permitía contribuir al esfuerzo bélico como hacían sus hermanas, ni siquiera realizar las tareas que estas habían hecho cuando tenían su edad. El polvo procedente de los edificios derruidos y de los escombros que sembraban las calles era demasiado perjudicial para sus pulmones, y su asma parecía haber empeorado.

El día después del nuevo bombardeo, los reyes volvieron a hablar de la situación de Charlotte. Aunque era la tataranieta de la reina Victoria, una conexión bastante lejana, la muchacha había heredado la diminuta constitución de su ilustre antecesora. Además, era muy improbable que llegara algún día al trono, ya que era la tercera en la línea de sucesión detrás de sus hermanas mayores. A Charlotte la irritaban enormemente las restricciones que le imponían sus padres y el médico real. Era una chica vivaracha y enérgica, y también una excelente amazona. Y a pesar de su pequeño tamaño y del asma, estaba empeñada en ayudar en el esfuerzo colectivo, pero sus padres continuaban negándose.

Ese día, el polvo que impregnaba el aire era más denso. La reina en persona le dio a Charlotte su medicamento, y por la noche los reyes volvieron a abordar el tema sobre qué hacer con su hija pequeña.

—Enviarla al campo animaría a otras familias a hacer lo mismo —dijo el padre con voz afligida, mientras la madre negaba con la cabeza.

Desde que había estallado la guerra cuatro años atrás, muchas familias habían mandado a sus hijos lejos de las ciudades ante las insistentes peticiones del Gobierno. Las cifras de niños muertos durante los bombardeos eran desgarradoras, y se había instado una y otra vez a los padres a que enviaran a sus hijos a zonas más seguras. Muchos lo habían hecho, pero otros tenían miedo de dejarlos partir o no podían soportar la idea de estar separados de ellos. Viajar en aquella época resultaba difícil y tampoco estaba muy bien visto debido a la escasez de combustible, y muchos padres llevaban sin ver a sus hijos desde hacía varios años. Aun así, lo que estaba claro era que Londres y los núcleos urbanos eran mucho más peligrosos que las zonas rurales, donde los pequeños eran alojados por personas amables y consideradas que les abrían las puertas de sus hogares. Algunas acogían a un gran número de niños.

—No me fío de que Charlotte se tome su medicina si la enviamos fuera. Ya sabes cómo la detesta, y además quiere hacer el mismo trabajo que sus hermanas —dijo la reina, sintiendo una gran lástima por su hija.

La princesa Alexandra, que como primogénita heredaría el trono algún día, compartía plenamente las preocupaciones de su madre e insistía a Charlotte para que respetara las prescripciones médicas relativas a su salud. Victoria era menos compasiva; siempre había sentido cierta rivalidad hacia su hermana pequeña y la acusaba de fingir los ataques de asma para librarse de las labores que Charlotte tenía tantas ganas de hacer, pero que hasta el momento le habían impedido realizar. Las dos hermanas discutían con frecuencia. Victoria le guardaba resentimiento desde el día en que nació y, para gran consternación de sus padres, la trataba casi como a una intrusa.

—No creo que su salud mejore si se queda aquí —insistió el monarca—. Incluso tomándose la medicina, sigue sufriendo constantes ataques.

La reina no podía negar que eso era verdad.

—Aun así, no sé con quién podríamos enviarla. No quiero que vaya sola a Balmoral, ni siquiera con una institutriz. Aquello es demasiado solitario. Y no se me ocurre ninguno de nuestros conocidos que pueda acoger a más niños, aunque estoy segura de que debe de haber alguien bueno y caritativo en quien todavía no hemos pensado. Hacer público que hemos enviado a nuestra hija fuera de Londres serviría de ejemplo a la población, pero si llegara a saberse el lugar exacto donde se encuentra podría resultar peligroso para ella —objetó la reina Anne juiciosamente.

—Eso podría arreglarse —dijo con calma el rey Frederick.

A la mañana siguiente habló con su secretario privado, Charles Williams. Este le prometió hacer algunas pesquisas de forma discreta, por si la reina cambiaba de opinión y finalmente dejaba marchar a su hija. El secretario entendió el problema a la perfección. La princesa debería alojarse con una familia de confianza que no revelara su verdadera identidad y que viviera en alguna parte de Inglaterra que no hubiera sido tan castigada por las bombas como las ciudades más cercanas a Londres.

Dos semanas más tarde, Charles Williams se presentó ante el rey con el nombre de una familia que poseía una gran casa señorial en Yorkshire. Se trataba de una pareja mayor, aristócratas con título nobiliario y de reputación intachable. Habían sido recomendados por la propia familia del secretario privado, aunque este no les había contado nada acerca de a quién se planteaban enviar, tan solo dijo que los anfitriones debían ser discretos y de confianza.

—Se trata de una parte muy tranquila de Yorkshire, majestad —le explicó respetuosamente cuando estaban solos—. Como bien sabe, hasta el momento se han producido muy pocos ataques aéreos en las zonas rurales, aunque también ha habido algunos bombardeos en ese condado. La pareja en cuestión posee una propiedad muy extensa que pertenece a la familia desde los tiempos de la conquista normanda, y que cuenta en sus terrenos con varias granjas arrendadas. —El secretario pareció dudar un momento, y luego le contó al rey una historia bastante habitual en aquellos tiempos—: En confianza, le diré que los condes han estado pasando por algunas dificultades económicas desde el final de la Gran Guerra. Son ricos en tierras pero pobres en dinero, y han luchado por mantener la propiedad intacta, sin tener que vender parte de sus terrenos. Me han contado que la casa no se encuentra muy bien conservada, ya que todos los sirvientes y trabajadores jóvenes se marcharon a la guerra hace cuatro años, y cuentan con muy poca ayuda para mantener la finca. Los condes son ya bastante mayores y se convirtieron en padres de forma tardía. Ella es sexagenaria; él, septuagenario. Su único hijo es más o menos de la edad de la princesa Charlotte. Se incorporará al ejército en los próximos meses, cuando cumpla dieciocho años. Al principio de la guerra, para cumplir con su deber patriótico, acogieron a una chica de una modesta familia de Londres. Creo que estarían más que dispuestos a ofrecer un refugio seguro para la princesa Charlotte, y quizá... —Volvió a vacilar, y el rey lo comprendió al momento—. Quizá una donación de carácter económico les ayudaría en el mantenimiento de la propiedad.

—Por supuesto —respondió el monarca.

—Creo que la princesa estará más segura allí —añadió Charles Williams—, y con documentos con nombre falso expedidos por el Ministerio del Interior, nadie salvo el conde y la condesa tiene por qué conocer su verdadera identidad. ¿Quiere que contacte con ellos, señor?

—Primero tengo que hablar con mi esposa —dijo el rey con voz pausada.

El secretario asintió. Sabía que la reina detestaba la idea de enviarla lejos y que la propia princesa se opondría ferozmente. Quería quedarse en el palacio de Buckingham con su familia, y confiaba en poder convencer a sus padres para que le permitieran contribuir al esfuerzo bélico colectivo en cuanto cumpliera los dieciocho, dentro de un año.

—Tal vez, si dejara que se llevara uno de sus caballos a Yorkshire, suavizaría un poco el golpe.

A pesar de su asma y su diminuta constitución, Charlotte era una fanática de la equitación y una amazona magnífica.

Nada ni nadie podía alejarla de los establos, y era capaz de montar cualquier caballo, por muy bravo que fuera.

—Eso podría ayudar —dijo el rey.

Sin embargo, también sabía que su hija pondría todas las objeciones del mundo para no marcharse. Ella quería quedarse en Londres y, en cuanto su edad se lo permitiera, hacer todo lo que estuviera en su mano para ayudar a su país, al igual que hacían sus hermanas. No obstante, para su padre supondría un gran alivio enviarla lejos de la ciudad, aunque solo fuera hasta que cumpliera los dieciocho años. Los constantes bombardeos y su frágil salud hacían que Londres fuera demasiado peligroso para ella, como lo era para todos en esos funestos días. Sus hermanas mayores estaban realizando una labor muy útil que justificaba su presencia en la capital, pero su salud no era en modo alguno tan delicada como la de Charlotte.

Esa noche le planteó el plan a su esposa, quien presentó casi tantos argumentos en contra como esperaba que hiciera Charlotte. La reina Anne no quería enviar lejos a su hija y tal vez no volver a verla durante el próximo año, lo cual ambos sabían que era muy probable. Tampoco podían garantizarle un tratamiento especial, ya que la gente a su alrededor podría sospechar su verdadera identidad y eso resultaría peligroso para ella. Tendría que ser tratada como cualquier otra persona, igual que la plebeya londinense que ya estaba acogida allí. A la reina tampoco le hacía ninguna gracia que el hijo de sus posibles anfitriones tuviera más o menos la edad de Charlotte, apenas un año mayor. Lo consideraba totalmente inapropiado, y así se lo hizo saber a su marido.

—No digas tonterías, querida —repuso él sonriéndole—. Estoy seguro de que el chico solo piensa en incorporarse al ejército dentro de unos meses. Los muchachos de su edad están deseando marcharse para luchar por su país, y en estos momentos no les interesa perseguir a jovencitas. No tienes que preocuparte por eso hasta que acabe la guerra. Charles asegura que se trata de una familia excelente y sumamente respetable, y que su hijo es un joven muy formal y agradable.

Ambos sabían también que a su hija pequeña le interesaban muchísimo más los caballos que los chicos. Era la hermana mediana, la princesa Victoria, la más descocada de las tres, y su padre estaba deseando casarla en cuanto acabara la guerra y los jóvenes regresaran del frente. Necesitaba un marido que supiera manejarla y unos hijos que la mantuvieran ocupada. Victoria mostraba un excesivo interés por los chicos desde que había cumplido los dieciséis años, y a su padre le preocupaba el tipo de hombres que pudiera conocer mientras ayudaba en el hospital, aunque también sabía que era algo que no se podía evitar. Todo el mundo estaba demasiado ocupado a causa de la guerra, y era la reina la que trataba de controlar de cerca a su hija mediana. Por su parte, la princesa Alexandra nunca había dado a sus padres el menor motivo de preocupación. Era una joven seria y cumplidora, y nunca perdía de vista los deberes y responsabilidades que heredaría algún día como soberana. Emanaba un aura de solemnidad como la de su padre, quien no podía evitar preguntarse cómo sus tres hijas podían ser tan diferentes.

Al día siguiente, después de volver de dar un paseo con su institutriz más allá de las verjas de palacio, Charlotte sufrió un nuevo ataque de asma. Se tomó su medicina sin poner la menor objeción, ya que la crisis había sido bastante fuerte. Esa misma noche sus padres le hablaron de su intención de enviarla a Yorkshire con el conde y la condesa de Ainsleigh, cuyo apellido de familia era Hemmings. Charlotte se quedó horrorizada. Tenía el pelo de un rubio muy claro, una piel blanca como la porcelana y sus enormes ojos azules se abrieron aún más al escuchar los planes que tenían sus padres para ella.

—Pero ¿por qué, papá? ¿Por qué me castigáis de esta manera? Dentro de unos pocos meses podré hacer el mismo trabajo que mis hermanas. ¿Por qué me desterráis hasta ese momento?

—No te estamos «desterrando», Charlotte, y no faltan solo unos pocos meses para que cumplas los dieciocho. Falta casi un año. Lo que te estamos proponiendo es que pases una temporada tranquila en el campo hasta tu cumpleaños. Allí te pondrás fuerte y, si tu asma mejora mientras estés en Yorkshire, entonces podremos hablar de que vuelvas para contribuir al esfuerzo bélico, como hacen tus hermanas. Tu madre, tu médico y yo estamos de acuerdo en que el aire de Londres no es bueno para ti, con todos esos edificios derruidos y todo ese polvo flotando en el ambiente. Todavía eres muy joven, Charlotte, y si no estuviéramos en guerra seguirías en la escuela hasta cumplir los dieciocho. Aún tienes que acabar tus estudios.

La muchacha alzó el mentón con gesto obstinado, dispuesta a presentar batalla.

—La reina Victoria tenía dieciocho años cuando accedió al trono y se convirtió en soberana —utilizó como argumento, pero su padre lo rechazó.

—Cierto, pero en aquel momento ella no tenía diecisiete años, no había una guerra en marcha y la Luftwaffe no estaba bombardeando Londres. Ahora estamos viviendo una situación mucho más complicada y más peligrosa para todo el mundo, especialmente para ti.

El rey sabía que su hija sentía una gran fascinación por su tatarabuela, la reina Victoria, tal vez porque la gente las comparaba por su pequeña constitución y por su carácter valeroso e intrépido. A pesar de que su tatarabuela reinó en Inglaterra un siglo antes, Charlotte era consciente de que, como tercera en la línea de sucesión, era muy improbable que llegara a reinar algún día, pero admiraba enormemente a su ilustre antecesora y la consideraba un ejemplo a seguir.

Hacia el final de la semana, los reyes ya habían tomado su decisión, a pesar de la feroz oposición de su hija. Tan solo se suavizó un poco cuando le dijeron que podría llevarse su caballo favorito. Y, para colmo, se produjo otro ataque a gran escala sobre la capital que no hizo más que reforzar la determinación del rey de enviar a su hija al campo.

El monarca pidió al Ministerio del Interior que expidiera los documentos necesarios para proteger la identidad de Charlotte. Solo el conde y la condesa sabrían quién era, y habían prometido no contárselo a nadie. Con sus nuevos papeles, la joven ya no sería Charlotte Windsor, sino Charlotte White, lo cual garantizaría su anonimato.

La noche antes de su partida, los reyes explicaron el plan a sus hermanas mayores. Mientras hablaban, Charlotte permaneció sentada en silencio, con lágrimas en los ojos y tratando de ser valiente. Alexandra la rodeó con los brazos para consolarla, mientras Victoria sonreía malévolamente, contenta por librarse de su hermanita durante un año.

—Espero que no te traten como a Cenicienta y tengas que recoger la ceniza de las chimeneas. Seguramente se habrán quedado sin gente para ayudarles, como todo el mundo. ¿Serás capaz de mantener tu identidad en secreto? —preguntó en tono malicioso, poniéndolo en duda.

—Tendrá que hacerlo —contestó el rey por ella—. Su seguridad allí peligraría si todo el mundo supiera quién es. Tenemos pensado anunciar que la hemos enviado al campo, al igual que se hace con otros muchos niños y niñas, pero no revelaremos su paradero. Nadie descubrirá su identidad, y solo los condes y la propia Charlotte la sabrán.

—Estarás de vuelta antes de darte cuenta —la tranquilizó Alexandra cariñosamente. Esa misma noche fue a su habitación y le dio algunos de sus jerséis favoritos y varios libros para que se los llevara. Luego se quitó una pulserita de oro de la que colgaba un pequeño corazón dorado y se la colocó en la muñeca—. Te echaré muchísimo de menos —le dijo con voz emocionada.

Siempre se había mostrado muy protectora con ella. Victoria solía ser un incordio para ambas. En cambio, Charlotte tenía un carácter muy alegre y Alexandra era un alma bondadosa y mucho más fuerte de lo que aparentaba. Algún día, cuando su padre dejara de ser rey, ella sería la soberana. Victoria era envidiosa por naturaleza y siempre había tenido celos de sus hermanas. Nunca había llevado demasiado bien el estrecho lazo que las unía.

Alexandra era tan morena como rubia era Charlotte, mientras que Victoria era pelirroja, y las tres tenían unas delicadas facciones aristocráticas, típicas de su linaje. Tanto las dos hermanas mayores como sus padres eran muchísimo más altos que Charlotte. Al igual que su tatarabuela, la reina Victoria, ella medía apenas metro y medio, pero tenía una figura muy bien proporcionada. Y pese a ser tan pequeñita, rebosaba de gracia y encanto.

A la mañana siguiente, la familia se reunió en el salón privado de la reina para despedir a la joven. Los encargados de acompañarla en el viaje serían el secretario del rey, Charles Williams, y la institutriz más antigua de Charlotte, Felicity. Ambos deberían guardar el secreto del paradero de la princesa durante los próximos diez u once meses. Los condes esperaban su llegada tras el trayecto de cuatro o cinco horas que había desde la capital. Viajarían en el coche privado del secretario, un sencillo Austin, para no atraer la atención. Corrían lágrimas por las mejillas de Charlotte cuando se montó en el asiento trasero. Poco después salieron circulando lentamente por las verjas de palacio, y la muchacha se preguntó cuándo volvería a ver su hogar. Tenía el terrible presentimiento de que nunca regresaría, aunque últimamente todos los londinenses tenían la misma sensación. Solo podían vivir el día a día, con las bombas que caían noche tras noche y sus casas y seres queridos que desaparecían y morían.

—Solo será un año —murmuró para sí misma, tratando de calmarse mientras pasaban junto a los edificios recién derruidos en su camino para abandonar la ciudad.

Llevaba la medicina consigo, aunque habían subido las ventanillas para que no necesitara tomarla. Aun así, ya fuera por la emoción de haber dejado a su familia o por el polvo que flotaba en el exterior, sentía una enorme presión en el pecho que apenas la dejaba respirar. Cerró los ojos y pensó en sus padres y sus hermanas, tratando de hacerse la fuerte para no llorar.

Charlotte fue dando alguna que otra cabezada durante el largo trayecto de Londres a Yorkshire. Felicity, su vieja institutriz, había llevado una cesta con cosas de comer para el camino. Inteligencia Militar había recomendado a Charles Williams que no pararan en ningún pub o restaurante por si alguien reconocía a Su Alteza Real, lo cual podría dar alguna pista sobre su posible destino. Dentro de un par de días se emitiría un comunicado oficial anunciando que, para evitar los bombardeos sobre Londres, la princesa había sido enviada al campo durante una larga temporada, hasta que cumpliera los dieciocho años. Ni el Ministerio del Interior ni el MI5 querían dar la menor pista sobre su paradero en Yorkshire. Les preocupaba especialmente que, si esa información caía en manos de los alemanes, pudieran secuestrarla o, peor aún, matarla, lo cual diezmaría la moral del pueblo británico y destrozaría a la familia real.

Charlotte se comió los sándwiches de berro y pepino que el cocinero había preparado, junto con algunas lonchas de salchicha, que eran una rara exquisitez en los tiempos que corrían incluso en la mesa de la reina. Se quedó adormilada varias veces, aburrida mientras veía deslizarse el paisaje campestre por la ventanilla.

Por fin llegaron a las sinuosas colinas de Yorkshire. Hacía un día cálido y soleado. Charlotte contempló como pastaban las vacas, las ovejas y los caballos, y trató de imaginarse cómo sería su vida allí. Su purasangre, Faraón, había sido enviado tres días antes con el ayudante jefe de los establos y uno de los mozos de cuadras. A su regreso informaron de que el animal se había adaptado muy bien a su nuevo alojamiento y parecía disfrutar mucho en los terrenos de pastos que tenía a su disposición. Solo había un hombre muy mayor, ya retirado, y un mozo de catorce años para encargarse del cuidado de las caballerizas de Ainsleigh Hall, la finca de los Hemmings y sede del condado de Ainsleigh. También explicaron que en las cuadras solo quedaban algunos caballos viejos y un caballo de caza que cabalgaba el hijo de la familia. Los condes ya no montaban. Según les había contado el viejo jefe de cuadras, el conde había sido maestro de montería, pero todo acabó cuando estalló la guerra, y la condesa había sufrido una terrible caída hacía diez años y se había fracturado la pierna. Eso le recordó a Charlotte lo que Charles Williams les había explicado sobre ellos: que los dos eran bastante mayores. Su hijo Henry había llegado como una sorpresa tardía, cuando la condesa contaba ya cuarenta y nueve años. Ahora tenía sesenta y siete años, y el conde pasaba de los setenta.

El secretario privado también había mencionado que Henry era la luz de sus vidas y que ambos temían el momento en que tuviera que marcharse al ejército dentro de unos meses. Se había alistado en el regimiento de infantería, y esperaba ser llamado a filas en cuanto cumpliera dieciocho años, para lo cual no faltaba mucho. Para Navidad ya se habría ido, y los Hemmings se quedarían con la única compañía de las dos jóvenes.

Charlotte apenas sabía nada sobre la muchacha que llevaba viviendo allí dos años, solo que procedía del East End londinense y que sus padres habían muerto durante un bombardeo justo después de que ella se marchara. Ahora era huérfana, al igual que otros muchos niños británicos. Tenía la misma edad que ella y sería una compañía muy agradable siempre que se llevaran bien, y Charlotte no veía ninguna razón para que no fuera así.

Charlotte había sido educada en palacio. Resultaba bastante tedioso en ocasiones, sobre todo cuando sus hermanas mayores se marchaban a la escuela y ella tenía que quedarse sola recibiendo clases de francés, pintura y danza por parte de una institutriz francesa. Un profesor de Eton le enseñaba historia y conocimientos básicos de matemáticas, y otro de Cambridge le daba clases de literatura, principalmente de escritores y poetas británicos. Confiaba en no tener que proseguir con sus estudios en Yorkshire, aunque le había prometido a su padre leer todos los libros que pudiera, y también algunos que le había dado sobre la historia del Parlamento. El monarca quería que todas sus hijas estuvieran familiarizadas con los entresijos del Gobierno británico. Siempre decía que era su deber como hijas del rey.

Pero Charlotte no necesitaba más lecciones: lo que ella quería era montar a caballo. Era una jinete audaz y experimentada, y en numerosas ocasiones había acompañado a su padre en las cacerías reales que se organizaban antes de que estallara la guerra. Era mucho más intrépida que sus hermanas. Estaba deseando poder montar a horcajadas en una silla normal, como los hombres, y no al estilo amazona, sin nadie que se lo impidiera o se lo reprochara por ser inapropiado. Cada vez que había intentado hacerlo en Windsor o en las instalaciones reales de equitación la habían regañado, ya fuera montando en su propio caballo o en los de su padre. Pero ahora podría hacerlo de vez en cuando en su retiro campestre, aunque cuando sus padres se enteraran le echarían una buena reprimenda y la obligarían a montar a la amazona como su madre y sus hermanas.

A la reina Anne también le gustaba mucho la equitación, aunque no tanto como a su hija pequeña, y se contentaba con trotar tranquilamente por los jardines reales. Los reyes solían salir a montar juntos, pero Charlotte siempre lo hacía a primera hora de la mañana en compañía de algún mozo de cuadras, a fin de poder llevar a su montura hasta el límite y cabalgar rauda como el viento. Tenía pensado practicar su afición en Yorkshire, y esperaba fervientemente que los condes no hubieran organizado para ella algún plan de estudios durante su estancia, buscándole algún profesor particular. Se preguntaba si a la otra chica le gustaría montar a caballo tanto como a ella. Y si no sabía, ella podría enseñarle.

Llegaron a la mansión de Ainsleigh Hall cuando los Hemmings estaban terminando de almorzar. Los condes y su hijo, Henry, salieron a recibirles. Charlotte fue presentada como «Charlotte White». Lucy Walsh, la muchacha de Londres, permaneció en un discreto segundo plano, y cuando los Hemmings la presentaron se mostró muy tímida y callada, limitándose a observar de lejos a la recién llegada. Lucy se fijó en el sencillo vestido azul marino de Charlotte y en su abrigo de corte impecable. Llevaba zapatos de tacón, un pequeño sombrero de terciopelo también azul marino y guantes, y el cabello peinado en un recogido suelto en la nuca. Iba muy elegante, y saludó educadamente a los Hemmings y a Lucy dándoles las gracias por acogerla en su hogar. Henry la miraba con fascinación, sin decir palabra. Nunca había visto a una chica como aquella. No había estado en Londres desde que era muy pequeño, ya que sus padres preferían la vida en el campo. Y también era demasiado joven para alternar en sociedad, algo que tampoco echaría de menos ahora que ingresaría en el ejército. Todo lo que conllevaba su rango y su título tendría que esperar a que acabara la guerra, al igual que les sucedía a todos sus amigos. Henry se quedó muy impactado al ver lo menuda que era, algo que le sorprendió mucho después de haber visto su caballo en los establos, y se preguntó cómo podría montar un animal tan grande y vigoroso. Charlotte parecía demasiado delicada y recatada, y se mostró algo cohibida al entrar en la casa. Miró sonriendo a Lucy, pero en ningún momento se dirigió directamente a Henry, ya que no estaba acostumbrada a hablar con chicos. El conde era un anciano muy jovial y le dio una calurosa bienvenida. Aparentaba más edad de la que tenía, y la condesa caminaba con una ligera cojera a causa del accidente a caballo. Tenía una cara dulce y el pelo muy blanco, y Charlotte la veía muy mayor en comparación con su madre, que era mucho más joven. Pensó que los condes parecían más los abuelos de Henry que los padres.

—Estamos encantados de tenerla con nosotros, alteza —le susurró la condesa cuando nadie podía oírles, mientras el secretario sacaba sus maletas del coche y un muchacho de una de las granjas las subía a su cuarto.

Habían dispuesto un pequeño refrigerio en la cocina para que Felicity y Charles almorzaran algo antes de marcharse. Charlotte dijo que ya había comido por el camino, y solo deseaba poder escabullirse para montar a Faraón aprovechando el buen tiempo. En cuanto hubieran instalado a la princesa en su cuarto, la institutriz y el secretario del rey ya habrían cumplido con su cometido.

—Tienes un caballo magnífico —le dijo por fin Henry cuando entraban juntos en la casa, y ella le dio las gracias con la mirada gacha. Los condes se dieron cuenta enseguida de las excelentes maneras de la joven. Era una princesa de los pies a la cabeza, aunque a partir de ese momento no podrían mencionar su título para no dar ninguna pista sobre su identidad. Henry tampoco tenía ni idea de quién era, y pensaba que se trataba de la hija de unos aristócratas que sus padres conocían en Londres y que querían alejarla del peligro enviándola a Yorkshire.

Lucy no abrió la boca mientras seguía a los Hemmings y a

Charlotte al interior de la casa. Luego desapareció en la cocina, donde se sentía más a gusto. Henry apenas le prestó atención, totalmente embelesado por la recién llegada. Le parecía una joven muy bien educada, y se unió a ella y a sus padres en la biblioteca para tomar el té antes de marcharse a una de las granjas. Dijo que tenía que ayudar a reparar una valla, ya que no había nadie más para hacerlo. Ahora colaboraba mucho en las faenas de las granjas, lo cual no solo le mantenía ocupado, sino que también le gustaba.

—Andamos un poco escasos de personal, también en la casa —dijo la condesa en tono de disculpa—. Las cosas no han vuelto a ser lo mismo desde la última guerra, y me temo que esta de ahora supondrá el final para las grandes propiedades como la nuestra. Cuando la Gran Guerra acabó, muchos jóvenes se quedaron en las ciudades y ya no volvieron al campo. Y cuando esta termine, será igual o aún peor. Ahora se necesita mano de obra femenina en las fábricas, e incluso las muchachas más jóvenes han abandonado las granjas para ir a trabajar a las ciudades. Lucy nos ha sido de gran ayuda. Estaríamos perdidos sin ella. Confiamos en que acabe quedándose con nosotros, puesto que ahora ya no tiene a nadie en Londres. Fue muy triste lo que pasó. Sus padres murieron cuando el edificio en el que vivían se derrumbó durante uno de los bombardeos. Menos mal que Lucy ya estaba aquí con nosotros.

Charlotte asintió; sentía una profunda compasión por ella aun sin conocerla. Parecía una chica muy tímida y sencilla, y, como era más o menos de su edad, esperaba que pudieran llegar a ser amigas.

Cuando acabaron de tomar el té, la condesa acompañó a Charlotte a su habitación. Al verla, sintió que el alma se le caía a los pies.

—Nos habría gustado acomodarla en una de las habitaciones de invitados, alteza —dijo la condesa en voz baja—, pero no queríamos que nadie sospechara su verdadera posición.

Su madre me lo pidió especialmente en la carta que me envió, así que le hemos asignado el dormitorio contiguo al de Lucy.

Se trataba de uno de los viejos cuartos del servicio en la planta superior, con una ventana que daba a las colinas, los bosques y el lago que había en la finca. Tenía el espacio justo para acoger una cama, una cómoda, un pequeño escritorio y una silla, y había sido utilizado por una de las sirvientas antes de la guerra. Ahora, en la casa solo quedaban el ama de llaves y dos doncellas. Sus cuartos se encontraban en el mismo pasillo y no eran mucho mejores que el de Charlotte. Como nunca había estado en las dependencias de la servidumbre en ninguno de los palacios reales, no tenía con qué compararlo, pero aquel cuarto era pequeño, oscuro y desangelado, con las paredes totalmente desnudas. Mientras subían las escaleras, Charlotte se había fijado en que la casa necesitaba una buena mano de pintura, muchas de las cortinas estaban desvaídas por la luz del sol y algunas alfombras se veían muy gastadas y deshilachadas. Los muebles eran magníficos, pero el espacio resultaba oscuro y lleno de corrientes, fresco en verano pero sin duda gélido en invierno, calentado solo por las chimeneas de la planta baja. Aquella no era para nada la clase de habitación a la que Charlotte estaba acostumbrada, y todavía seguía un poco impactada cuando bajó para despedirse de Felicity y Charles. Se marcharon en cuanto acabaron de comer. Tenían prisa por regresar, ya que querían llegar a Londres esa misma noche, antes del apagón. La princesa les estrechó la mano y les dio las gracias por haberla acompañado. Charles tuvo que contenerse para no inclinar la cabeza, pero Felicity olvidó las precauciones e hizo una pequeña reverencia que solo la condesa vio. En ese momento no había nadie más con ellos.

Charlotte volvió a subir a su cuarto para deshacer el equipaje. Dejó parte de su ropa en las maletas, ya que no había armario ni cajones suficientes para guardarla, pero no le importó. Se puso su traje de montar y, cuando ya se estaba encasquetando el gorro, Lucy entró en la habitación. Observó a Charlotte fijamente. Su uniforme era sencillo, pero resultaba evidente que toda su ropa era de la mejor calidad, con un corte y un tejido excelentes, y además se ajustaba perfectamente a su diminuta figura.

—¿Eran tus padres? —le preguntó, refiriéndose a Charles y Felicity. Charlotte reparó de inmediato en su acento del East End.

Negó con la cabeza, sin saber muy bien qué decir ni cómo explicar que la hubieran acompañado.

—Son unos amigos que se han ofrecido a traerme, porque mis padres no tienen coche y tampoco podían marcharse de Londres.

No se le ocurrió qué otra cosa decir para justificar su presencia. Una mirada más atenta los habría identificado como subordinados, pero Lucy no se había percatado de nada. Ni siquiera se le había pasado por la cabeza, aunque podía ver que, por sus modales, su acento y su ropa, la joven procedía de una buena familia. Y además se mostraba muy agradable con ella.

—¿Montas a caballo? —le preguntó Charlotte.

Una expresión de pánico se dibujó en la cara de Lucy, que respondió negando con la cabeza.

—Me dan miedo los caballos. Me parecen unas bestias enormes, aterradoras. ¿Y a qué se dedican tus padres?

Lucy quería saber más cosas sobre aquella recién llegada tan misteriosa. Sus acentos eran completamente distintos: Charlotte hablaba con la refinada dicción de las clases altas; Lucy, con el deje plebeyo del vulgo londinense. Se notaba que procedían de mundos muy diferentes.

Se hizo un breve silencio mientras Charlotte trataba de buscar una respuesta a la pregunta de Lucy sobre sus padres. No había pensado de antemano qué contestar si la interrogaban al respecto.

—Mi padre trabaja como funcionario para el Gobierno, y mi madre es secretaria —dijo al fin.

Nada más lejos de la verdad, pero fue lo mejor que se le ocurrió.

Lucy era alta y morena, con una cara pálida de facciones algo toscas. Parecía fascinada por Charlotte, aunque no se mostraba especialmente afectuosa con ella y sí algo distante. Charlotte se sentía como si hubiera invadido su territorio, y así era precisamente como lo veía Lucy. Hasta ese momento, todo había sido perfecto: gozaba de la atención de Henry para ella sola, aunque el joven apenas le hablaba. Cuando se sentaban a la mesa prácticamente la ignoraba y solo se dirigía a sus padres para contarles cosas de las granjas.

—Qué bien —repuso Lucy—. ¿Y dónde vivís?

—En Putney —se apresuró a responder Charlotte.

Lucy asintió, satisfecha con su respuesta. Se trataba de un barrio acomodado de clase media, y no encontró motivo alguno para dudar de su veracidad.

—Mi padre era zapatero y mi madre, costurera. Ella le ayudaba a veces en el taller. —Sus ojos se llenaron de lágrimas al recordarlos. Charlotte quiso alargar una mano para consolarla, pero no se atrevió—. ¿Tienes hermanos o hermanas? Yo no tengo. Ahora estoy sola, y seguiré estándolo cuando vuelva a Londres, después de la guerra.

—Lo siento mucho —dijo Charlotte, y Lucy asintió y giró la cara para secarse las lágrimas que corrían por sus mejillas.

Charlotte contestó que tenía dos hermanas, al tiempo que se ajustaba el gorro de montar y cogía la fusta y los guantes para dirigirse hacia las cuadras. Estaba ansiosa por ver a Faraón. Tenerlo allí era casi como tener a un viejo amigo de casa. Charles le había dicho que la casa real se encargaba de costear su mantenimiento, a fin de que no supusiera otra carga para los Hemmings. Además, su madre le había contado que también les estaban pagando por el tiempo que Charlotte permanecería allí. Los condes se habían mostrado muy agradecidos por la ayuda económica, aunque les avergonzaba un poco tener que aceptarla. En esos momentos las tierras arrendadas apenas reportaban beneficios, ya que todo lo que cosechaban estaba controlado por el Ministerio de Alimentación, y tenían que subsistir con los escasos productos que les dejaban. Algunas mujeres de las granjas plantaban pequeños huertos y criaban gallinas y conejos para comer, mientras que sus hijas se habían unido al Ejército de Mujeres de la Tierra, convirtiéndose en las conocidas *Land Girls* o «chicas de la tierra».

Lucy observó como Charlotte bajaba rápidamente las escaleras, calzada con sus relucientes botas de montar. Mientras se dirigía hacia la puerta, vio al conde dormitando en la pequeña sala de estar, y la condesa había subido a su habitación a echarse una siesta. No había nadie cuando Charlotte salió de la casa y recorrió el corto camino hasta las cuadras, rodeado por hermosos árboles. Los jardines que veía a su paso estaban muy descuidados y con la hierba muy crecida; los jardineros habían sido de los primeros en marcharse. Un mozo estaba paseando a un caballo muy viejo, y Charlotte supuso que sería el purasangre que el conde utilizaba antiguamente en sus monterías. La condesa había mencionado que también sufría de artritis y ya apenas montaba.

En cuanto entró en las caballerizas, oyó relinchar a Faraón. Había reconocido sus pasos y percibido la presencia de su ama, y Charlotte encontró enseguida su cuadra. El animal cabeceó y acercó su enorme cuerpo mientras ella lo ensillaba con los arreos que habían traído de palacio, pero entonces cambió de opinión. Volvió a quitar la silla de amazona y colocó una de las que utilizaban los hombres para poder montar a horcajadas. Acortó los estribos para adecuarlos a su altura. Pidió a un mozo que la ayudara a subirse y, poco después, enfilaba por un sendero en dirección al lago, bajo la sombra de los altos y espléndidos árboles que lo flanqueaban. Tenía calor con la chaqueta, pero no le importaba, y al llegar a un campo dio rienda suelta a su montura. Faraón estaba tan contento como su ama mientras galopaban a toda velocidad. Cabalgaron durante media hora. Pasaron junto al lago y luego dieron media vuelta, avanzando a medio galope. Charlotte sonreía mientras contemplaba el paisaje que la rodeaba. Era un lugar muy hermoso y, gracias a Faraón, no se sentía tan lejos de casa. Mientras aminoraba la marcha al trote, Henry Hemmings se acercó a ella en su caballo y se puso a su altura, observándola con gesto de admiración.

—Estás hecha una auténtica amazona. Te he visto galopando antes por los campos. Es un animal magnífico, digno de una reina —dijo el joven, sonriendo.

Por un momento, Charlotte se preguntó si estaría al corriente de su verdadera identidad, aunque estaba convencida de que no era así.

—Es un buen chico. Me lo regaló mi padre.

—Cuando te familiarices con los terrenos de por aquí, podemos echar una carrera —le propuso él, y ella aceptó encantada—. No creo que Winston esté a su altura, pero aun así lo intentaremos.

Charlotte se echó a reír y luego miró a Henry, sonriendo, sintiéndose más a gusto que cuando había llegado.

—Este lugar es muy bonito —comentó ella a modo de cumplido.

La yegua gris de Henry era un buen ejemplar, pero no tenía el linaje de Faraón y le sería muy difícil ganarle en una carrera. Se fijó en que el joven tenía unos cálidos ojos marrones y una espesa mata de pelo negro. Su traje de montar se veía viejo y gastado. Parecía salido de otra época, y Charlotte supuso que había pertenecido a su padre tiempo atrás. Era evidente que Henry no iba a la última moda, pero era un chico franco y agradable. Se le notaba muy contento de tener a otra persona joven allí, y tampoco podía negar el hecho de que

Charlotte era muy guapa. Era consciente de que Lucy estaba enamorada de él, pero no era un sentimiento recíproco, así que fingía no saberlo. Era una muchacha grandota, vulgar y desmañada, sin apenas conversación. Había ido muy poco tiempo a la escuela en Londres, y sus intereses eran limitados. En la mesa solía contar que todos los días ayudaba a su padre en el taller de zapatero, y a veces también a su madre en las labores de costura, pero esas cosas no interesaban a Henry. La chica odiaba los caballos, que eran su pasión, y también la de Charlotte. Aun así, Lucy le caía bien. Era una muchacha decente, y Henry se daba cuenta de que se sentía muy sola y a veces lo buscaba para hablar con él, pero estaba claro que no tenían nada en común. En cambio, se sentía deslumbrado por Charlotte, que había irrumpido en su vida como una estrella rutilante. Era una chica con una gran presencia, algo que contrastaba con su constitución menuda. Y, además, era una amazona asombrosa.

Ajustaron el paso de sus monturas y regresaron a medio galope de vuelta a las cuadras, saltando algunos arroyuelos y troncos caídos a lo largo del camino. Eran unos jinetes bien compenetrados, y Charlotte disfrutó mucho cabalgando con él. Al llegar a los establos, desensillaron a sus caballos. Charlotte cepilló a Faraón, le puso de comer heno y avena y, luego, ella y Henry caminaron juntos hasta la casa. Era casi la hora del té, que allí correspondía a la cena. Charlotte había estado fuera mucho tiempo, así que subió a cambiarse. En las escaleras se encontró a Lucy, vestida con un sencillo vestido de algodón azul, que bajaba a la cocina para ayudar con los preparativos de la comida. Ella siempre servía la mesa, y pensó que Charlotte también lo haría.

—Cuando te hayas cambiado, puedes venir para ayudar en la cocina —le dijo con sequedad.

Lucy los había visto cabalgando juntos desde su ventana y se había disgustado mucho. Albergaba la secreta esperanza de que, con el tiempo, Henry correspondiera a sus sentimientos por él, pero al ver aquello comprendió que la llegada de Charlotte no supondría nada bueno para ella. Durante dos años había estado esperando que Henry se enamorara de ella y que aquella casa se convirtiera en su hogar para siempre, y no le quedaba mucho tiempo para conseguirlo antes de que él se fuera a la guerra. Henry se marcharía dentro de unos meses, y ahora, de repente, había aparecido aquella linda y delicada muchachita de Londres. Charlotte no había hecho nada para engatusarlo, pero no hacía falta. Todo en ella resultaba tan encantador que Lucy estaba segura de que Henry se enamoraría de ella, frustrando todas sus esperanzas de futuro.

Se la veía muy malhumorada mientras ponía la mesa, estampando sobre ella los platos con brusquedad, enfadada por algo que Charlotte ni siquiera alcanzaba a imaginar. Esta había bajado unos minutos más tarde, vestida con una falda plisada de lino de color azul marino, una blusa blanca de algodón y zapatos planos. No había nada de seductora en ella. Era la viva imagen de la inocencia, pero era una joven realmente preciosa, algo en lo que las dos viejas doncellas de la casa también habían reparado. Una de ellas se encargaba de cocinar, lo cual resultaba todo un desafío debido a las severas limitaciones impuestas por el racionamiento. Charlotte se dio de bruces con la cruda realidad al llegar a Yorkshire. Los cocineros de palacio hacían auténticas maravillas para suplir los productos que faltaban en la mesa de la reina, pero aquí la comida era muy frugal. Sin embargo, a ella no le importó, ya que tampoco era de mucho comer.

Cuando los condes bajaron al comedor, las chicas se sentaron también a la mesa. Se habían mostrado muy generosos con Lucy dejando que compartiera mantel con ellos, y desde que llegó sus modales habían mejorado notablemente. La muchacha también ayudaba en la cocina y se encargaba de servir la comida. Charlotte trató de colaborar, pero se avergonzó al darse cuenta de que no tenía ni idea de cómo llevar las bandejas, cómo colocar las cosas sobre la mesa o cómo servir los platos. Estaba acostumbrada a que todo apareciera ante ella como por arte de magia, sin prestar atención al trabajo de los sirvientes, y comprendió que tendría que aprender para poder ser de utilidad. La condesa pareció muy incómoda al verla acercarse con una sopera que contenía un guiso aguado con trocitos de carne, procedente de los cerdos de sus granjas. Empezó a decirle que no era necesario que sirviera la mesa, pero el conde le dirigió una mirada admonitoria. Su Alteza Real debía ser tratada como una persona normal, y tendría que echar una mano como los demás, a fin de que nadie sospechara su verdadera identidad. Ahora era Charlotte White, una plebeya, aunque nada en su porte ni en sus modales lo sugería. Era una princesa de los pies a la cabeza, y además lo parecía, incluso con aquella ropa tan sencilla. Cuando acabaron de cenar, ella y Lucy llevaron los platos a la cocina. Daba la impresión de que a Charlotte se le podría caer todo en cualquier momento, aunque finalmente no pasó nada, para gran alivio general.

Todos se retiraron temprano, ya que allí funcionaban con los horarios del campo y se levantaban al amanecer. Henry solía marcharse antes de que saliera el sol para ayudar en las granjas. Esa noche acompañó a Charlotte a su habitación, y le dijo que le prestaría un libro sobre caballos árabes que acababa de leer. Ella le dio las gracias y, cuando Henry se marchó, se sentó al pequeño escritorio de su cuarto para escribirle a su madre. La condesa enviaría las cartas por ella para que nadie viera a quién iban dirigidas. Charlotte suspiró y cogió la pluma, preguntándose qué debería contarle a su familia. No quería disgustarles si les explicaba que había tenido que servir la cena, ni preocuparles si les hablaba de su diminuto cuarto en la oscura mansión llena de corrientes en la que viviría durante el próximo año. Estaba ansiosa por tener pronto noticias suyas. Alexandra había prometido escribirle también.

«Queridos mamá y papá», escribió con su elegante estilográfica, y empezó contándoles que había cabalgado a lomos de Faraón por las hermosas colinas de Yorkshire; eso era algo que al menos ellos entenderían. También les explicó que en su primer día allí no había sufrido ninguna crisis asmática y no había tenido que tomar su medicina. Les habló de Lucy y les dijo que era una chica muy agradable. No mencionó a Henry, pese a que había sido muy amable con ella, ya que no le pareció apropiado escribir sobre él. Les habló de los condes y de lo hospitalarios que se habían mostrado con ella. Tardó una hora en acabar la carta, y había lágrimas en sus ojos cuando cerró el sobre. Su familia, la vida de palacio y los problemas de Londres parecían ahora muy lejanos. Iban a ser unos diez u once meses muy largos hasta que pudiera regresar. Por el momento, Faraón era lo único que le recordaba a su hogar en aquel mundo que le resultaba tan ajeno. Lucy se mostraba demasiado retraída para que pudieran llegar a ser amigas, y Henry era un chico, así que no podría tener mucha relación con él. Los condes eran muy agradables, pero demasiado mayores. Dejó la carta sobre el escritorio y se desvistió en aquel pequeño cuarto, echando terriblemente de menos a sus padres y a sus hermanas. Nunca se había sentido tan sola en toda su vida. El año que le quedaba por delante se le iba a antojar una eternidad, y lloró hasta quedarse dormida.

2

Charlotte adoptó rápidamente la rutina de salir de la casa muy temprano y montar a Faraón durante horas por los campos y los senderos que discurrían entre los bosques. No tenía tareas que hacer por la mañana, y tampoco había nadie que pusiera objeciones a su afición. Un día que Henry se levantó más tarde de lo habitual para ir a una de las granjas cercanas, la vio saliendo de los establos y le preguntó si podían cabalgar juntos. Ninguno de los dos pudo resistir la tentación de echar algunas carreras. Charlotte siempre ganaba, debido a la extraordinaria velocidad de Faraón y también a su maestría para manejarlo.

—No deberías salir a montar sola —la reprendió gentilmente—. Sé que eres una jinete excelente y que Faraón es un caballo muy fiable, pero si pasara cualquier cosa no habría nadie para ayudarte.

El hecho de que Charlotte fuera una chica, y además tan pequeñita, despertaba en él su instinto protector.

—No quiero tener que ralentizar la marcha por un mozo montado en un viejo jamelgo —replicó ella, y Henry se echó a reír.

—Tal vez debería acompañarte yo por las mañanas —se ofreció.

Charlotte se sonrojó, pero no dijo nada. Podría pensar que

le gustaba al chico, pero por encima de todo, lo que les gustaba era salir a montar juntos, y en ningún momento coqueteó con él. De vez en cuando le hablaba de sus hermanas sin mencionar quiénes eran en realidad, y Henry nunca sospechó nada. Charlotte era la compañía que a él le habría gustado tener durante los últimos dos años. Siempre encontraba algo de lo que hablar con ella, a diferencia de con Lucy, a la que apenas sabía qué decirle. Se notaba que estaba tan enamorada de él que Henry se sentía incómodo y no sabía cómo responder.

A medida que la amistad entre los dos jóvenes iba creciendo, Lucy se mostraba cada vez más malhumorada y arisca, consciente de que no podía competir con la belleza y el encanto natural de Charlotte. Al cabo de unas semanas, también resultó evidente para la condesa que su hijo se estaba enamorando de su joven invitada real. Se habían vuelto inseparables. Henry salía más tarde para ir a las granjas y regresaba más pronto, se cambiaba para cenar y siempre estaba dispuesto a echar una mano a Charlotte, ofreciéndose a llevar por ella las pesadas bandejas de comida, algo que nunca había hecho con Lucy. Charlotte estaba aprendiendo a ayudar en la cocina y nunca intentaba librarse de las faenas domésticas, incluso las más fastidiosas como restregar las cazuelas o fregar el suelo, tareas que él también insistía en hacer por ella. Aquello causó un profundo resentimiento entre las dos chicas; no por parte de Charlotte, sino por parte de Lucy, quien se daba perfectamente cuenta de lo que estaba sucediendo. La única que parecía no percatarse de las intenciones de Henry era Charlotte, que se mostraba totalmente ajena e inocente. Para ella solo era su compañero para salir a montar, un amigo y nada más.

Una noche, cuando ya se habían retirado a su habitación, la condesa se lo mencionó a su marido con expresión preocupada.

—¿Te has fijado en lo atento que se muestra Henry con nuestra invitada real?

El dormitorio era el único lugar en el que podían referirse a la verdadera identidad de Charlotte.

—¿Qué quieres decir? —preguntó el conde, sorprendido.

—Está perdidamente enamorado de ella, George. ¿De verdad no te has dado cuenta?

—Son como cachorritos jugando. Eso no significa nada —repuso él, quitándole importancia.

—No estés tan seguro. Henry ya no es un niño, y Charlotte es una chica muy atractiva. Creo que ella no es consciente de lo que está pasando, como tú, pero no me gustaría que ocurriera algo inapropiado entre ellos. Les debo a sus padres mantenerla a salvo no solo de las bombas enemigas, sino también de nuestro hijo —comentó sinceramente preocupada, y el conde se echó a reír.

—Lo dices como si Henry fuera alguien peligroso —le recriminó—. Solo se están divirtiendo. Lo único en lo que él piensa es en incorporarse al ejército. No está interesado en ninguna chica.

—Henry podría ser muy peligroso para ella si la cosa se les va de las manos. Recuerda que tenemos una responsabilidad con el rey y la reina. Y Charlotte no es una chica cualquiera.

—Eso es imposible olvidarlo, querida. Todo en ella resulta regio y majestuoso: su porte al caminar, la manera en que mantiene erguida la cabeza, su forma de hablar, incluso su trato bondadoso con Lucy. Tiene un decoro y una gracia innatos. Es una chica encantadora, y si algún día surgiera algo entre ellos no pondría la menor objeción, y tú serías tonta si lo hicieras. ¿Es que no quieres tener una nuera como ella?

—Pues claro. Nada me gustaría más. Pero si algo así llegara a ocurrir, tendría que ser como Dios manda, después de la guerra. Son demasiado jóvenes, y no creo que a Sus Majestades les hiciera mucha gracia en estos momentos un compromiso matrimonial por sorpresa, basado solo en una cercanía forzada por las circunstancias y no en algo más serio y estable. Estoy segura de que se pondrían furiosos con nosotros si algo así sucediera.

—Las guerras hacen que los jóvenes maduren muy deprisa y que desarrollen sentimientos muy profundos. Tal vez estén hechos el uno para el otro.

La condesa suspiró.

—No es el momento oportuno ni se dan las circunstancias apropiadas —repuso con vehemencia—. He intentado advertir a Henry, pero no ha querido escucharme, y me parecería presuntuoso y poco delicado por mi parte hablarle a Charlotte al respecto. Pero su madre no está aquí para aconsejarla. Creo que ambos son muy inocentes y que se están enamorando, lo cual podría acabar siendo muy peligroso para ellos, y también para nosotros si hacemos enojar a Sus Majestades.

—Ya no estamos en la época medieval, Glorianna, y tampoco van a encerrarnos en la torre. Creo que te estás preocupando sin necesidad. En el fondo siguen siendo unos críos, y además él no estará aquí mucho tiempo. Pronto cumplirá los dieciocho e ingresará en el ejército.

—Tiempo suficiente para meterse en problemas —le recordó a su marido.

El conde sacudió la cabeza, se metió en la cama y, al cabo de un momento, dormía profundamente. A la condesa le costó mucho conciliar el sueño, preocupada como estaba por Henry y Charlotte.

Unos días más tarde trató de hablar discretamente con su hijo, pero él se mostró muy indignado.

—Mamá, ¿crees que voy a intentar seducirla? Nunca haría algo así.

Pareció profundamente ofendido por la insinuación. Henry era un caballero, pero también un joven sano y vigoroso.

—No estoy diciendo que vayas a hacerlo, pero los dos sois

muy jóvenes y a vuestra edad el amor es una fuerza poderosa. Podría llevaros a situaciones para las que ninguno de los dos estáis preparados y que es mejor evitar a toda costa.

—Con tus palabras estás desmereciendo a Charlotte, madre —replicó él en tono altivo—. Ella nunca haría nada inapropiado, y yo tampoco.

Durante los siguientes días se mostró muy frío con su madre. Tampoco le comentó nada a Charlotte sobre su conversación. Solo eran dos jóvenes que lo pasaban bien y que disfrutaban montando juntos. Todos sus amigos ya se habían incorporado al ejército, y él estaba ansioso por hacerlo también. Sus planes para ir a la universidad tendrían que esperar hasta después de la guerra. La única amiga a la que consideraba su igual era Charlotte; podía hablar con ella de casi todo, algo que era la primera vez que le pasaba con una chica. En ese momento era la única persona a la que podía considerar una amiga cercana, independientemente de que fuese hombre o mujer. En una ocasión, Charlotte le dejó que montara a Faraón para que comprobara lo fácil que resultaba de manejar, y se quedó asombrado por la poderosa potencia del caballo y por la capacidad de ella para controlarlo. Parecía hacerlo sin ningún esfuerzo. Era una amazona extraordinaria, lo cual era solo una de las muchas cosas que le gustaban de ella.

La madre de Henry continuaba vigilándolos de cerca, pero en realidad no había nada que pudiera objetar acerca de su comportamiento y se limitaba a observar con inquietud la estrecha relación que estaban forjando. En las cartas que escribía a casa, Charlotte solo mencionaba a Henry de pasada, sin dar apenas detalles. No creía que fuera importante, y además el joven se marcharía pronto al ejército. Sentía lástima por lo tristes que se quedarían sus padres cuando llegara el momento. Era su único hijo, la luz de sus vidas, tal como había dicho Charles Williams.

Su madre y su hermana mayor ya le habían escrito para

contarle las últimas novedades de lo que estaba ocurriendo en palacio y en Londres, y también para decirle que la echaban muchísimo de menos. Cuando llegó la primera carta, Charlotte se abalanzó ansiosa para coger el sobre que le tendía la condesa, ávida por tener noticias de su familia. Cuando terminó de leerla, la metió en una caja que, antes de partir, su madre le había entregado para guardar documentos y correspondencia. Estaba revestida en fino cuero marrón; en la tapa aparecía la corona real repujada en oro y, en la base del interior, las iniciales de su madre en pequeñas letras doradas. Solo con verla sobre su escritorio, Charlotte sentía que le confortaba el corazón, al tiempo que despertaba en ella una gran añoranza. Para cualquiera que no supiera quién le había dado la caja, la corona dorada solo parecía un bonito ornamento. A la reina Anne se la había regalado su padre al cumplir los dieciocho años, y era una réplica en tamaño pequeño de las cajas de documentos oficiales que Alexandra recibiría a diario cuando fuera proclamada soberana. Ahora Charlotte podría guardar en ella las cartas que le enviaban su madre y su hermana mayor. Victoria aún no le había escrito.

A principios de agosto, seis semanas después de su llegada, el calor azotó con fuerza la campiña de Yorkshire. Para entonces Charlotte ya se sentía muy a gusto en la casa de los Hemmings. Henry la llevó a nadar a un arroyo que discurría cerca de una de las granjas, y allí retozaron como chiquillos, chapoteando y riéndose mientras se salpicaban agua el uno al otro. Charlotte había pensado en invitar a Lucy, pero esta había prometido ayudar a la condesa a adecentar una parte de los jardines, junto con uno de los chicos de las granjas. La condesa había decidido hacer todo lo posible con los escasos medios de que disponían, y Lucy se mostró dispuesta a colaborar, así que Henry y Charlotte se fueron a nadar sin ella. Tampoco le dijeron adónde iban, por si cambiaba de opinión y quería unirse a ellos. Se sintieron un poco culpables, pero ambos coincidieron en que no sería una compañía muy divertida. Además, no sabía nadar.

Habían atado sus caballos a un árbol y estaban sentados en la orilla del arroyo. Henry se tumbó de espaldas, admirando a Charlotte enfundada en su traje de baño.

—Eres tan hermosa, Charlotte. Creo que eres la chica más guapa que he visto en mi vida.

Ella enrojeció y apartó la mirada, sin saber muy bien qué responder. No pensaba en él de esa manera. Solo lo veía como un amigo, nada más.

—No digas tonterías —dijo al fin, restando importancia a su cumplido—. Mis hermanas son mucho más guapas que yo, sobre todo Victoria. Es una auténtica belleza.

Entonces Henry cayó en la cuenta de la extraña coincidencia.

—¿Vuestros padres os pusieron los nombres por las tres princesas?

La pregunta pilló por sorpresa a Charlotte. Se quedó callada un momento y luego se encogió de hombros.

—Supongo que sí. Nunca lo había pensado.

—No debe de ser fácil pertenecer a la realeza —comentó él, pensativo—. Yo no podría soportarlo. Asistir a todos esos eventos oficiales y tener que comportarse en todo momento...

—Supongo —dijo ella vagamente, y volvió a salpicarle con el agua para distraerle de sus pensamientos, lo cual resultó efectivo.

Se metieron de nuevo en el arroyo y nadaron un poco más. Cuando salieron seguían sonriendo, y mientras se secaban los bañadores mojados Charlotte notó como la miraba. Era muy alto, y a su lado ella parecía aún más pequeña. De pronto, antes de que Charlotte pudiera decir nada, Henry la rodeó entre sus brazos, la atrajo hacia él y la besó. No tenía intención de hacerlo, pero no pudo evitarlo. Una oleada de pasión por ella le había invadido todo el cuerpo. Al principio Charlotte se quedó demasiado conmocionada para reaccionar, pero luego se derritió en su abrazo y le devolvió el beso. Cuando sus labios se separaron, ella se lo quedó mirando con expresión seria. A él le pareció incluso más hermosa.

—¿Por qué has hecho eso? —le preguntó con apenas un hilo de voz, sorprendida consigo misma por haberse mostrado tan dispuesta, ya que nunca antes había besado a un chico.

—Porque estoy enamorado de ti, Charlotte, y quiero que lo sepas. Me marcharé pronto, dentro de unos meses, y no quiero irme sin expresarte lo que siento por ti. Quizá podríamos comprometernos antes —dijo él, esperanzado, en un tono inocente e infantil.

Enfrentada de golpe a su realidad, una oleada de temor recorrió la columna vertebral de Charlotte.

—No puedo hacer eso. Mis padres no te conocen.

—Podríamos ir a Londres a verlos —sugirió Henry ingenuamente.

—Sabes que no podemos viajar. No podemos ir a visitarlos a Londres y ellos no pueden venir aquí. Están demasiado ocupados. Si nos comprometemos, tendría que ser después de la guerra. —Él pareció decepcionado, aunque también dispuesto a transigir. Sabía que ella tenía razón: no resultaba fácil viajar por el país en aquellas circunstancias—. Además, somos demasiado jóvenes —le recordó—. Apenas tenemos diecisiete años.

—Pronto cumpliré los dieciocho, y tú los cumplirás el año que viene.

—Aun así somos demasiado jóvenes para comprometernos. Mis padres se enfadarían mucho —dijo ella juiciosamente. Entonces pareció titubear un momento y se quedó mirando a Henry. Él percibió que quería añadir algo más, pero no tenía ni idea de qué se trataba—. También hay cosas que no sabes de mí, de mis padres y de mi familia. Cosas que quizá no te gustarían.

Él se quedó muy sorprendido y empezó a hacer un montón de conjeturas.

—¿Tu padre ha estado en prisión? ¿Ha asesinado a alguien? —preguntó medio en broma, y ella negó con la cabeza—. ¿Es un espía? ¿O acaso es alemán?

Charlotte dudó un momento, y luego asintió.

—No es un espía, pero sí que tenemos antepasados alemanes; de hecho, bastantes.

Desde hacía siglos, el árbol genealógico de la familia real británica estaba estrechamente entrelazado con el germánico. Muchos de los Windsor, incluida la reina Victoria, habían pertenecido a la casa de Sajonia-Coburgo y Gotha. Había Coburgos alemanes en todos los tronos y en casi todas las casas reales europeas.

—A mis padres no les hará ninguna gracia que tengas antepasados alemanes —admitió él, y luego la miró a los ojos—. No me importan los esqueletos que puedas guardar en el armario, y tampoco que tu padre no tenga un título nobiliario, si es eso lo que te preocupa. Mis padres preferirían que lo tuviera, pero ellos también están más que encantados contigo. Y si nos casamos, compartirás mi título algún día. —Ella sonrió. A él no se le había pasado ni remotamente por la cabeza que ella pudiera tener un título mucho más importante que el suyo—. Todo eso me trae sin cuidado, y a ti tampoco debería preocuparte.

Entonces volvió a besarla y, pese a todos sus reparos, ella se abandonó al beso. Cuando terminaron, ambos estaban sin aliento.

—Deberíamos volver —dijo ella en tono pudoroso—. Le prometí a Lucy que la ayudaría a servir la mesa cuando acabara de trabajar con tu madre en el jardín.

Se pusieron el traje de montar encima de los bañadores aún

mojados y él la ayudó a subir a su poderosa montura. Los caballos habían permanecido amarrados a un árbol, paciendo tranquilamente. La yegua y el semental se habían hecho rápidamente amigos, y disfrutaban mucho cabalgando juntos por las mañanas.

En el camino de vuelta, Henry se la quedó mirando con curiosidad.

—¿Hay algo más que quieras contarme? —le preguntó en tono prudente.

Tenía la sensación de que había otras cosas que no le había dicho y que en cierto modo le pesaban. Charlotte negó con la cabeza. No se sentía preparada para revelarle aún quiénes eran sus padres. Era un secreto demasiado grande para compartirlo tan pronto. Henry la conocía solo como Charlotte White, hija de un funcionario y una secretaria de Londres, y era consciente de que se quedaría profundamente impactado cuando conociera la verdad. Tarde o temprano tendría que contárselo todo, pero no todavía. De todos modos, los condes ya sabían quién era.

Tras dejar a sus caballos en las cuadras, se apresuraron a volver a la casa, ya que se les había hecho un poco tarde. De repente, después de que se hubieran besado, se podía percibir entre ellos una tácita intimidad. Lucy se dio cuenta en el mismo momento en que entraron en la cocina, y la condesa se percató en cuanto se sentaron a la mesa. Conforme pasaba el tiempo, estaba cada vez más preocupada. Se les veía muy a gusto juntos; demasiado, en su opinión. Y Lucy se mostró afligida y taciturna toda la velada. Se sentía abandonada por los dos, como si compartieran un secreto del que ella estaba excluida.

Esa noche, Charlotte permaneció mucho rato sentada delante de una página en blanco. Quería hablarle a su madre sobre Henry, pero no le parecía bien hacerlo por carta y tampoco sabía muy bien qué decirle. ¿Que lo amaba? ¿Que él la amaba? ¿Que querría pedirles su mano algún día? Tal vez pudieran hacer una especie de pacto privado antes de que él se marchara, y luego comprometerse cuando acabara la guerra. Pero antes, Henry tendría que conocer a sus padres. Seguía dándole vueltas a todo aquello, y ni siquiera había empezado a escribir la carta cuando llamaron suavemente a su puerta. Se acercó de puntillas y abrió una pequeña rendija. Y allí estaba Henry, sonriendo, iluminado por la luz de la luna.

—Quería darte un beso de buenas noches —dijo en un susurro—. ¿Puedo pasar?

—No deberías —repuso ella, notando como se le aceleraba el corazón.

Aun así, abrió un poco más. Él entró rápidamente con paso sigiloso, cerró la puerta tras de sí y, un instante después, Charlotte estaba entre sus brazos y se estaban besando de nuevo. Sus besos de esa tarde junto al arroyo lo habían cambiado todo, y reconocer que había esperanzas para ellos había abierto las compuertas de la pasión que hasta entonces habían permanecido cerradas.

—Te quiero, Charlotte —susurró él en la oscuridad.

Todo su cuerpo se estremeció, y como no quería que Lucy les oyera desde su cuarto, respondió musitando:

—Yo también te quiero. Y ahora tienes que irte.

Por mucho que lo amara no quería cometer ninguna tontería, y, después de besarse un poco más, él se marchó a regañadientes. Esa noche, Charlotte no le escribió a su madre. Se tumbó en la cama sin poder dejar de pensar en Henry. Cerró los ojos un momento, con el corazón henchido de él, y no se despertó hasta la mañana siguiente.

Ese día fueron todos a la iglesia del pueblo, y Charlotte rezó fervientemente para no hacer nada con él de lo que pudiera arrepentirse, y aún con más fervor para que Henry volviera sano y salvo de la guerra. Cuando regresaron a casa, almorzaron todos juntos en la parte del jardín que habían limpiado el día anterior, y la condesa felicitó a Lucy por lo duro que había trabajado, lo cual la animó un poco. Después de comer, Henry y Charlotte fueron a dar un largo y tranquilo paseo junto al pequeño lago que quedaba cerca de la casa. Había otro más grande en los terrenos de la finca, al que solían ir cabalgando juntos. Esta vez tampoco invitaron a Lucy a acompañarles, y la muchacha pareció muy dolida.

En cuanto estuvieron solos, Henry habló en tono solemne:

—Lo que te dije ayer iba muy en serio, Charlotte. Quiero que nos comprometamos antes de marcharme y que nos casemos cuando vuelva de la guerra. Pero no me gustaría empezar con mal pie con tus padres. Como dijiste ayer, podrían enfadarse si te comprometes con alguien a quien no conocen. —El joven le había estado dando vueltas toda la noche, y también en la iglesia, al igual que ella—. ¿Crees que debería escribirles para pedirles su consentimiento?

Charlotte casi sintió un escalofrío ante la idea.

—Se enfadarían muchísimo si nos comprometemos sin que te conozcan. Y tampoco creo que debas escribirles. Estoy convencida de que dirían que somos demasiado jóvenes. —Lo cual era verdad—. Quiero que os conozcáis en persona, pero eso no será posible antes de que te marches. Ya lo hablamos ayer. Ellos no pueden venir aquí y nosotros no podemos ir a Londres, así que tendremos que esperar. Están demasiado ocupados con sus trabajos.

Se mostró muy firme al respecto. Era del todo imposible comprometerse en esos momentos.

Él le sonrió, entornando los ojos con aire suspicaz mientras se sentaban en la hierba.

—Estoy seguro de que tu padre debe de ser un espía de algún tipo. Te pones muy misteriosa cuando hablas de él. ¿Trabaja para el MI5 o el MI6?

A Henry le fascinaba el mundo del espionaje y la inteligencia militar. Charlotte se rio, negando con la cabeza.

—No —respondió sin más—, y tampoco es un espía. Ya te dije que trabajaba para el Gobierno.

Sabía que a Henry le daría un síncope si le decía que su padre era el rey. Seguramente no la creería.

—Eso no explica nada. Por lo que dices, podría ser un simple cartero.

—No es un cartero, eso te lo garantizo. Sirve a su país y al pueblo de Gran Bretaña, y está muy entregado a su trabajo.

—Parece ser una buena persona.

—Lo es —respondió ella solemnemente—, y estoy segura de que le caerás muy bien. Y también a mi madre y a mi hermana mayor, Alexandra. No sabría qué decirte de Victoria. Seguramente te odiará solo por ser mi amigo. Nunca aprueba nada de lo que yo hago, solo por fastidiarme.

—Quiero ser algo más que tu amigo —dijo él, y la besó.

Se tumbaron sobre la hierba y Henry estrechó su cuerpo contra el de Charlotte. Pese a toda su determinación, ella no intentó resistirse ni pararle cuando él deslizó una mano bajo su vestido. Nadie podía verles entre las hierbas altas, pero le daba miedo pensar que aquello estuviera mal. Y sabía que lo estaba, pero no podía resistirse. De repente, todo lo que quería era estar con él y fundirse en su abrazo.

Cuando volvieron a la casa, Henry llevaba un brazo por encima de los hombros de Charlotte, y caminaban como si los dos estuvieran perdidos en otro mundo. Afortunadamente, nadie les vio. Los condes estaban echando una siesta y Lucy estaba en la cocina, ayudando a preparar la cena. Más tarde, cuando se sentaron a la mesa con los otros, ya habían recobrado la compostura y se comportaron con total naturalidad.

Esa noche él volvió a llamar a su puerta, y ella le dejó entrar. Se tumbaron en la cama y se besaron y yacieron acariciándose durante mucho tiempo, hasta que finalmente ella se obligó a parar y le susurró que tenía que marcharse, lo cual Henry hizo con gran pesar de su corazón.

Aquellas visitas a su cuarto se sucedieron noche tras noche y, poco a poco, su pasión se fue desbordando hasta rozar la locura. Charlotte no podía frenarle y tampoco quería, y al final ocurrió lo inevitable. El fuerte calor aún persistía, y allí arriba, en aquella habitación bajo el techo de la casa, el ambiente resultaba sofocante. Una de aquellas noches, él le quitó muy despacio el fino vestido de algodón que llevaba, y luego se despojó de la camisa. El contacto de piel contra piel resultó electrizante, y de repente toda su ropa estaba en el suelo y ambos estaban desnudos y ya nada pudo detenerles. Lo único que querían era perderse en el otro. Procurando no emitir el menor ruido, hicieron el amor en una exquisita agonía mientras sus cuerpos se fundían con toda la pasión y la ternura que sentían mutuamente. La puerta no tenía pestillo y a Charlotte le aterraba que alguien pudiera entrar y descubrirlos, pero no sucedió. Nadie entró en su cuarto salvo Henry. Lucy tenía un sueño muy profundo y tampoco oyó nada.

Finalmente Henry se separó de ella y abandonó el cuarto antes del amanecer. Después de hacer el amor habían permanecido despiertos en la cama, hablando sobre el futuro que compartirían y sobre todas las cosas que harían juntos cuando se casaran después de la guerra. Henry quería llevarla a París para su luna de miel. Cuando salió de la habitación, los pájaros estaban cantando para celebrar su amor, y Charlotte ya sabía que sería de él para siempre. Pasara lo que pasase, estaba dispuesta a afrontarlo a su lado. Ahora, gracias a la fuerza que le daba su amor, podría sobrevivir a todo lo que el futuro le deparara. Se habían visto arrebatados por la pasión y el deseo de su juventud, y se habían hecho adultos de la noche a la mañana.

Al día siguiente, Charlotte se sentó a la mesa del desayuno con expresión abstraída, todavía aturdida por lo sucedido. Henry ya se había marchado a trabajar en las granjas, y la condesa pensó que estaba muy extraña.

—¿Te encuentras bien? ¿Estás enferma? —le preguntó.

Charlotte se limitó a negar con la cabeza sin decir palabra. Lo único en lo que podía pensar era en lo que había ocurrido la noche anterior. La condesa se alarmó al verla tan ensimismada, como desconectada de todo cuanto la rodeaba. Intentó hablar de nuevo con su marido, quien una vez más se tomó a risa su preocupación.

—Aunque puedan creer que están enamorados, eso no significa nada a su edad —intentó tranquilizarla.

—Las cosas son muy diferentes en tiempos de guerra, George. Una especie de desesperación se apodera de la gente cuando no está segura de cuánto tiempo vivirá.

—Ellos vivirán mucho tiempo, y también se enamorarán muchas veces después de esta. Solo son chiquilladas, querida. No tienes por qué preocuparte.

El conde no había visto el brillo en sus ojos cuando se miraban, pero su esposa sí.

Esa noche Charlotte se acostó más temprano de lo habitual, y cuando pensaban que todos dormían volvieron a hacer el amor. En esa ocasión hicieron más ruido del que pretendían, y Lucy se despertó sobresaltada cuando creyó oír un gemido ahogado. Al cabo de una hora o así, oyó un crujido en el suelo de madera del pasillo. Abrió su puerta ligeramente y, a través de la rendija, pudo ver a Henry bajando las escaleras de puntillas. Iba descamisado y vestido solo con el pantalón del pijama, y enseguida intuyó lo que estaba pasando. Cerró la puerta sin hacer ruido, sintiendo en su interior una profunda ira y un odio descarnado hacia los dos. Le habían arrebatado todos sus sueños. Charlotte se los había robado. Lucy no sabía qué hacer al respecto, pero tenía claro que tarde o temprano les haría pagar por todo el dolor que le habían causado.

Al final, la venganza llegó de una forma inesperada, sin que ella tuviera que hacer nada. Más o menos al cabo de un mes, Charlotte bajó a desayunar con la cara muy pálida. A los pocos minutos, se sintió terriblemente indispuesta y tuvo que levantarse a toda prisa de la mesa. Cuando la condesa fue a verla a su cuarto, Charlotte le dijo que seguramente le había sentado mal algo que había comido la noche anterior. A la anciana le dio mucha pena verla así y, preocupada, se ofreció a avisar al doctor, pero Charlotte insistió en que no era nada serio y le aseguró que ya se encontraba mejor.

Dos semanas más tarde, a mediados de septiembre, seguía sintiéndose incluso peor que al principio. No tenía fuerzas ni para salir a montar a Faraón, y, a pesar de su inocencia juvenil, Henry y Charlotte podían adivinar lo que había ocurrido. La cintura de la falda empezaba a apretarle, y sufría tantas náuseas que apenas podía probar bocado. Solo se sentía bien cuando estaba entre los brazos de Henry. Ahora pasaba todas las noches con ella, ya que no quería dejarla sola cuando se encontraba tan mal.

—¿Qué vamos a hacer? —le preguntó Charlotte una de esas noches, con las lágrimas corriéndole por las mejillas.

Ninguno de los dos albergaba la menor duda: según sus cálculos, estaba de unas seis semanas. Debió de quedarse embarazada la primera vez que hicieron el amor. Eran dos jóvenes sanos y fuertes, y en cuanto perdieron el control, la naturaleza se encargó de hacer el resto. Ahora tendrían que afrontar las consecuencias. O tendría que hacerlo ella, ya que él se marcharía pronto. Faltaban solo unas semanas para su cumpleaños, en octubre, y entonces el ejército se lo llevaría.

—Tenemos que contárselo a mi madre —dijo él con determinación—. Ella sabrá lo que hacer. ¿Crees que algo pueda estar yendo mal para que te encuentres tan enferma?

—No lo sé. No he conocido a nadie en esta situación, y mi madre nunca me ha hablado de estos temas. Deberíamos contárselo también a ella, pero no quiero hacerlo por carta, y tampoco podemos presentarnos en Londres para comunicarle la noticia. Eso la mataría, y a mi padre también.

Además, le habían pedido que no los llamara por teléfono, ya que las líneas no eran seguras y había mucha gente en las centralitas de palacio que podría escuchar su conversación. La noticia se sabría inmediatamente y ella caería en desgracia.

—Y me odiarían para siempre —añadió él, angustiado.

Al día siguiente hablaron con la condesa. Después de desayunar, con el gesto compungido de dos chiquillos que hubieran cometido un crimen imperdonable, fueron a su estudio y le contaron toda la verdad. La mujer cerró los ojos durante un buen rato, tratando de conservar la calma y pensar con sensatez. ¿Cómo iba a comunicar a la reina Anne, y peor aún, al rey Frederick, una noticia así? Le habían confiado a su hija, y su propio hijo la había dejado embarazada con solo diecisiete años. Desde que había llegado a Yorkshire no había vuelto a sufrir ataques de asma, pero aquello era mucho peor. La condesa trataba de pensar desesperadamente qué deberían hacer en aquellas circunstancias, cuál sería el mejor modo de afrontar el problema. Era unos críos inocentes que se habían visto enredados en una difícil situación de adultos, que además podría convertirse en el escándalo del siglo. Y Charlotte tampoco podía sentarse tranquilamente con sus padres para abordar el asunto cara a cara. Estaban en tiempos de guerra y nada resultaba sencillo, mucho menos para una princesa de diecisiete años embarazada. A la condesa no le cabía la menor duda de que aquello destrozaría a sus padres.

—¿Quieres volver a tu casa? —le preguntó a Charlotte en voz queda.

Aquello supondría un gran escándalo, pero tal vez preferiría afrontar la situación en palacio con sus padres.

—No —respondió ella con firmeza—. Mis padres quieren que esté aquí. Sé que al principio se pondrán furiosos, pero tal vez lo mejor sea contárselo cuando todo haya pasado. Ahora mismo no hay nada que puedan hacer.

—No creo que eso sea justo para ellos —replicó muy seria la condesa—, encontrarse después de la guerra con el hecho consumado de un hijo ilegítimo.

El pensamiento la hizo estremecerse. Quería hacer lo correcto, y Henry también. Era un joven honorable y estaba profundamente enamorado de Charlotte. Solo eran unos críos que iban a tener un bebé.

—No puedo escribir a mi madre para contarle algo así. Y mis padres no quieren que esté en Londres. Nada puede solucionar el problema.

En realidad había varias opciones, pero Charlotte era demasiado inocente para conocerlas. La condesa pensó que un aborto podría resultar muy peligroso para una joven princesa que habían confiado a su cuidado, así que ni siquiera lo sugirió. Entonces se le ocurrió una idea que de algún modo podría mitigar las consecuencias cuando finalmente tuvieran que comunicar la noticia a los reyes.

—¿Queréis casaros o pensáis tener a vuestro hijo fuera del matrimonio? —les preguntó, temblando solo de pensar en la última posibilidad—. Una criatura legítima cuyo padre sea el hijo de un conde resultaría mucho más fácil de digerir para tus padres que un bebé ilegítimo después de la guerra.

—¿Podemos casarnos, mamá? —inquirió Henry, sorprendido. Era algo que no se le había ocurrido, ya que ambos eran menores de edad—. ¿Tendremos que irnos a Escocia?

Era allí adonde la mayoría de las parejas jóvenes se fugaban para contraer matrimonio.

—Podéis casaros aquí con el consentimiento de tu padre, Henry. Ya tienes casi dieciocho años. Y además, tenemos un documento que nos da derecho a tomar decisiones por Charlotte en caso de emergencia, y yo diría que esto lo es. Nosotros podemos concederle nuestro permiso para casarse, pero deberíamos hacerlo cuanto antes, ya que dentro de muy poco te llamarán a filas.

Faltaban solo unas semanas para que se marchara, y entonces sería demasiado tarde para legitimar al niño.

—¿Quieres casarte conmigo? —le preguntó Henry mirándola a los ojos, y Charlotte asintió con la cabeza, demasiado anonadada para hablar.

Era algo que tampoco se le había ocurrido a ella, que pudieran casarse sin el conocimiento ni el consentimiento de sus padres, pero al menos su hijo sería legítimo cuando les contaran lo sucedido. No les haría ninguna gracia, pero sería mucho peor si al final se encontraban con lo que podría considerarse un hijo bastardo. Era consciente de que a su madre le dolería mucho que no se lo hubiera contado, pero si hacían lo correcto acabaría perdonándola. Henry era un joven muy respetable, y si se casaban enseguida todos evitarían caer en desgracia. Además, era lo que ambos más deseaban en el mundo. El futuro que tanto habían anhelado se había presentado súbitamente en sus vidas gracias a aquel hijo inesperado.

—Sí, me casaré contigo —respondió al fin con voz clara, y de pronto sonó muy adulta, aunque su aspecto seguía siendo el de una niña.

—Hablaré con tu padre —le dijo la condesa a su hijo. Y luego le comentó a Charlotte—: Imagino que tus padres me harán pagar muy caro el haber permitido que esto sucediera, pero rezaré para que al final acaben perdonándome. —Después volvió a girarse hacia Henry—. Y estoy de acuerdo con Charlotte: no podemos contarles esto a sus padres por carta. También resultaría demasiado complicado hacerlo por teléfono, y, además, nos pidieron que no los llamáramos. Si os casáis, estaréis haciendo lo correcto. Es lo mejor que podemos hacer en esta situación para arreglar vuestro comportamiento insensato. Ya me temía yo que algo así terminaría ocurriendo, aunque tu padre no me creyera —añadió mirando a su hijo.

Henry asintió, avergonzado por el lío en el que se habían metido. Ninguno de ellos habría esperado que algo así sucediera, ni tampoco habían sabido cómo evitarlo. Habían prescindido de cualquier tipo de precaución pensando que no pasaría nada, pero ahora se daban cuenta de que justamente por eso pasó. La condesa estaba muy disgustada, pero sentía lástima por los jóvenes.

George Hemmings accedió a dar su consentimiento para que se casaran mediante una licencia especial, pero insistió en que el matrimonio se mantuviera en secreto. Si se sabía que la princesa Charlotte Windsor había tenido que casarse deprisa y corriendo, acabaría saliendo a la luz la razón por la que lo había hecho y se armaría un gran escándalo. Además, tampoco quería que los monarcas se enteraran de algún rumor o cotilleo que pudiera correr como la pólvora y que incluso pudiese llegar a la prensa. El conde se mostró inflexible: el matrimonio, y el hijo que iban a tener, deberían mantenerse en absoluto secreto hasta que pudieran hablar en persona con los reyes, algo que por el momento resultaba imposible y que seguiría siéndolo durante un tiempo. George Hemmings reaccionó de forma tranquila y juiciosa. Y, como le confesó a su esposa, tampoco lamentaba del todo la situación, ya que Charlotte era, cuando menos, una excelente elección para su hijo. La condesa le reprendió por decir algo así.

Todos coincidieron en que el matrimonio debía ser un secreto entre los cuatro. Bajo ninguna circunstancia querían que los padres de Charlotte se enteraran de nada antes de que los Hemmings pudieran hablar con ellos en persona y suplicarles su perdón por haber permitido el comportamiento irresponsable de su hijo. Pero, hasta que llegara ese momento, nadie podía tener la menor idea de lo que estaba sucediendo. El padre de Henry hizo especial hincapié en ello, y los dos jóvenes se mostraron de acuerdo, profundamente arrepentidos por el problema que habían creado y muy agradecidos por la ayuda y la actitud comprensiva de los condes.

Al día siguiente por la tarde fueron a la iglesia para reunirse con el vicario, quien accedió a casarlos de inmediato mediante una licencia especial, ya que Henry tendría que marcharse pronto para incorporarse a filas. El sacerdote pensó que era un acto muy romántico y conmovedor. Los Hemmings no le comentaron nada sobre el embarazo ni sobre la verdadera identidad de la joven. En la licencia especial aparecería solo el nombre de Charlotte Elizabeth White, que era el que constaba en los documentos oficiales expedidos por el Ministerio del Interior.

La ceremonia fue oficiada en secreto y en la más estricta intimidad, con la única asistencia de la pareja y los padres del novio. Charlotte lucía un sencillo vestido blanco de lana que había llevado consigo, y sostenía un ramo de flores blancas del jardín de la condesa. Henry se veía muy alto y apuesto, y de repente parecía más maduro en su papel de novio. Después regresaron a casa y cenaron, como de costumbre. No se volvió a hablar del asunto. Lucy no llegó a enterarse de que los dos jóvenes se habían casado en secreto, aunque sí estaba al corriente de que Henry pasaba las noches con Charlotte. Sin embargo, no les comentó nada a ninguno de ellos, ya que prefería guardarse la información para utilizarla más adelante.

Desde hacía un tiempo, Lucy había empezado a comer con las dos criadas mayores en la cocina, y apenas le hablaba a Charlotte. Sus ojos refulgían con la furia de una mujer despechada cada vez que veía a Henry, pero él no le hacía el menor caso. Tenía en mente cosas mucho más importantes, y carecía de la paciencia necesaria para aguantar las fantasías que Lucy se había hecho respecto a él, así como sus celos mezquinos respecto a Charlotte. Charlotte era ahora su esposa. Eso había cambiado por completo su visión de las cosas. Se había convertido en su protector y había jurado serlo para siempre. A los condes les aliviaba que la joven pareja hubiera hecho lo correcto por el bien del hijo que esperaban, aunque eso significara enfrentarse a la ira de los reyes cuando se enteraran de lo ocurrido. Confiaban en que acabarían perdonándolos, aunque era inevitable que al principio se enfadaran: por muy respetable que fuera la familia Hemmings, su hija se había quedado embarazada con solo diecisiete años y había tenido que casarse a toda prisa.

Lo único que Henry seguía sin entender era por qué no podían llamar a sus padres.

—No puedes comunicar una noticia así por teléfono —respondió su padre sin dar más explicaciones, para gran alivio de Charlotte, ya que Henry seguía sin conocer su verdadera identidad.

Pese a todo, era el día de su boda, y los recién casados se retiraron pronto. Con el permiso de los condes, Charlotte pasó la noche discretamente en la habitación de Henry. Ambos sentían que tenían que hacer algo especial en su noche de bodas. Después de que Lucy se acostara, y tras asegurarse de que estaba profundamente dormida, Charlotte bajó con sigilo las escaleras y entró en el cuarto de su flamante marido. Seguía encontrándose indispuesta, pero se la veía muy feliz cuando se sentó junto a él en la cama. Henry le sonrió.

—Bueno, cariño, ahora estamos casados en secreto y vamos a tener un hijo también en secreto. ¿Crees que tus padres nos perdonarán?

—Al principio no les resultará fácil, pero al final lo harán.

Conocía el fuerte temperamento de su padre, pero también su capacidad de perdonar. Y sabía que ambos la querían y que acabarían aceptando a Henry y al bebé. No tenían otra elección.

—No sé por qué tenemos que mantenerlo como un oscuro secreto. Ahora estamos casados y nuestro hijo será legítimo —dijo él, visiblemente encantado con la nueva situación.

—Tenemos que hacerlo así porque mis padres aún no saben nada. —Estaba claro que los condes entendían mejor el problema que el propio Henry—. Es una cuestión de respeto hacia ellos. No queremos que les llegue ningún rumor ni que se enteren antes de que podamos verlos en persona y contarles que nos hemos casado y que vamos a tener un hijo.

—¿Por qué tendrían que surgir habladurías? No es algo tan extraño ni escandaloso. Charlotte White se ha casado con Henry Hemmings, hijo de los condes de Ainsleigh. Creo que se sentirían muy complacidos: la hija de un funcionario se convertirá en condesa algún día.

Henry se comportaba como si fuera un regalo que él le hacía, aunque en realidad ella tenía un título mucho más importante que el suyo.

—No se trata de eso. Es algo más complicado —dijo Charlotte en voz baja, mirando a su marido.

Aún lo veía como medio hombre, medio niño. En cambio, ella se sentía ya toda una mujer. Aquel embarazo imprevisto la había hecho madurar de la noche a la mañana. Haberse convertido en su esposa significaba muchísimo para ella, y se tomaba muy en serio su matrimonio, aunque no hubiera empezado como debería.

—¿Por qué es tan complicado? ¿Es que son antimonárquicos? —preguntó Henry extrañado, pensando en el título nobiliario de su padre.

—Al contrario —repuso ella, sonriendo—. El problema es quiénes son mis padres.

—Un funcionario y una secretaria. Y ni siquiera me has contado aún para qué rama del Gobierno trabaja tu padre —comentó él, inclinándose sobre ella para besarla.

—Tus padres sí que saben quiénes son los míos —dijo ella misteriosamente.

—Entonces ¿por qué no puedo saberlo yo? —replicó Henry, malhumorado.

Detestaba que lo dejaran al margen de aquel secreto, y a ella solo se le ocurría una manera de arreglarlo: contándole la verdad. Decidió que había llegado el momento de hacerle saber quiénes eran sus padres, y también quién era ella, aunque ellos no supieran aún que él era su marido.

Charlotte respiró hondo y, de forma simple y directa, anunció:

—Mi padre es el rey de Inglaterra, el rey Frederick, y mi madre es la reina consorte, la reina Anne.

Se hizo un silencio sepulcral en la habitación. Henry se la quedó mirando y luego rompió a reír.

—Muy divertido. Vale, bien. Y ahora cuéntame la verdad: ¿son comunistas o espías? —le preguntó, sin poder parar de reír por la broma que acababa de hacerle.

Sin embargo, el semblante de Charlotte permanecía extrañamente serio.

—Es la verdad —dijo en voz queda.

—Claro, y entonces tú eres Su Alteza Real la princesa Charlotte Windsor. —Cuando acabó de pronunciar las palabras, se calló y volvió a mirarla fijamente—. Oh, Dios mío, ¿no serás...? ¿Lo eres? —Ella asintió—. Charlotte, ¿por qué no me lo contaste? Tus hermanas, Alexandra, Victoria... y tú. Debería habérmelo imaginado. Oh, Dios mío. ¿Por qué no me dijiste nada antes de que ocurriera todo esto? Tu padre hará que me cuelguen por haberte dejado embarazada —añadió, verdaderamente aterrado ante la idea.

—No, no lo hará. Es un hombre muy bueno. Al principio se enfadará por cómo ha sucedido todo y por no habérselo contado, pero ahora estamos casados y nuestro hijo nacerá en el seno del matrimonio. Eso será muy importante para ellos —dijo. También lo era para ella, para Henry y para sus padres.

—¡Charlotte! ¿De verdad eres una princesa? Es lo último que me podría haber imaginado. Pensé que tu padre era espía o algo así. ¿Lo sabe alguien más, aquí?

Estaba totalmente anonadado por la noticia. Se había figurado que el nombre de las hermanas de Charlotte era mera coincidencia, y conocer la verdad le resultaba abrumador.

—Solo tus padres, y ahora tú —contestó ella—. Esto no cambia nada, pero complica un poco más las cosas. Nadie debe saber que estoy aquí. Por eso estoy utilizando un nombre falso, a petición del gabinete y del primer ministro, a fin de garantizar mi seguridad.

—¿Y vives en el palacio de Buckingham?

Conforme iba asimilando la realidad, Henry no podía dejar de mirarla, lleno de estupefacción.

—Sí, hasta que vine aquí —dijo ella en voz baja.

—¿Y se supone que ahora debo llamarte «Su Alteza Real»? —preguntó nervioso, y Charlotte se echó a reír.

—Espero que no —replicó sonriendo.

Él se apartó un poco para observarla a cierta distancia, tratando de digerir lo que acababa de revelarle. Se le antojaba todo tan irreal, sobre todo cuando esa noche en la cama la rodeó entre sus brazos y volvió a caer en la cuenta de que sus nuevos suegros, a los que no conocía y que apenas sabían de su existencia, eran el rey y la reina de Inglaterra.

—Buenas noches, alteza —le susurró mientras se quedaban dormidos.

Charlotte soltó una risita y se acurrucó un poco más junto a él. Henry apenas podía creer que el hijo que esperaban sería el cuarto en la línea de sucesión al trono. Ni en sus sueños más descabellados podría haberse imaginado que algo así pudiera ocurrirle a él. Con solo diecisiete años, estaba casado con una princesa de sangre azul. Le parecía estar viviendo un cuento de hadas. Sin embargo, lo único que les importaba a ambos era que, pasara lo que pasase, se amaban y ahora eran marido y mujer.

3

Dos semanas después de la boda clandestina en la pequeña iglesia del pueblo, los Hemmings celebraron una cena con motivo del decimoctavo cumpleaños de Henry. Lucy, que también se les unió esa noche, se excedió un poco con el vino que el conde había abierto para la ocasión. No obstante, la sombra de la guerra hizo que la celebración tuviera un sabor agridulce.

Después de pasar la noche de bodas en la habitación de Henry, Charlotte había vuelto a dormir en su propio cuarto, y él subía todas las noches para estar con ella. Ambos procuraban hacer el menor ruido posible para que Lucy no los oyera, aunque esta era muy consciente de que ambos estaban en el cuarto de al lado, y en más de una ocasión se asomó al pasillo para ver a Henry bajar las escaleras antes de que se despertaran los demás. Lucy sabía muy bien lo que estaba pasando, o al menos eso creía. Estaba convencida de que Henry y Charlotte tenían una aventura, y también había adivinado que ella estaba embarazada, porque vomitaba con frecuencia. No le habían contado nada a nadie, y Lucy estaba aguardando su momento a la espera de ver lo que acabarían haciendo. No tenía la menor idea de que los padres de Henry estaban al corriente de todo, ni de que los dos jóvenes se habían casado. Tampoco sospechaba nada del linaje real de Charlotte. Tan solo pensaba que era una chica refinada de Londres y que sus padres debían de tener dinero, a juzgar por su ropa y su acento. No tardó en llegar a la conclusión de que la información sobre su aventura y sobre su posible hijo ilegítimo podría serle de utilidad algún día. Tenía que pensar en su futuro, en lo que haría cuando acabara la guerra. Ahora no tenía ningún sitio al que volver, y tal vez le pagaran por mantener la boca cerrada. También se preguntaba si, cuando llegara el momento de regresar a casa, Charlotte renunciaría a su hijo y lo daría secretamente en adopción. Pensaba que, con solo diecisiete años, era muy improbable que pudiera quedarse al bebé. Lucy no era una persona maquiavélica, pero ahora se encontraba sola en el mundo y tenía que pensar en sí misma. Además, seguía doliéndole que Henry hubiera elegido a Charlotte en vez de a ella. Querría haber sido ella la que se acostara todas las noches en los brazos de Henry, y estaba convencida de que, si Charlotte no hubiera aparecido, seguramente habría sido así.

Desde que descubrió que estaba embarazada, Charlotte había dejado de salir a montar por las mañanas a Faraón. Lo echaba de menos, y también encontrarse con Henry por el camino y cabalgar juntos.

Una semana después de cumplir los dieciocho, Henry recibió la notificación que llevaba meses esperando. Tenía que presentarse dentro de cinco días en Catterick Camp, en Yorkshire del Norte, el mayor campamento de adiestramiento militar del ejército británico. Ya había pasado el examen físico en Leeds, con resultados óptimos. Su formación duraría seis semanas y, a principios de diciembre, tendría que embarcarse con destino desconocido. De repente, la realidad se había impuesto con todo su peso. Henry y Charlotte se pasaban toda la noche despiertos, haciendo el amor y hablando casi hasta el amanecer. La idea de que Henry fuera a la guerra los llenaba de espanto a ambos, sobre todo ahora que estaban casados y esperaban un bebé. La casa entera parecía haberse sumido en el abatimiento. La condesa estaba aterrada por su hijo, y el conde parecía haber envejecido varios años de golpe.

Durante los últimos días de Henry en la casa, las cartas de Charlotte a sus padres y sus hermanas fueron muy breves. Les explicó que, tal como estaba previsto, el hijo de los Hemmings había sido llamado a filas y que sus padres estaban muy tristes por verlo marchar. Su madre le contestó en tono compasivo, deseando que al joven le fuera muy bien. Era la primera vez que Charlotte hablaba con más detalle de Henry en sus cartas, y Alexandra le comentó a su madre que también ella parecía triste por su partida.

—¿Creéis que Charlotte puede haberse enamorado de él? —les preguntó Victoria cuando recibieron su última misiva, que parecía traslucir un tono muy sombrío.

La reina desechó la idea como algo absurdo.

—Pues claro que no. Él es apenas un crío, y tu hermana también lo es. Si estuviera enamorada de él nos lo habría comentado antes, y hasta ahora solo lo había mencionado de pasada. Pero me da mucha lástima su madre. Tiene que ser muy duro ver como tu único hijo se marcha a la guerra. Por la correspondencia que he recibido de ella, parecen gente muy agradable. Charles me explicó que los condes son bastante mayores, y que ella había insinuado que su esposo estaba un tanto delicado de salud. Espero que Charlotte no sea una carga para ellos. Tal vez su presencia les anime un poco cuando su hijo se marche.

—Puede que el tal Henry no sea más que un crío —soltó Victoria con brusquedad—, pero esos muchachos son los que están combatiendo en esta guerra.

Aun así, decidió que su madre tenía razón. Charlotte apenas había mencionado a Henry en sus cartas, algo que sin duda habría hecho si sintiera algo por aquel chico, lo cual descartaba la posibilidad de un romance. Además, Victoria siempre había pensado que Charlotte era muy infantil y que estaba sobreprotegida por su madre debido al asma que padecía, aunque la enfermedad parecía haber mejorado durante su estancia en Yorkshire, o al menos eso era lo que ella decía en sus cartas. Victoria había disfrutado mucho de los últimos cuatro meses sin la presencia de su hermanita, aunque ahora ya empezaba a echarla de menos. No intensamente, pero le confesó a Alexandra que añoraba discutir y pelearse con ella, lo cual resultaba un tanto perverso.

El día señalado en la notificación de alistamiento enviada por el ejército, los Hemmings llevaron a Henry a la estación. Charlotte y Lucy también fueron para despedirlo. Lucy lo miraba con aire anhelante, y al final se atrevió a darle un beso en la mejilla. Luego, Henry tomó a Charlotte entre sus brazos y la besó delante de todo el mundo, como si no tuvieran nada que ocultar. Eso puso furiosa a Lucy, aunque no lo demostró. Le habría gustado que fuera a ella a quien besara de ese modo, pero nunca lo hizo. Culpaba en secreto a Charlotte por haberle robado el lugar que le correspondía en el corazón de Henry. La había descubierto acostándose con él, y eso la convertía en una fulana.

—Cuídate mucho —le susurró Henry a Charlotte.

Él esperaba que le dieran un breve permiso para volver a casa antes de que lo enviaran a su destino, pero no sabía si se lo concederían o si habría tiempo para ello. Aquella podría ser la última vez que la viera en una larga temporada. Besó a su madre en la mejilla, estrechó la mano de su padre, deseó lo mejor a Lucy y volvió a besar a Charlotte. Subió al tren y permaneció de pie en el compartimento, agitando la mano. Luego abrió la ventana y se asomó para verlos en el andén hasta que desaparecieron de su vista.

El grupo volvió a la casa en un silencio lúgubre y sombrío, cada uno de ellos sumido en sus pensamientos sobre Henry. Como todas las noches, Lucy fue a la cocina, esta vez con los ojos llorosos. Charlotte subió a su cuarto a tumbarse. Lo único que quería era pensar en su amado y conservar su imagen viva en la mente.

Los condes se retiraron a su habitación. Poco después, cuando bajaron a cenar, la condesa tenía los ojos enrojecidos, mientras que él se veía muy apagado y apenas habló. La vida en Ainsleigh Hall iba a ser muy distinta sin Henry. La vitalidad que antes animaba la casa parecía haberse esfumado. En cuanto acabaron de cenar, todos subieron a sus habitaciones.

Para Lucy supuso todo un alivio no ver a Henry rondando constantemente a Charlotte, o saber que no se encontraba en el cuarto de al lado rodeándola entre sus brazos. Ahora que él no estaba, podía volver a alimentar sus ilusiones y fantaseaba con que él la echaba de menos. Ella y Charlotte apenas se hablaban, solo lo imprescindible. La rivalidad entre ambas por el afecto de Henry era demasiado fuerte. Sin embargo, por mucho que Lucy lo hubiera intentado, por mucho que prefiriera cerrar los ojos a la realidad, el joven nunca la había visto de esa manera. Lucy seguía creyendo que, si Charlotte no hubiera aparecido, Henry habría acabado enamorándose de ella. Tal como ella lo veía, Charlotte le había arrebatado cualquier esperanza.

Durante las seis semanas siguientes, se pasaban el día esperando noticias de Henry. Sus cartas eran breves y concisas. En ellas explicaba que el adiestramiento era muy duro y que terminaba hecho polvo por las noches, pero que estaba bien y esperaba que ellos también lo estuvieran. Aparte, le escribía a Charlotte para decirle lo mucho que la amaba y lo feliz que se sentía de ser su marido. Ella guardaba sus cartas en un cajón, atadas con una cinta, y sus padres le dejaban leer las que él les enviaba. Estaban muy orgullosos de que su hijo estuviera sirviendo a la nación. Cuando acabara su periodo de formación, le concederían un permiso de dos días para volver a casa antes de embarcar. Todavía no sabía cuál sería su destino, y aunque lo supiera tampoco podría revelárselo.

Cuando vino de permiso, Henry se veía muy alto y apuesto con su uniforme. Al principio del adiestramiento le habían rapado el pelo, y ahora lo llevaba muy corto. Además, había adelgazado y sus hombros parecían más anchos. Los momentos que compartió con ellos fueron muy valiosos, y consiguió repartir el tiempo a partes iguales entre sus padres y su esposa. Incluso pasó algunos minutos charlando con Lucy. Le pidió que cuidara de Charlotte, lo cual le dolió mucho a la joven. Henry no tenía ni idea de que seguía albergando fantasías románticas hacia él; sabía ocultarlas muy bien.

Celebraron la Navidad de forma anticipada, y su madre le dio algunas cosas para que se llevara al frente. Y entonces, solo cuarenta horas después de su llegada, Henry tuvo que partir de nuevo. Charlotte permaneció plantada en el andén, aterida de frío, viendo cómo se marchaba. Sus miradas no se apartaron en ningún momento mientras el tren arrancaba y el uniforme de Henry se convertía en una diminuta mota en la lejanía. Luego, Charlotte volvió a montarse en el coche con los condes y regresaron a casa. Para entonces ella ya estaba de cuatro meses y empezaba a notársele el embarazo, aunque en realidad no importaba, pues nadie conocía su verdadera identidad y apenas salía de Ainsleigh Hall. Lo único que podían hacer ahora era esperar las cartas de Henry y rezar para que estuviera a salvo. Charlotte nunca les mencionó a Lucy ni a las criadas que estaba encinta, pero resultaba ya más que evidente.

Las fiestas navideñas, celebradas unas semanas después de la marcha de Henry, transcurrieron en un ambiente triste y apagado. En enero Charlotte recibió tres cartas suyas, y supuso que se encontraba en algún lugar de Italia o del norte de África. Él no podía contar nada al respecto, e incluso había algunas líneas tachadas por los censores cuando consideraban que revelaba más de lo que debía. Los días se le hacían interminables sin la presencia de Henry, y también sentía añoranza de su familia. De repente, Charlotte tenía la sensación de que Yorkshire estaba muy lejos de su casa. Además, a medida que avanzaba el embarazo, cada vez echaba más de menos a su madre y sus hermanas, aunque no estuvieran al tanto de su estado. Solo Henry hablaba del bebé en sus cartas, hasta que de pronto, a principios de febrero, dejaron de llegar. El conde trató de tranquilizar a Charlotte y a su esposa diciéndoles que lo más probable era que su división estuviera desplazándose de destino y que pronto volverían a recibir cartas suyas. Creyeron en sus palabras durante varias semanas, pero entonces llegó el telegrama que tanto habían temido, informando de que Henry había muerto como un héroe en el campo de batalla. Lamentaban comunicar que les resultaba imposible trasladar sus restos mortales a casa, ya que su cuerpo había desaparecido en el punto de desembarco de playa Peter, en la batalla de Anzio. La Oficina de Guerra expresaba también sus más sinceras condolencias a los padres del fallecido. El conde se quedó destrozado. Nada podía consolarle y se refugió de inmediato en su cama. Charlotte creía que iba a desmayarse mientras leía una y otra vez el telegrama y caía en la cuenta de que su hijo no tendría padre. Estaba totalmente devastada. Escribió a sus padres para informarles de lo ocurrido, y estos enviaron una carta personal a los condes expresándoles su más sentido pésame.

Desde que recibió la horrible noticia, la salud del conde se deterioró gravemente. Empezó a sufrir unos terribles ataques de tos que no tardaron en provocarle una neumonía, y tan solo tres semanas después de enterarse del fallecimiento de su hijo, George Hemmings abandonaba también este mundo. Aquellas muertes tan seguidas dejaron a todos conmocionados. Ahora solo quedaban las dos viudas, la de George y la de Henry, para consolarse mutuamente. Glorianna Hemmings había perdido a su esposo y a su hijo, y Charlotte a su marido y al padre de su hijo nonato. En febrero se había convertido en viuda, con solo diecisiete años, y su suegro había muerto a finales de marzo, cuando quedaban menos de dos meses para que diera a luz. Estaba completamente destrozada, y Lucy la oía llorar por las noches en su cuarto. Charlotte escribió a sus padres hablándoles del hondo penar de la condesa y de lo tristes que estaban todos, pero a ellos nunca se les ocurrió pensar, y ella nunca se lo dijo, que ella también estaba de duelo por Henry, quien había sido su marido y el padre del hijo que esperaba. A Lucy la enfurecía que la condesa supiera lo del embarazo y que no le importara. Al contrario, parecía ser lo único que la animaba un poco.

Una noche, la condesa le dijo con tristeza:

—Dentro de unos meses, cuando hayas tenido a tu hijo y cumplas los dieciocho años, volverás a tu casa.

Le costaba imaginarse la vida sin Charlotte. Por las noches, sentadas junto a la chimenea, Glorianna le contaba anécdotas sobre la infancia de Henry. Ahora casi siempre tenía un brillo ausente en la mirada, recordando a los dos hombres que había perdido. Esperar el nacimiento de aquel niño era el único rayo de luz en sus vidas.

A solas en su cuarto, Lucy también lloraba por Henry. Era una época de pérdidas y de dolor para todo el mundo. Y conforme se acercaba la fecha del parto, la condesa hizo que Charlotte se trasladara a una habitación más cercana a la suya.

La temperatura subió ligeramente a finales de abril, justo antes de la fecha prevista para el nacimiento, en mayo. Los pimpollos empezaron a brotar en el jardín de la condesa. Ella y Lucy habían trabajado mucho para limpiarlo de malas hierbas y habían plantado algunas flores, que constituían la primera señal de la llegada de la primavera. Charlotte solía cortar algunas y las ponía en jarrones para decorar la mesa a la hora de las comidas, tratando de animar un poco el ambiente. Lo único en lo que podía pensar era en Henry y en esa criatura que nacería sin padre. Su amado había muerto demasiado joven. No tenía ningún sentido. Y por las noches leía una y otra vez sus cartas.

Desde enero, los alemanes habían intensificado sus incursiones aéreas y los bombardeos sobre Londres se habían recrudecido. Charlotte se preguntaba si, debido a la gravedad de la situación, sus padres la dejarían volver a casa aun después de cumplir los dieciocho años. Y por primera vez, aunque los añoraba mucho, se alegró de no estar en la capital y de que su hijo naciera en la apacible campiña de Yorkshire, lejos de las bombas que caían todas las noches entre el ruido de las sirenas antiaéreas. En las cartas que le enviaban, sus padres y sus hermanas parecían estar muy atribulados y angustiados por el devenir de la guerra, y se sentían muy aliviados sabiendo que ella se encontraba a salvo. Sin embargo, en el fondo, a Charlotte la entristecía no poder compartir los progresos de su embarazo con su madre y sus hermanas, pese a que su suegra era una mujer encantadora. Echaba muchísimo de menos a su madre y se aferraba a la de Henry como la única figura materna a la que podía recurrir en esos momentos.

Los dolores empezaron la segunda semana de mayo. Charlotte le había escrito a su madre la noche anterior. Le habría gustado contarle que iba a tener un hijo, pero sabía que no podría hacerlo hasta que se vieran en persona, algo que esperaba que sucediera en los próximos meses. Entonces le explicaría todo lo ocurrido, le hablaría de su matrimonio con Henry y de lo mucho que lo había amado. Ahora era viuda, y lo único que quería era que su hijo llegara sano y salvo a este mundo.

En cuanto Charlotte anunció que las contracciones habían empezado, la condesa mandó llamar al doctor. Este acudió rápidamente, preocupado, porque en las últimas semanas el bebé había crecido demasiado para su diminuto cuerpo. Había un hospital cercano, pero confiaba en que no tuvieran que practicarle una cesárea. Era una operación muy complicada para la madre y la criatura, y con frecuencia una de ellas, o las dos, no sobrevivía. El doctor le había confesado sus temores a la condesa, pero no le habían dicho nada a Charlotte para no asustarla. En la recta final del embarazo se le había puesto una barriga enorme, y se la veía tan incómoda que ni siquiera Lucy le tenía celos por llevar en su seno al hijo de Henry, algo que hasta entonces la había enfurecido sobremanera.

Cuando el doctor llegó, el parto ya había comenzado. Las contracciones eran demasiado fuertes, pero Charlotte era una joven sana y robusta, y la condesa estaba segura de que lo superaría. El doctor permaneció junto a su cama mañana, tarde y noche, y Glorianna tampoco se apartó de su lado. Estaba siendo un parto muy arduo, y al cabo de dieciséis horas apenas había habido ningún progreso. El bebé parecía demasiado grande para descender por el conducto vaginal, y el doctor y la condesa intercambiaron una mirada de preocupación. Para entonces ya era medianoche, y el parto estaba tan avanzado que era imposible trasladar a Charlotte al hospital, ni siquiera en ambulancia. Su suegra le aplicaba paños húmedos en la frente mientras el doctor le presionaba el vientre para ayudar a salir a la criatura.

Lucy y las criadas podían oír los gritos desgarradores de Charlotte resonando por toda la casa, y veinticuatro horas después de que empezaran las contracciones, el doctor miró a la condesa con expresión desesperada.

—Charlotte, tienes que intentarlo con todas tus fuerzas —le dijo Glorianna, apremiándola con sus palabras. La joven estaba cada vez más débil y apenas podía empujar—. El bebé es muy grande, y vas a tener que expulsarlo. Piensa en Henry y en lo mucho que te amaba. Debes hacerlo por él. Tienes que sacar a ese bebé.

La parturienta reanudó sus esfuerzos mientras el doctor intentaba girar a la criatura para ayudarla a salir, lo cual hacía que Charlotte gritara aún más fuerte. Estaba haciendo todo cuanto podía, pero era en vano. Lucy se asomó varias veces a la habitación, pero en cuanto empezaban los gritos de agonía, desaparecía rápidamente. Resultaba aterrador, mucho peor de lo que había imaginado.

Charlotte volvió a empujar desesperadamente, utilizando las escasas fuerzas que le quedaban. Y entonces, poco a poco, empezó a salir. El doctor lanzó una exclamación triunfal al ver asomar la cabeza del bebé, lo cual hizo que Charlotte empujara aún con más fuerza mientras se aferraba a la mano de su suegra y ambos la animaban a seguir. Charlotte perdía y recobraba la conciencia; sentía como si se estuviera ahogando, hasta que, al cabo de otras dos horas de agónicos esfuerzos, la criatura llegó finalmente al mundo. Tenía el cordón umbilical estrechamente enrollado al cuerpecito, que era lo que le impedía salir. El doctor lo cortó para liberarla, la sostuvo boca arriba y utilizó una perilla succionadora para despejarle las vías aéreas. Y, por fin, empezó a llorar con fuerza. Era una niña, una niña enorme. Pesaba más de cuatro kilos, y costaba imaginar que un bebé de ese tamaño hubiera salido de un cuerpo tan menudo. Charlotte sonrió débilmente al verla y, después, se sumió en un piadoso estado de inconsciencia. El doctor le había dado unas gotas para calmarle el dolor, lo cual le permitió coserle los desgarros vaginales antes de que se despertara. Sangraba profusamente, pero el doctor tranquilizó a la condesa y le dijo que era algo normal después de un parto tan difícil y con un bebé tan grande, y le aseguró que la hemorragia cesaría pronto.

Cuando Charlotte por fin se despertó, Glorianna la besó en la mejilla y le preguntó con una tierna sonrisa:

—¿Cómo vas a llamarla?

Había sido tan valiente... El doctor había hecho venir a una enfermera, que en esos momentos sostenía en brazos a la niña. Ya la habían aseado y envuelto en una mantita, y ahora los miraba a todos con sus enormes ojos azules muy abiertos. Charlotte la contemplaba con un amor infinito, deseando que Henry la hubiera conocido. Al ver por fin a su hija, sentía que todo su agónico esfuerzo había merecido la pena.

—Anne Louise —contestó Charlotte con apenas un hilo de voz—, por mi madre y por una tía bisabuela. Una de mis antepasadas alemanas.

El doctor la observaba muy atentamente, aliviado de que tanto la madre como la hija hubieran sobrevivido, algo que no había tenido demasiado claro durante las últimas horas del parto.

Charlotte se encontraba muy debilitada, y, mientras contemplaba a su hija, dijo en un susurro:

—Es preciosa, ¿verdad?

Entonces volvió a dormirse, sedada por las gotas que le había suministrado el doctor. Este se marchó una hora más tarde, aunque no sin antes tomarle varias veces el pulso. Era débil e inestable, lo cual no resultaba extraño después de todo lo que había sufrido. Le dijo a la condesa que la dejara dormir, y que volvería dentro de unas horas para examinarla. La enfermera se encargaría de comprobar su estado regularmente. Glorianna llevó a la recién nacida al cuartito que había preparado junto a la habitación de Charlotte, que se encontraba en el mismo pasillo que su dormitorio. Luego ella también se retiró a descansar. Había sido una noche extenuante y aterradora, y, al igual que el doctor, también ella había temido que ni Charlotte ni el bebé sobrevivieran. Pero, gracias a Dios, lo habían conseguido.

La condesa se tumbó en su cama sin desvestirse y, al momento, se quedó dormida. Se despertó al cabo de un par de horas y decidió ir a ver cómo se encontraba su nuera, a fin de asegurarse de que no sufría muchos dolores. Abrió la puerta de su habitación con cuidado de no despertarla, sin poder dejar de pensar que ojalá Henry estuviera vivo para poder conocer a su hija. Nada más entrar, vio que el rostro de Charlotte tenía una palidez espectral, incluso más que durante el parto. Dormía plácidamente, pero estaba lívida como el papel, y sus labios se veían azulados. A medida que se acercaba a la cama, Glorianna observó que la joven no parecía respirar. Le cogió la muñeca para tomarle el pulso, en vano, y tampoco apreció señal alguna de movimiento. De forma instintiva apartó las mantas, y entonces descubrió que Charlotte yacía en medio de un gran charco de sangre. La pobre se había desangrado hasta morir mientras la enfermera estaba cuidando del bebé. Su piel ya se notaba fría al tacto. Había muerto con solo diecisiete años, tras un embarazo y un parto de los que sus padres no tenían el menor conocimiento. El corazón de la condesa latía desbocado mientras la miraba. ¿Qué iba a contarles a los reyes? Su preciosa hija había muerto dando a luz a una niña que ni siquiera sabían que existía. Llamó con manos temblorosas al doctor, que acudió rápidamente. La condesa, que había mantenido todo aquello en el más absoluto secreto, no podía dar crédito a lo sucedido: primero Henry, luego su marido y, ahora, Charlotte. Y además, estaba aquella pobre niñita, que se había quedado sin padre y sin madre, huérfana de nacimiento.

El doctor confirmó que Charlotte había fallecido a consecuencia de una severa hemorragia provocada por las lesiones y los desgarros sufridos durante el parto. Aunque la joven aún sangraba cuando el doctor se había marchado, había comentado que era algo habitual. Sin embargo, las hemorragias como aquella resultaban impredecibles y ocurrían muy deprisa. Se había producido de forma repentina, antes de que la enfermera hubiese tenido tiempo de volver a la habitación para comprobar cómo estaba.

Glorianna solo podía pensar en proteger la memoria de Charlotte y la de Henry, y en la manera de ahorrarles el máximo de sufrimiento posible a los reyes hasta que pudieran conocer a su nieta.

En ese momento, una idea cruzó por su mente y miró fijamente al doctor.

—¿Sería posible que en el certificado constara que la causa de la muerte ha sido una neumonía o una gripe, posiblemente provocada por una complicación del asma que padecía? Sus padres no saben nada del bebé —le confió en un susurro—. Por supuesto, se lo contaré todo más adelante. Pero, por el momento, me parece que resultará menos doloroso para ellos afrontar la muerte de su hija sin que se enteren todavía de la existencia de la niña.

El doctor dudó un momento y luego asintió. En el fondo, ¿qué más daba? La pobre muchacha estaba muerta, e imaginaba que, si sus padres no sabían nada de la recién nacida, era porque se trataba de una hija ilegítima. Tal vez fuera esa la razón por la que había venido a Yorkshire, para ocultar su embarazo. La condesa quería proteger a sus padres de la verdad y salvar la reputación de la chica. ¿Y qué sentido tendría infligir mayor sufrimiento a unos padres que habían perdido a su hija dando a luz sin estar casada? Porque en ningún momento se le ocurrió al doctor que Charlotte pudiera estar casada, y Glorianna tampoco se lo dijo, ya que el matrimonio también se había mantenido en secreto a fin de salvaguardar su verdadera identidad. Puede que Charlotte hubiera sido una princesa, pero apenas era una niña, y ahora estaba muerta. Eran demasiadas tragedias en muy poco tiempo.

—Por supuesto, excelencia. Haré lo que sea para ayudar en estas desdichadas circunstancias.

Se le veía profundamente afectado por lo ocurrido. Desearía no haberse marchado después del parto, pero Charlotte parecía estar evolucionando bien. Además, con un bebé tan grande, también podría haber muerto si le hubieran practicado una cesárea.

—Sus padres se quedarán destrozados —dijo Glorianna, quien, tras haber perdido a su hijo, sabía muy bien cómo se sentirían.

—Al menos, cuando les comunique su existencia, tendrán a la pequeña para consolarlos —comentó el doctor en tono compasivo—. Si es que están dispuestos a aceptarla...

Para él estaba muy claro que la niña era ilegítima, y la condesa no hizo nada por sacarlo de su error. No importaba lo que él pensara. Lo importante era que la historia no llegara a la prensa antes de que ella se reuniera en persona con los reyes para hablarles de su nieta y del matrimonio de Charlotte y Henry. Ahora Glorianna era la única persona que sabía que se habían casado... Aparte del vicario, claro, pero este no conocía la verdadera identidad de Charlotte. Para todo el mundo era Charlotte White. El doctor se había figurado también que el padre de la recién nacida era el difunto Henry y que ahora, con la muerte de su madre, se había quedado huérfana.

—Quiero esperar a hablar en persona con los padres de Charlotte para explicarles todo el asunto. Por el momento, lo único que deben saber es que han perdido a su hija. No es preciso que conozcan ya la verdadera razón de su fallecimiento. No serviría de nada.

Habló con la autoridad que le confería su rango nobiliario, tratando de afrontar aquella terrible situación de la mejor manera posible.

—Por supuesto, excelencia, lo que usted considere oportuno.

El doctor llevaba un certificado de defunción en su maletín y, tal como ella había sugerido, escribió que la causa de la muerte había sido una neumonía por complicaciones derivadas del asma. Le prometió que así constaría en el registro oficial del condado, y luego llamó también a la funeraria. Quería hacer todo lo posible por ayudar.

Con aire solemne y afligido, la condesa comunicó la muerte de Charlotte al ama de llaves, a las doncellas y a Lucy. Esta se quedó conmocionada, y las lágrimas anegaron sus ojos. Las criadas rompieron a llorar y volvieron a la cocina, y Lucy también fue con ellas. Ninguna de ellas se había esperado que aquello pudiera ocurrir. A pesar de su constitución menuda, Charlotte era una joven fuerte y sana.

Una hora después llegaron los empleados de la funeraria para hacerse cargo de Charlotte, y Glorianna la besó en la frente antes de que se la llevaran. Lucy y las doncellas se quedaron llorando en el pasillo mientras sacaban el cuerpo en una camilla, cubierto con una sábana negra. Luego la condesa fue a la biblioteca y, con las manos temblorosas, se sirvió una copa de brandy antes de llamar al número del palacio de Buckingham que le habían dado para situaciones de emergencia. Preguntó por el secretario de la reina y, en cuanto Glorianna dijo su nombre, un hombre se puso al teléfono. Pensó que era mejor no llamar a Charles Williams, a quien había conocido cuando llevó a Charlotte a Ainsleigh Hall. Dadas las circunstancias, le había parecido más apropiado llamar al secretario de la reina, no al del rey, ya que siempre había mantenido correspondencia con ella. Glorianna dijo que todo había ocurrido muy deprisa: Charlotte había contraído un fuerte resfriado que, debido a su asma, había derivado en una neumonía en apenas veinticuatro horas. El doctor la había visitado, pero, antes de que pudieran llamar a palacio, la joven sufrió un gravísimo ataque asmático que no pudo superar. La condesa, profundamente afectada, le pidió que transmitiera sus más sinceras condolencias al rey, a la reina y a las hermanas de Charlotte. También se ofreció a enterrarla en el pequeño cementerio privado que había en su propiedad hasta que la familia real pudiera trasladar sus restos mortales, lo cual seguramente no podría ser hasta después de que acabara la guerra.

El secretario le dio las gracias y le prometió que, después de informar a los reyes, la llamaría para comunicarle lo que hubieran decidido. Charlotte había muerto solo unas semanas antes de cumplir dieciocho años. Nadie se habría esperado aquello. Aparte del asma que sufría, era una joven muy sana y llena de vida. Y Glorianna había confiado en que superara los rigores del parto y no se desangrara hasta morir.

Antes de finalizar la conversación, le comentó al secretario de la reina que empaquetarían todas las pertenencias de Charlotte para devolverlas a palacio, y que también se encargarían del cuidado de su caballo hasta que pudieran venir a recogerlo junto con todo lo demás. El secretario volvió a darle las gracias y luego colgaron. El hombre tenía ante sí una tarea de lo más complicada: comunicar a la familia real el fallecimiento de la princesa Charlotte.

El único consuelo para Glorianna era saber que la reputación y la memoria de Charlotte y de Henry estarían a salvo. No se montaría ningún escándalo en torno al bebé y al matrimonio apresurado de aquellos dos alocados y jóvenes enamorados. Cuando se reuniera con los reyes les contaría toda la historia, algo que no consideraba pertinente hacer por teléfono o por carta. Y, una vez que supieran la verdad, les mostraría a la niña y respetaría cualquier decisión que tomaran: o quedársela ellos o dejar que siguiera cuidándola ella. Pero, por el momento, la pequeña estaba a salvo en Yorkshire, hasta que la familia real estuviera preparada para saber de su existencia.

Minutos después, la condesa fue a ver a la niña al cuartito del bebé. La cogió de su cuna, se sentó y la acunó en sus brazos mientras dormía plácidamente. El ama de llaves ya se había ocupado de buscar en las granjas a una nodriza que se encargaría de amamantarla. Mientras sostenía a la pequeña, Glorianna lloró por la pérdida de su madre, la joven que había traído tanta luz a sus vidas en el último año y que tanto había amado a Henry. Además, gracias a Charlotte, una parte de Henry también perduraría. Se sentía muy agradecida por ello. Seguía sin poder creer que Charlotte también hubiera abandonado este mundo, pero sabía que, al igual que Henry, Su Alteza Real la princesa Charlotte Windsor seguiría viva para siempre en aquella niña, que también era sangre de su sangre. La condesa sentía un poderoso vínculo afectivo con aquella huérfana desvalida, la princesa Anne Louise, a la que su madre había puesto ese nombre antes de morir. Glorianna esperaba que el futuro fuera más clemente con ella de lo que había sido hasta ahora, al despojarla de unos padres que la hubieran amado y cuidado. Su llegada a este mundo no había sido un acontecimiento jubiloso, sino que había estado lleno de sufrimiento y dolor.

4

Durante las primeras semanas hubo mucho trasiego alrededor del cuarto del bebé. Todos querían asegurarse de que la pequeña Anne Louise sobrevivía a las penalidades del doloroso parto y a la pérdida de su madre. El doctor acudía a verla a diario, y también había encontrado a una enfermera para vigilarla permanentemente. Pese a todas las adversidades, la niña creció con normalidad, fuerte y sana, con un vigoroso apetito y un llanto potente. Era el único rayo de luz en aquella casa sombría.

La familia real se había quedado destrozada al enterarse del fallecimiento de Charlotte, y el doctor había cumplido diligentemente la petición de la condesa de hacer constar que la causa de la defunción había sido una neumonía provocada por el asma. Los reyes no supieron nada del matrimonio clandestino, de la muerte de Charlotte a consecuencia del parto ni de la hija que había sobrevivido.

La familia real aceptó agradecida el ofrecimiento de enterrar temporalmente a Charlotte en la finca de Ainsleigh Hall. Tenían intención de trasladar sus restos en cuanto acabara la guerra. Era mejor que hacerlo ahora, cuando Londres seguía asediada por las bombas. También preferían que sus pertenencias y el caballo se quedaran en Yorkshire hasta que fueran a recoger el cuerpo de Charlotte, lo cual le pareció bien a la condesa. El secretario le dijo que a los reyes les resultaba muy dolorosa la idea de enterrar a su hija en medio de los bombardeos.

Las hermanas de Charlotte estaban tan desoladas como sus padres. La princesa Victoria lamentó la pérdida incluso más que su hermana mayor. No podía olvidar todas las veces que la había atormentado y menospreciado, y sus constantes peleas y discusiones.

La radio y la prensa difundieron un comunicado oficial emitido por el palacio de Buckingham en el que se anunciaba que la hija menor de los reyes, Su Alteza Real la princesa Charlotte, había fallecido de neumonía poco antes de cumplir los dieciocho años, mientras pasaba una temporada en el campo, lejos de los bombardeos que asolaban la capital. También decía que la familia real estaba profundamente consternada por la pérdida. Todos en Ainsleigh Hall escucharon por la radio el comunicado de palacio, pero nadie estableció la conexión con Charlotte White, que había muerto el mismo día poco después de dar a luz.

Cuando acabó la emisión radiofónica, Lucy le comentó al ama de llaves en la cocina:

—Qué extraño, ¿no? La princesa murió el mismo día que nuestra Charlotte, aunque no por la misma causa.

En aquellos días todo parecía girar en torno a la muerte: en el frente, en las ciudades, en Ainsleigh Hall... Lucy se pasaba todo el tiempo que podía en el cuarto del bebé. Le encantaba sostener a la niña en brazos; era su último vínculo con Henry. Allí sentada, la acunaba durante horas. Estuvo presente cuando Anne Louise esbozó su primera sonrisa, y era la que mejor sabía calmarla cuando a veces lloraba durante largo rato. La enfermera decía que eran gases, pero la condesa siempre se preguntaba si no sería porque echaba mucho de menos a su madre. A Lucy la apenaba que Charlotte hubiera muerto, pero estaba encantada con la niña.

El funeral celebrado en el pequeño cementerio fue breve

y sencillo. Solo asistieron la condesa, Lucy, el ama de llaves y las doncellas. El vicario que había casado a Charlotte y Henry ofició la ceremonia, y se le veía sinceramente afligido por la pérdida de alguien tan joven, una persona encantadora que había llevado la alegría a todos los que la conocieron. Nadie sabía a ciencia cierta lo que había pasado realmente, pero todos eran conscientes de que había algo extraño en torno al nacimiento de aquella niña. La condesa y el vicario eran los únicos que sabían que Charlotte y Henry se habían casado, pero resultaba fácil suponer quién era el padre de la criatura. Aun así, ahora que ambos progenitores habían muerto, la niña solo tenía a su abuela en este mundo. La condesa no le reveló a nadie la historia ni el linaje real de la pequeña Anne Louise. Los padres de Charlotte merecían saber lo ocurrido antes que nadie, y luego ellos decidirían lo que consideraran más conveniente. Su nacimiento había sido respetable, pero su concepción no tanto, ya que sus padres eran demasiado jóvenes y en aquel momento no estaban casados.

La condesa se alegraba mucho de haberlos animado a contraer matrimonio. Si la niña hubiera sido ilegítima, sería del todo imposible que la familia real llegara a aceptarla, o incluso a reconocerla. De momento, Glorianna mantendría en secreto la identidad de Anne Louise, pero tenía la satisfacción de saber que era una hija legítima.

Estaba deseando que terminaran los bombardeos para poder viajar a Londres con la pequeña, mostrársela a la reina y contarle toda la historia. Le costaba imaginar que pudiera rechazar a aquella criatura inocente, que además era el último vínculo que tenía con su hija fallecida a tan temprana edad. Glorianna había enviado a palacio una copia del certificado de defunción, y había recibido una carta manuscrita de la reina contándole lo afligidos que estaban todos y agradeciéndole lo bien que se había portado con Charlotte, a pesar de su propio dolor por la muerte de su marido y su hijo. Todos habían sufrido demasiadas pérdidas. Pero a la condesa la animaba un poco saber que aquella niña les serviría de consuelo, si es que al final acababan aceptándola, y estaba segura de que lo harían. Después de todo, no era la primera Windsor ni el primer miembro de una casa real cuyo nacimiento había estado rodeado de extrañas circunstancias.

La moral de la población volvía a estar por los suelos, angustiada y deprimida por los bombardeos que asolaban toda Inglaterra con su constante goteo de muerte y destrucción. La situación era igual o incluso peor que al principio de la guerra. Los ataques de la Luftwaffe eran incesantes, y Hitler continuaba castigando al país con toda su artillería bélica.

Yorkshire seguía siendo uno de los lugares más seguros de Inglaterra, aunque eso también podía cambiar en cualquier momento. El condado también sufría algunos bombardeos, aunque con menos intensidad que en la capital.

En septiembre la enfermera tuvo que marcharse a Mánchester para cuidar de su madre, después de que su casa fuera bombardeada y la mujer sufriera una apoplejía. Para entonces Anne Louise ya tenía cuatro meses, y Lucy se ofreció enseguida para cuidar de la pequeña. La condesa estaba impresionada por su actitud cariñosa y eficiente, pese a ser alguien tan joven. Lucy adoraba a la niña, y cada vez que la acunaba entre sus brazos pensaba en Henry, su único y verdadero amor. Y aunque en vida él no había mostrado el menor interés por ella, ahora Lucy podía prodigar a la pequeña todo el amor que había sentido por su amado. La cuidaba de forma incansable. Nunca se separaba de ella y la llevaba consigo a todas partes, por lo cual la condesa le estaba muy agradecida. Incluso dormía con ella en el cuarto del bebé.

Desde la muerte de Charlotte, la salud de Glorianna también había empeorado. Habían sido demasiados golpes en muy poco tiempo: tres muertes en apenas cuatro meses. Todos sus seres queridos habían fallecido, excepto su nieta, que ahora era la única alegría de su vida.

La condesa se sumió en un estado de profunda melancolía durante meses, y cuando llegó el invierno, pese a la lesión que arrastraba en la pierna tras su caída, volvió a montar a caballo por primera vez en años. Decía que eso le daba tiempo para pensar y, en el fondo, ya no le importaban los riesgos que pudiera correr. También salía a dar largos paseos por los terrenos de la finca, y a su regreso siempre se detenía en el cementerio para visitar las tumbas de su marido y de Charlotte. Había mandado colocar asimismo una lápida en recuerdo de Henry, aunque sus restos nunca descansarían allí. Los padres de George y los antepasados de varias generaciones también reposaban en el pequeño camposanto. A Glorianna la confortaba poder honrar la memoria de sus seres queridos.

Una tarde que se encontraba especialmente melancólica, al volver a la casa se asomó al cuarto del bebé y vio que la pequeña dormía plácidamente en brazos de Lucy. Se las veía tan a gusto juntas... Se alejó sin hacer ruido para no molestarlas, agradecida por toda la dedicación y entrega que estaba demostrando la joven. Ahora había una razón para que se quedara cuando acabara la guerra, lo cual era un alivio tanto para la condesa como para Lucy. Ella podría encargarse del cuidado de Anne Louise, a menos que la reina dispusiera otra cosa y decidiera llevársela a palacio cuando supiera de su existencia. Glorianna esperaba con ansiedad que llegara ese momento. El destino de la pequeña era una carga demasiado pesada para llevarla ella sola, y era consciente de que debería ser compartida. Deseaba hacerlo con ellos, si es que finalmente estaban dispuestos a aceptarla.

Unos días antes de Navidad, una de las doncellas fue como de costumbre a despertar a la condesa para llevarle el desayuno. Descorrió las cortinas. Era un lúgubre día de diciembre, la nieve cubría el suelo y hacía mucho frío dentro de la casa.

La doncella hizo un comentario sobre el tiempo mientras se giraba sonriendo hacia su señora, y entonces la encontró tumbada apaciblemente en su cama, con tez cetrina: la condesa había muerto de un ataque al corazón mientras dormía. Todo el sufrimiento de ese año había sido demasiado para ella. El ama de llaves llamó al vicario y a la funeraria y, tras la consternación y el desconcierto iniciales, se puso en contacto con Peter Babcock, el abogado de la familia en York, cuyo nombre recordaba de cuando el conde aún vivía. Nadie sabía muy bien lo que había que hacer, ya que no había constancia de ningún pariente vivo de los Hemmings, pero imaginaban que el abogado sabría quién era el heredero de Ainsleigh Hall. Henry lo había sido mientras vivía, pero era hijo único. Ni el conde ni la condesa tenían hermanos, de modo que, como solía ocurrir en aquellos casos, la propiedad iría a parar posiblemente a manos de algún primo lejano al que ni siquiera conocían.

El abogado acudió para ver quiénes vivían en la casa, y encontró allí al ama de llaves, a las dos doncellas, a una joven procedente de Londres y a una niña pequeña que supuso que era su hija. Nadie le sacó de su error. No sabían muy bien qué debían decir, ya que Charlotte estaba muerta y nadie les había confirmado nunca quién era el padre de la pequeña. Podían imaginarse quién era, pero nadie lo había expresado abiertamente.

Así pues, el abogado pensó que Lucy era la madre de la niña. No le contaron que era la nieta de la condesa, ya que esta no se lo había confesado a ninguna de ellas. Y ahora quedaba la duda de quién se haría cargo de Anne Louise. Al parecer, no había nadie que asumiera la responsabilidad. Se rumoreaba que la familia de Charlotte no conocía la existencia de la niña, o no la aprobaba, ya que ninguno de ellos se había presentado cuando nació la pequeña ni tampoco cuando murió su madre.

Por lo demás, estaban las dos personas encargadas de las cuadras, un hombre mayor y un mozo que era poco más que un crío, y los arrendatarios que se ocupaban de las granjas. La condesa había dejado suficiente dinero para pagar sus sueldos durante un tiempo, ya que había manejado los asuntos de la finca de manera austera, sin grandes derroches. Tras comprobar que todo estaba en orden, el abogado accedió a costear el mantenimiento de la propiedad hasta que consiguiera encontrar al heredero legal, lo cual podría llevar bastante tiempo.

Tardó dos meses en localizar a un pariente lejano, después de publicar diversos anuncios en toda la prensa de York y de Londres. Finalmente, recibió una carta de un primo tercero del conde que se había marchado a Irlanda durante la guerra, ya que era territorio neutral. Se mostró muy sorprendido al enterarse de que había heredado la propiedad. No veía al conde desde que era un niño, y era incluso mayor que él. No se había casado y no tenía hijos. En su carta, le contó al abogado que no tenía intención de regresar a Inglaterra mientras durara la guerra, pero que en cuanto acabara volvería para inspeccionar la finca, a ser posible antes. Mientras tanto, daba autorización al señor Babcock para pagar los exiguos sueldos del personal que quedaba. También lamentaba enterarse de que todos los miembros de la familia habían fallecido. No estaba seguro de lo que haría con la finca, y dijo que, después de verla, lo más probable era que la pusiera en venta. Había adquirido una gran propiedad en Irlanda, un castillo, y su intención era seguir viviendo allí cuando acabara la guerra. No mostró ningún interés por quedarse con Ainsleigh Hall, sobre todo después de enterarse de que necesitaba muchas reparaciones y requería una gran cantidad de personal para su mantenimiento.

Pasaron otros tres meses antes de que, en mayo, la guerra acabara en Europa, para gran alivio general. Habían sido cinco años y ocho meses agónicos, con un desgarrador balance de muertes en Inglaterra, en todo el continente y también en el Pacífico. Europa en especial había quedado asolada por los bombardeos en ambos bandos. Y una semana después de que los alemanes se rindieran, Anne Louise cumplió un año.

Un mes después de la rendición, en junio, lord Alfred Ainsleigh llegó de Irlanda para inspeccionar la finca con el abogado de los Hemmings. El heredero era un hombre bastante mayor, y se quedó muy decepcionado al ver el estado en que se encontraba la mansión. Haría falta mucho trabajo y dinero para modernizarla. Habría que poner calefacción central y renovar las instalaciones de agua y electricidad, que eran antiguas y estaban muy deterioradas. Los terrenos que rodeaban la casa estaban descuidados, y los jardines necesitaban ser replantados, aunque las tierras eran hermosas y, cuando los hombres regresaran del frente, las granjas volverían a prosperar rápidamente. Sin embargo, el anciano heredero dijo que carecía de la juventud y la energía necesarias para hacer que Ainsleigh Hall recuperara el esplendor que había tenido antes de la Gran Guerra. Habían transcurrido treinta años en los que, por falta de fondos, no se habían realizado las reparaciones y labores de mantenimiento necesarias. Además, lord Ainsleigh no tenía ganas de volver a vivir en Inglaterra, de modo que finalmente decidió que lo más sensato era vender la propiedad al mejor postor. Tras discutirlo a fondo con el señor Babcock, establecieron el precio que consideraron más razonable y la pusieron a la venta en inmobiliarias de Londres y de York. El anciano confiaba en que la comprara algún estadounidense o alguien con el dinero suficiente para hacer que Ainsleigh Hall volviera a ser lo que había sido en sus buenos tiempos. Haría falta una gran inversión económica para que recuperara su antiguo esplendor. Una vez finalizados los trámites, lord Ainsleigh regresó a Irlanda con la promesa del abogado de mantenerle informado.

La decisión de vender la propiedad causó un gran revuelo entre el escaso personal de servicio que quedaba en la casa. Les preocupaba mucho lo que supondría la llegada de un nuevo propietario.

—Supongo que este es el final para nosotras —comentó una de las doncellas, con su marcado acento de Yorkshire y con una expresión sombría en el rostro. Llevaba trabajando allí toda su vida, y siempre había sido fiel a los condes durante sus cuarenta años de matrimonio y durante la corta existencia de su hijo—. Lo más probable es que el nuevo propietario nos eche a todas y contrate a gente más joven —vaticinó en tono lúgubre—, aunque tendrá suerte si encuentra a alguien que quiera trabajar sirviendo. No creo que las chicas que trabajan en las fábricas tengan muchas ganas de renunciar a sus empleos con mejores condiciones y sueldos que los que tenemos aquí. Preferirán seguir viviendo en las ciudades y no volver al campo.

Su compañera respondió en tono más esperanzado:

—Pero van a necesitar a alguien que limpie la casa. Podemos quedarnos aquí hasta ver quién compra la finca.

El ama de llaves se mostró de acuerdo y dijo que pensaba quedarse hasta que la despidieran. Se había criado en una de las granjas y le encantaba trabajar en la casa. Luego se giró hacia Lucy.

—¿Y tú, qué vas a hacer? —le preguntó.

No era una empleada ni tampoco formaba parte de la familia, y ahora que los condes habían muerto y Ainsleigh Hall se vendería, necesitaría un lugar donde vivir. Tras la muerte de sus padres no le quedaba ningún pariente vivo. Había percibido una pequeña cantidad del seguro después de que el apartamento de su familia fuera bombardeado, y ese dinero le permitiría subsistir un tiempo, pero no duraría para siempre. Su sueño era regresar a Londres para buscarse la vida. Le gustaba la idea de trabajar en una casa como aquella, tal vez en Sussex o en Kent. Yorkshire quedaba demasiado lejos de la ciudad. Acababa de cumplir diecinueve años, y ya llevaba cuatro en Ainsleigh Hall, que para entonces se había convertido en su único hogar. Sin embargo, el problema más importante para ella era qué pasaría con Anne Louise. Ahora las dos eran huérfanas. Annie, como la llamaba Lucy, tenía ya trece meses. La quería como si fuera su propia hija y la había cuidado con total entrega y dedicación desde que la enfermera tuvo que marcharse cuando la pequeña tenía solo cuatro meses.

—Quiero volver a Londres —contestó Lucy.

Las otras asintieron; para ellas era lo más lógico. Lucy era una joven de la capital, aunque ya no le quedara familia allí. En Londres, y en la campiña circundante, podría encontrar mejores empleos que en Yorkshire. Muchos volverían a sus ciudades de origen tras regresar del frente, o de los lugares en el campo donde se habían refugiado de las bombas que habían caído incesantemente durante los últimos cinco años. Se avecinaba una nueva época de renovación y reconstrucción, y Lucy era una mujer joven y llena de energía.

—Y creo que me llevaré a Annie conmigo.

Lo soltó de sopetón para ver lo que decían las sirvientas: si ponían alguna objeción, si se escandalizaban o si le comentaban que necesitaría el permiso de alguien. Pero ahora la condesa ya no estaba, y el heredero legal era un primo lejano muy anciano que no quería quedarse con la casa. Les costaba imaginar que aquel hombre quisiera hacerse cargo de una niña huérfana cuyos padres, por lo que ellas sabían, ni siquiera se habían casado. Además, como hija ilegítima, tampoco podría heredar la propiedad en un futuro. Ahora ya no tenía ningún familiar cercano, y el ama de llaves y las doncellas estaban convencidas de que, si le comentaban algo al nuevo lord Ainsleigh sobre la niña, esta acabaría en un orfanato. Todas convinieron en que lo más sensato era que se la llevara Lucy, que la querría y la cuidaría muy bien. Estaría mejor con ella que con los otros miles de huérfanos que la guerra había dejado por toda Inglaterra y que luchaban por encontrar un lugar donde vivir y subsistir gracias a la beneficencia pública. Pasara lo que pasase, Lucy se encargaría de darle los cuidados que necesitaba, y resultaba evidente que la quería con toda su alma. A ella no le importaba en absoluto que fuera ilegítima.

—Me parece muy buena idea —dijo el ama de llaves en tono práctico—. Contigo estará a salvo y se sentirá querida. No tiene a nadie más en el mundo, y tú eres la mejor madre que la niña podría desear.

Lucy sonrió al escuchar sus afectuosas palabras. Las dos doncellas también se mostraron de acuerdo: ella era la persona ideal para hacerse cargo de Anne Louise. La había cuidado casi desde que nació, y era la única madre que la niña había conocido. Sería un grave error meterla en un orfanato o entregársela a un anciano en Irlanda que ni siquiera la querría. Y aunque todas estaban muy seguras de que el padre era Henry, el pobre ya no estaba allí para asumir su responsabilidad, y la niña tampoco podría reclamar nunca sus derechos como heredera, de modo que el hecho de que Lucy ejerciera como su madre supondría una bendición para ambas: ella necesitaba una familia, y Annie, una madre.

—¿Y cuándo piensas marcharte? —le preguntó una de las doncellas.

—Pronto —contestó Lucy.

Tenía sus ahorros para ir tirando un tiempo, y luego buscaría un trabajo al que pudiera llevarse a la pequeña, tal vez de niñera, de aya o de criada en una casa grande. Eran trabajos para los que estaba preparada, y cuando fuera a solicitar empleo diría que era una viuda de guerra con una hija. Ahora, el mercado laboral estaba lleno de mujeres que habían enviudado y se habían quedado solas y con hijos a su cargo. Nadie le iba a pedir ningún documento, ni el certificado matrimonial ni la partida de nacimiento de Anne Louise. Siempre podría decir que los papeles se habían perdido durante los bombardeos.

—Si quieres, te escribiré una carta de recomendación —le ofreció el ama de llaves.

Lucy aceptó encantada. Era lo que necesitaba para encontrar un buen empleo. Cuando tuviera esa carta, podría solicitar cualquier puesto de niñera o criada que estuviera disponible. Había leído en la revista *The Lady* que en Londres había una agencia de colocación que ayudaba a encontrar trabajo de personal doméstico, y pensaba acudir allí para buscar empleo.

Esa noche, después de que las demás se hubieran acostado, Lucy subió a la gran habitación de invitados que Charlotte había ocupado durante sus últimas semanas de vida. Allí era adonde habían trasladado sus pertenencias después de que abandonara el pequeño cuarto de la última planta contiguo al de Lucy. Ella sabía que todos sus documentos estarían allí. Quería llevárselos consigo, no para enseñárselos a nadie, solo por si pudiera necesitarlos algún día. No sabía gran cosa sobre el pasado de Charlotte. Siempre se había mostrado muy vaga cuando le preguntaba al respecto, y Lucy intuía que ocultaba algún secreto, tal como lo había ahora en torno al nacimiento de Anne Louise. Sabía que tenía que haber un misterio de algún tipo.

Al entrar en el dormitorio experimentó una sensación inquietante, ya que era allí donde había muerto Charlotte hacía más de un año, después de dar a luz a Annie. La habitación había permanecido intacta desde entonces, y las cortinas seguían echadas. Se sentó ante el escritorio y, al tratar de abrir los cajones, le alivió descubrir que no estaban cerrados con llave. Resultó más sencillo de lo que había esperado. Sobre la mesa había también una gran caja forrada en cuero marrón, con una corona dorada en la tapa. Antes de examinar su contenido, Lucy rebuscó en los cajones. Dos de ellos estaban llenos de fajos de cartas atados con finas cintas azules. Desanudó los lazos y las abrió, y vio que en el papel de carta estaba impresa la misma corona. Todas estaban firmadas por «Mamá»; en lo alto de la página aparecían grabadas las iniciales «A. R.», y en la esquina superior derecha, debajo de la fecha, con una caligrafía pulcra y elegante, estaban escritas las palabras «Palacio de Buckingham». En otras figuraban distintas ubicaciones: «Sandringham», «Windsor» y «Balmoral». Lucy frunció el ceño, preguntándose si se trataría de alguna especie de código. Entonces empezó a leer algunas cartas y, de repente, el corazón le dio un vuelco. Las iniciales «A. R.» podían corresponder a «Anne Regina», la reina Anne; la corona era la de la casa real de Windsor, y todas las misivas habían sido enviadas desde los palacios que la familia real solía utilizar habitualmente. Pero eso era imposible. ¿Cómo podía ser? Charlotte había dicho que su padre era un funcionario y su madre, una secretaria. ¿Acaso había mentido? ¿O es que su madre era una secretaria de la reina? Parecía poco probable que hubiera utilizado el papel de carta de la soberana para escribirle a su propia hija..., a menos que fuera la propia reina.

Procedió a leer todas las cartas minuciosamente y comprobó que en ninguna de ellas la madre de Charlotte, la mujer que firmaba como «Mamá», hacía la menor referencia a Henry o al hecho de que su hija esperara un bebé. Era evidente que no tenía la menor idea. Estaba claro que Charlotte le había ocultado el embarazo, seguramente porque Anne Louise era una hija ilegítima y no quería contarle a su madre que había caído en desgracia. Sin embargo, la condesa sí lo había sabido y la había ayudado a mantenerlo en secreto.

Entonces Lucy recordó vagamente haber oído que la menor de las princesas de la familia real había sido enviada al campo para escapar de los bombardeos en Londres. Tal vez fuera a Ainsleigh Hall adonde la habían enviado, aunque el apellido de Charlotte era «White», no «Windsor». Aun así, a Lucy no le cabía la menor duda de que las cartas firmadas como «Mamá» eran de la reina, y que habían sido enviadas desde el palacio de Buckingham y desde las demás residencias reales. En los sobres ponía que iban dirigidas a la condesa, pero las cartas eran para Charlotte.

Leyó todas las cartas, de la primera a la última, y también

algunas escritas por sus hermanas. Buscó menciones a su embarazo y al futuro bebé, y no halló ninguna. Volvió a atar los fajos de cartas y luego encontró las que Henry le había enviado a Charlotte poco antes de morir. En ellas le contaba lo mucho que la amaba y lo feliz que estaba por el hijo que esperaban. Lucy notó una dolorosa punzada en el corazón al recordar cómo había deseado que él sintiera algo así por ella algún día. Pero ahora Henry ya no estaba, y Lucy tenía a su hija. En el escritorio también había algunas fotografías de él. En una de ellas aparecía con Charlotte. La foto estaba dentro de un pequeño marco de plata con forma de corazón, y debía de haberla tomado la condesa.

Después de leer todas las cartas, abrió cuidadosamente la caja de cuero con la corona repujada en oro. Había una llave en la pequeña cerradura, pero no estaba echada, y Lucy se quedó estupefacta con lo que encontró: el certificado de matrimonio de Henry y Charlotte, celebrado gracias a una licencia especial, y que también habían mantenido en secreto. Así pues, después de todo, Anne Louise no era una hija ilegítima. Aquello la dejó anonadada, ya que todos habían asumido que sí lo era, y estaba claro que la reina no sabía nada de su existencia.

La pareja se había casado poco antes de que Henry se marchara a la guerra. Glorianna Hemmings había firmado como testigo, y también el conde, así que ambos lo sabían. Seguramente habían esperado para contárselo a la reina, pero la condesa no debía de haber encontrado el momento de hacerlo antes de que Charlotte muriera horas después de dar a luz, ya que en sus cartas la reina no mencionaba nada sobre el matrimonio ni sobre el bebé. Lo más probable era que estuvieran esperando a que Henry regresara del frente para comunicar a la familia real la noticia del enlace y de la hija concebida fuera del matrimonio, con solo diecisiete años. Fuera cual fuese la razón, la reina no había oído hablar de Anne Louise, ni tampoco de la apresurada boda de Charlotte después de que esta se quedara embarazada y antes de que Henry se marchara a la guerra.

Así pues, habían legitimado a su hija, pero lo habían mantenido en secreto. Y lo más impactante de todo era que Charlotte había sido una princesa, la hija menor de los reyes de Inglaterra. Ahora Lucy estaba segura de ello. Era evidente que las cosas habían tomado un giro completamente inesperado cuando Charlotte llegó a Yorkshire y ella y Henry se enamoraron. También le había ocultado esa relación a su familia. Nunca había mencionado a Henry en las cartas que le envió a su madre, salvo cuando, después de morir en la guerra, comentó lo mucho que lo lamentaba por los condes. Sin embargo, la reina no tenía la menor idea de que Charlotte también estaba de duelo por él.

Dentro de la caja estaban también los documentos que la joven había utilizado para viajar con el nombre de «Charlotte White». No había nada que la identificara como «Charlotte Windsor» ni como princesa, excepto las misivas que la reina firmaba como «Mamá» y que habían sido enviadas desde el palacio de Buckingham y las demás residencias reales. También había otras cartas de la madre y de las hermanas de Charlotte, así como algunas firmadas por «Papá». Como eran tantas, había tenido que repartirlas entre la caja de cuero y los cajones del escritorio. Y cuando Lucy sacó todos los papeles para leerlos, descubrió que en el fondo de la caja había unas iniciales grabadas que no eran las de Charlotte. Empezaban por «A», y presumiblemente correspondían a las de la reina Anne.

Charlotte había guardado multitud de secretos hasta su repentina muerte, y al final se los había llevado consigo a la tumba. La condesa estaba al corriente de toda la historia, pero al parecer no le había contado nada a la reina. Tal vez tenía miedo de cómo reaccionarían los monarcas al enterarse de que el hijo de los Hemmings había dejado embarazada a su hija de diecisiete años, y que se habían casado sin su conocimiento para evitar que la criatura que esperaban fuera ilegítima. Algunos de aquellos misterios seguían sin resolverse, y ya nunca se aclararían, pero Lucy podía adivinar fácilmente la verdad: estaba convencida de que Charlotte era la princesa que había sido enviada fuera de Londres para escapar de las bombas y que había fallecido de «neumonía», presuntamente, el mismo día que la joven conocida con el nombre de Charlotte White había fallecido también en Yorkshire, tras dar a luz a una niña con solo diecisiete años. No era una coincidencia. Lucy estaba segura de que eran la misma persona.

En la caja había una copia de la partida de nacimiento de Anne Louise, registrada con el apellido de su padre. Y también estaba el certificado de defunción de Charlotte White, al parecer guardado allí por la condesa, donde constaba como causa de la muerte una neumonía, y no una hemorragia a consecuencia del parto. Todo estaba allí dentro. Cuando echó un último vistazo al interior de la caja, descubrió una fina pulsera de oro de la que pendía un pequeño corazón dorado. Lucy se la puso en la muñeca. Se sintió como una ladrona al cogerla, pero nunca había tenido nada tan bonito y no pudo resistir la tentación. Recordaba habérsela visto puesta a Charlotte cuando llegó a Ainsleigh Hall. Algún día se la entregaría a Annie.

Lucy se reclinó en el asiento, contemplando todos aquellos documentos esparcidos sobre el escritorio. Era consciente de que, si quisiera hacerlo, tenía todo lo que necesitaría para chantajear a la casa real de Windsor. Experimentó una extraña sensación de poder: lo sabía todo sobre la boda secreta, sobre el bebé concebido fuera del matrimonio con solo diecisiete años y sobre la niña nacida de aquella relación clandestina. También conocía la verdadera causa del fallecimiento de Charlotte, y estaba muy segura de que la familia real no tenía la menor idea de todo aquello. Lucy lo sabía todo, y ellos no.

¿Cuánto pagarían por esa información, por comprar su silencio para que no estallara un gran escándalo en torno a la muerte de su hija menor? Aunque también era cierto que, al final, Charlotte y Henry se habían casado y la niña había nacido dentro del seno del matrimonio.

Sin embargo, Lucy no quería dinero. Solo deseaba quedarse con Annie, la niña por la que sentía un amor infinito y que la familia real ni siquiera sabía que existía. Ellos no la echarían de menos, y Lucy sabía que desprenderse de la pequeña le rompería el corazón. Guardar silencio ahora privaría a Annie de una vida como princesa, pero, de todos modos, su verdadera madre estaba muerta. La pequeña tendría que renunciar a una lujosa existencia de palacios y privilegios reales, pero Lucy creía firmemente que ella podría darle el amor maternal que ninguno de los miembros de la monarquía podría darle. Además, si las cosas hubieran sido diferentes, Henry la habría amado a ella y Annie habría sido su hija, no la de Charlotte. Aquella era una manera de sentirse unida a Henry para siempre, pero lo más importante era que podría prodigar todo su amor a la hija del hombre al que había amado. Annie nunca sabría que era la nieta de los reyes de Inglaterra, y si Lucy se llevaba con ella la partida de nacimiento, tampoco lo sabría nadie. Cuando la familia real mandara a buscar las pertenencias y los restos mortales de Charlotte, no sabrían que había tenido una hija. Los únicos que habían conocido la verdad del linaje real de Annie eran Charlotte, Henry y los condes, y ahora Lucy había descubierto su secreto.

Se quedó mirando fijamente el documento. Las manos le temblaban mientras trataba de decidir qué hacer, pero Lucy sabía que no tenía otra elección. De lo contrario, todo lo que deseaba en este mundo estaría fuera de su alcance. Pensó que podría seguir haciendo creer a las sirvientas de Ainsleigh Hall que Annie era una huérfana bastarda sin parientes consanguíneos, excepto por aquel primo lejano que había heredado la propiedad y que tampoco querría hacerse cargo de ella.

La familia real no se había enterado de la existencia de Annie, y nunca lo haría. Ya no quedaba nadie con vida para contárselo, y nadie sabría nunca que su verdadera madre había sido una princesa, la tercera en la línea de sucesión al trono. Si Lucy se llevaba a la niña consigo, nadie sospecharía que no era su hija. Los reyes nunca buscarían a una nieta que ni siquiera sabían que tenían, y las sirvientas desconocían el linaje real de la pequeña y la verdadera identidad de su madre. Ahora ya no había nadie que pudiera detenerla. Y por mucho dinero que pudiera conseguir vendiendo los secretos de Charlotte a su familia, nunca sería nada comparado con poder quedarse a la niña a la que quería como a una hija.

Con súbita determinación, recogió todas las cartas y documentos, el certificado de matrimonio y la partida de nacimiento, y como pudo los guardó cuidadosamente en la caja forrada en cuero con la corona. La cerró con la llave y luego utilizó la cinta azul que había quitado de uno de los fajos de cartas para colgarse la llave al cuello, donde nadie podría arrebatársela.

Dentro de aquella caja estaba todo lo que necesitaba para garantizar que Annie fuera suya para siempre. Cualquier rastro de su estirpe real había desaparecido, gracias a que Charlotte había mantenido en secreto su verdadera identidad. Además, todos los que habían conocido la verdad ya habían muerto. La única prueba que quedaba era la niña, y Lucy tenía intención de criarla como si fuera su propia hija, su propia princesa: Su Alteza Real Anne Louise Windsor. Lucy siempre sabría que su pequeña niña tenía sangre azul. Annie era su auténtica princesa, de la cual el rey y la reina nunca sabrían nada. Su hija menor había muerto, pero la niña que había dejado era ahora de Lucy, y la querría por siempre. Nadie se la arrebataría. Si se la quitaban, no podría soportar la idea de sufrir otra pérdida. Por su propio bien, y sobre todo por el de Annie, Lucy estaba convencida de estar haciendo lo correcto. No dejaba de repetírselo una y otra vez: el amor de una madre era más importante que el linaje real y todas las riquezas que conllevaba. Ella querría a aquella niña como nadie más podría hacerlo durante toda su vida. Para Lucy, eso lo justificaba todo. Era consciente de que podría haber destruido todo lo que contenía la caja, pero intuía que aquellos documentos eran demasiado importantes para hacer algo así. Prefería conservarlos consigo.

Con determinación de hierro, sin la menor vacilación, Lucy cogió la caja de cuero cerrada con llave. El escritorio quedó completamente vacío. Acto seguido, apagó las luces del dormitorio donde Charlotte había pasado sus últimos días. Ahora todos sus secretos pertenecían a Lucy, y su hija también. Había cierto espíritu de venganza en lo que estaba haciendo, ya que Charlotte le había robado el amor de Henry. Sin embargo, ya la había perdonado por todo aquello. Ahora tenía a la hija de su amado, lo cual significaba para ella mucho más que el hecho de que fuera una princesa de sangre azul. Annie era el legado final que Henry le había dejado: la hija que debería haber sido de ellos dos. Ahora Annie era su niñita, y siempre lo sería. Nadie podría quitársela nunca.

De vuelta en su cuarto, metió la caja en su maleta y se tocó la llave que llevaba colgada al cuello. En su muñeca lucía la pulserita de oro con el corazón que había pertenecido a Charlotte. La niña dormía en la cunita que desde hacía meses habían instalado en el cuarto de Lucy. A partir de ese momento, Annie, la pequeña que nadie sabría nunca que era una princesa, era suya.

5

Dos días después de guardar todos los papeles de Charlotte en la caja forrada en cuero y meterla en su maleta, Lucy anunció que se marchaba. Ya estaba preparada para volver a Londres. Había comprado en una joyería de York una pequeña alianza chapada en oro, que se pondría en el dedo para representar su nuevo papel de viuda de guerra. Al día siguiente empaquetó las cosas de la niña, se despidió de los miembros del servicio que quedaban en Ainsleigh Hall y, provista de la carta de recomendación que le había escrito el ama de llaves, cogió en brazos a Annie para partir hacia la estación de tren. El corazón le latía desbocado al marcharse, temerosa de que alguien tratara de detenerla, pero nadie lo hizo. Todos en la casa pensaban que lo mejor era que Lucy se llevara a la pequeña. Si no, ¿qué sería de la pobre Annie? Seguramente acabaría en un orfanato. Se despidieron de ellas con besos y abrazos, y le desearon mucha suerte a Lucy. Esta prometió informar al ama de llaves cuando encontrara un empleo. Sabía que, mientras tanto, nadie iba a escribirle a ella. Ahora, la única gente con la que Lucy tenía relación era el personal de servicio de Ainsleigh Hall. Sus amigas de la escuela habían muerto durante los bombardeos, y de todos modos tampoco había tenido muchas, ya que tenía que ayudar a diario en la zapatería de su padre.

Durante el trayecto en tren, Annie se quedó fascinada mirando a toda la gente que la rodeaba. Lucy contemplaba como el paisaje campestre se deslizaba por la ventanilla mientras recordaba cuando vino a Yorkshire, con solo quince años. Ahora volvía a Londres con la intención de buscar un trabajo y ganarse la vida, y, además, con una niña a su cargo. En cierto modo, la guerra había sido benévola con ella, gracias a los cuatro años pasados en Ainsleigh Hall y a la generosa hospitalidad de los Hemmings. Llevaba en la maleta todos los documentos de Charlotte, y ahora se abría ante ella una nueva vida como viuda de guerra. Había muchas chicas que pretendían serlo: no se habían casado, pero habían tenido hijos con los hombres que habían conocido ocasionalmente durante los años de la contienda. Sin embargo, Lucy estaba segura de que ninguna de ellas se había escapado furtivamente con una princesa de sangre azul, que a partir de ahora haría pasar por su propia hija. Annie era el mayor premio que jamás podría conseguir, pero nadie sabría nunca que ella no la había concebido. Lucy tenía todo aquello con lo que había soñado siempre, y ahora solo necesitaba un trabajo y un lugar donde vivir.

Cogió una habitación en un pequeño hotel del East End. El barrio había sido duramente castigado, y las calles continuaban sembradas de cascotes y escombros. Mientras iba caminando con la niña en brazos para ver el edificio donde había vivido con sus padres, todo se veía ruinoso y cubierto de polvo. Al llegar allí, descubrió que ya no quedaba el menor rastro de aquel edificio. Aquello le dejó un sentimiento de tristeza y de vacío, como si fuera la confirmación de que ellos ya no estaban. El edificio había quedado totalmente derruido la noche en que cayó la bomba que mató a sus padres. Abrazó con más fuerza a Annie y, antes de regresar al hotel, deambuló un rato por el barrio. Los recuerdos eran demasiado poderosos y dejaban tras de sí una amarga sensación de pérdida, haciendo que se sintiera aún más agradecida por tener a la niña. Ninguno de sus vecinos había sobrevivido al bombardeo, y la zapatería de su padre también había desaparecido.

Al día siguiente fue a la agencia de colocación sobre la que había leído en la revista *The Lady* y les explicó que, para poder trabajar, debería llevar a su hija consigo. Antes de la guerra nadie contrataba a mujeres en esas condiciones, pero ahora había muchas jóvenes que no tenían otra elección, y los empleadores estaban dispuestos a ofrecer facilidades. Las viudas no tenían a nadie con quien dejar a sus hijos y tenían que llevarlos con ellas. Los señores estaban desesperados por encontrar personal de servicio para sus mansiones en las ciudades y en el campo, así que muchos buscaban soluciones para poder alojarlos. La mujer que dirigía la agencia le propuso tres empleos. En el primero no querían a viudas con hijos, pero en los otros dos contaría con alguien que cuidara de la niña durante el día, y por la noche podría dormir con ella. Uno era en la ciudad, en el barrio de Kensington, y el otro era en una casa señorial en el campo, en Kent, que sonaba más parecido a la vida que había llevado en Ainsleigh Hall, aunque de más lujo y categoría. Este último puesto fue el que más le interesó.

La directora de la agencia llamó a los señores para concertar una entrevista con Lucy al día siguiente. La oferta era para trabajar como doncella, y la mujer le aseguró que se trataba de una mansión majestuosa. Ainsleigh Hall había sido más bien una casa señorial y, debido a la escasez de personal durante la guerra, el servicio no había sido excesivamente formal. La mansión de Kent era mucho más ostentosa, con unas dependencias separadas para los criados y unas casitas para las parejas casadas, siempre y cuando ambos trabajaran para ellos. La mujer de la agencia le dijo que en el último mes habían contratado a una gran cantidad de personal, para restablecer la casa después de la guerra. Buscaban un mayordomo jefe y un ayudante, así como todo un ejército de criados y doncellas. Poseían unas caballerizas magníficas, con un jefe de cuadras y unos mozos experimentados, y, además, acababan de contratar a tres chóferes y un chef.

Lucy estaba entusiasmada cuando, al día siguiente, tomó el tren en la estación Victoria para acudir a la entrevista en Kent. Había pagado a una doncella del hotel para que cuidara de Annie, aunque había dejado muy claro, tanto a la agencia como a sus posibles señores, que tenía una niña pequeña. Había explicado que su marido había muerto en la batalla de Anzio y que su familia había fallecido en los bombardeos sobre la capital. La guerra había pasado una dura factura a muchas jóvenes como ella, y su historia era completamente creíble, aunque no fuera del todo cierta: no se había casado, no era viuda y Annie no era su hija. Ahora ella misma ya casi se creía su historia, y además sonaba plausible.

Uno de los chóferes la recogió en la estación en un Bentley, y veinte minutos más tarde cruzaban las imponentes verjas de la mansión.

Lucy fue entrevistada por el ama de llaves, una mujer de aspecto intimidante con un rostro estrecho de facciones marcadas que llevaba un severo vestido negro y un gran llavero de aro en la cintura. Al final de la entrevista la doncella jefe le hizo un recorrido por toda la casa, que, tal como le habían dicho en la agencia, era impresionante y majestuosa. El dueño era el propietario de unos de los grandes almacenes más lujosos y exclusivos de toda Inglaterra. Los Markham eran plebeyos, aunque enormemente ricos.

Los criados más veteranos, aquellos que servían en las grandes casas desde antes de la guerra, preferían trabajar para familias aristócratas, pero a Lucy eso no le importaba. Los dueños de la casa tenían cuatro hijos pequeños, dos niñeras y una cuidadora. El puesto que Lucy había solicitado era el de doncella. Sabía que estaba capacitada para ello, y no le asustaba el trabajo duro.

La esposa de uno de los granjeros que trabajaban en la finca se ofrecía a cuidar de los hijos de las doncellas durante el día, a cambio de una pequeña paga. A Lucy le pareció un arreglo perfecto. También tendría un día libre: desde la mañana, después de que los señores acabaran de desayunar, hasta antes de la hora de la cena. Además, el sueldo estaba muy bien. Era justo lo que necesitaba, y cuando antes de marcharse le dijeron que, si lo quería, el puesto era suyo, aceptó de inmediato. No quería dejar escapar aquella oportunidad, y además le parecía un lugar ideal para criar a la niña. En el trayecto de regreso a la estación, el chófer le dijo que le encantaba trabajar allí.

Le habían dicho que podía empezar a trabajar al día siguiente, y cuando llegó al hotel, comenzó a preparar el equipaje. Comprobó que la caja forrada en cuero con los documentos de la princesa Charlotte seguía dentro de la maleta, e instintivamente se tocó la llave que llevaba colgada al cuello. Aquella caja era su seguro de vida para el futuro, si es que en algún momento se planteaba sacar provecho y transmitir a la reina la información que contenía. Sin embargo, por el momento no pensaba utilizarla, y solo lo haría en caso de extrema necesidad. Ahora lo único que quería era empezar a trabajar en aquella casa y llevar una vida decente.

También le habían dicho que Annie podría dormir en una cuna instalada en su cuarto y que, cuando creciera, pondrían una camita junto a la suya. Había otras dos doncellas que tenían también hijos pequeños. Por lo visto, los señores tenían una mentalidad moderna y eran bastante flexibles, pero esperaban que, a cambio, sus sirvientes trabajaran de forma diligente y durante largas jornadas. Daban fiestas casi todos los fines de semana, frecuentes cenas de gala y grandes recepciones en su suntuoso salón de baile varias veces al año. A diferencia de los condes de Ainsleigh, aristócratas y distinguidos pero con escasos recursos financieros, sus nuevos señores nadaban en la abundancia. Parecían llevar una vida muy placentera, y aquello supondría una novedosa experiencia laboral para Lucy, que estaba deseando empezar a trabajar al día siguiente. Cuando llegara le darían sus nuevos uniformes, y una costurera se encargaría de hacer los ajustes pertinentes.

Al llegar por la mañana a la estación de Kent, la recogió un chófer distinto, que era incluso más agradable que el anterior. Se detuvieron en una de las granjas de la finca para dejar a Annie y, una vez en la casa principal, le enseñaron el cuarto que le habían asignado, situado en la planta superior. Las dependencias del servicio ya estaban ocupadas por los criados, los chóferes y los mozos de cuadras, y también lo estaban algunas de las casitas destinadas a las parejas casadas.

—¿Cuál es tu caso? —le preguntó el joven chófer—. ¿Marido o novio?

El conductor la había estado observando con interés antes de hacerle la pregunta. Lucy tenía una cara normalita, pero su figura voluptuosa y su busto generoso resultaban muy atractivos para algunos hombres. Ahora ya llevaba puesto el uniforme negro, y le sentaba muy bien, con su delantal de encaje y su pequeña cofia blanca. La hacía parecer mayor de sus diecinueve años, y le daba un aspecto muy serio y profesional.

—Solo tengo a mi niña pequeña —respondió Lucy, en tono neutro—. Mi marido murió en la guerra.

—Oh, lamento oír eso —dijo el chófer gentilmente—. Tal vez encuentres a uno nuevo aquí —comentó, y ella sonrió.

—No estoy aquí para eso. He venido para trabajar —replicó con convicción.

Por la noche, al acabar la jornada, le dolía cada centímetro del cuerpo. Se notaba más cansada que en toda su vida, pero sabía que había hecho un buen trabajo limpiando, fregando, encerando y puliendo todo el día. Aprendió rápidamente de sus compañeros: había ayudado a dos criados a transportar mesas, había pasado la aspiradora por varias estancias enormes y había ayudado a poner la mesa para una cena informal de doce comensales. Le gustaba el estilo de sus señores. Aún no los había conocido, pero le habían dicho que la señora era muy sofisticada. Para ellos, «informal» significaba sacar la cubertería de plata, no la de oro, la cual utilizaban en las ocasiones más formales.

A lo largo del día, el ama de llaves revisó el trabajo de Lucy varias veces y la corrigió cuando creyó conveniente. No le gustó cómo había ahuecado los cojines del sofá del pequeño salón, ni tampoco la manera en que dejaba las cortinas al abrirlas, y le recordó que debía llevar el uniforme limpio en todo momento, y que si se manchaba debía subir a su cuarto a cambiarse.

Hacia el final de la jornada, cuando Lucy salió a tomar un poco el aire, se sobresaltó al encontrarse con un mozo de cuadras que llevaba a un caballo de vuelta al establo. El joven sonrió nada más verla.

—¿Cuándo has llegado? —le preguntó, gratamente sorprendido.

Era más alto y corpulento que ella. Tenía el pelo castaño y un rostro de facciones marcadas, con unos penetrantes ojos azules y una cálida sonrisa.

—Hace unas seis horas —contestó ella, casi sin aliento—. Aún no me he sentado desde que llegué.

—Te harán trabajar muy duro, pero son buenos señores —le informó él—. Ella puede ser un poco difícil, pero él es bastante majo. Se ha labrado una gran fortuna y la derrocha sin que parezca importarle. Es un hombre muy generoso. Tiene algunas queridas, pero no las verás a menos que ella esté fuera con los niños.

—Ah, qué interesante —repuso ella, disfrutando de aquellos cotilleos con el mozo de cuadras.

Era un hombre apuesto, con un carácter abierto y simpático, lo que lo hacía aún más atractivo.

—Por cierto, me llamo Jonathan Baker, y algún día me encargaré de dirigir estas cuadras. Mi jefe es veinte años mayor que yo y no tardará en jubilarse. Y entonces, ahí estaré yo para tomar el relevo.

A Lucy no le cabía la menor duda. Se veía que era un tipo emprendedor, optimista y con un punto de audacia que no llegaba a resultar ofensivo. Por la forma en que la miraba y le sonreía, Jonathan le gustó enseguida. Parecía unos años mayor que ella y no era guapo en el sentido clásico, pero tenía una cara muy agradable y unas espaldas anchas y fuertes. Lucy también se presentó y estuvieron charlando un rato.

—¿Te gustan los caballos, Lucy? —le preguntó él.

—Pues no mucho, la verdad. —Le habría gustado aprender a montar en Ainsleigh Hall para poder estar más cerca de Henry, pero él nunca se había ofrecido a enseñarle y ella no se había atrevido a pedírselo. Y entonces llegó Charlotte, con sus increíbles dotes de amazona que tanto le habían impresionado, y Lucy se había batido en retirada de vuelta a la cocina—. Me parecen unos animales grandes y peligrosos, y nunca aprendí a montar de pequeña. La hija de un zapatero no va a clases de equitación —añadió, sonriendo.

—Ni el hijo de un herrero tampoco, pero los caballos me apasionan desde que era un crío. Y cuando los conoces bien dejas de tenerles miedo, sobre todo a los más buenos y nobles. Yo podría enseñarte.

—Dudo que tenga mucho tiempo para tomar lecciones. Por lo visto, voy a estar muy ocupada por aquí. Además, tengo una hija y pienso pasar todo el tiempo que pueda con ella. Tiene trece meses, y mientras estoy trabajando se queda en la granja de los Whistler.

—¿Eres una viuda de guerra o tienes a algún marido escondido por ahí?

—Su padre murió poco antes de que la niña naciera, tres meses después de incorporarse al ejército.

—Por desgracia, hay muchas historias como esa. Yo también estaba en Francia el Día D y los vi caer como moscas a
mi alrededor, pobre gente. Supongo que yo tuve suerte. Volví
aquí hace un mes. Yo me crie en estas tierras; mi abuelo era
uno de los granjeros del anterior propietario, y mi padre era el
herrero. Llevamos más tiempo aquí que los señores actuales,
que compraron la hacienda hace siete años, justo antes de que
empezara la última guerra. Los antiguos propietarios se habían arruinado después de la anterior, y aguantaron todo lo
que pudieron, hasta que al final tuvieron que vender. Sus tres
hijos habían muerto durante la Gran Guerra... Me encanta
trabajar en los establos y, como te he dicho, algún día me con-
vertiré en jefe de cuadras. —El caballo que llevaba de la rienda
empezó a ponerse nervioso, y, además, ambos tenían cosas
que hacer—. Bueno, ha sido muy agradable charlar contigo.
Ya nos iremos viendo por aquí, aunque los empleados de las
caballerizas no comemos con los del servicio. Tenemos nuestra propia cocina y nos preparamos nuestra comida.

—Pues ya nos veremos —se despidió ella, y volvió a sonreírle.

Jonathan llevó el caballo a su cuadra, y poco después Lucy
fue a buscar a Annie. Cuando llegó allí con su uniforme, la niña
estaba algo agitada y lloriqueante, y mientras regresaba a la
mansión con la pequeña en brazos pensó que aquel sería un
entorno ideal para Annie cuando fuera un poco más mayor.
La finca de Kent era un lugar perfecto para una niña, y también para alguien a quien no le importara trabajar sirviendo,
como era el caso de Lucy. Tenía un sitio donde vivir y comida
en abundancia tres veces al día. Los Markham trataban bien a
sus sirvientes, y todos decían que cobraban mejores sueldos
que antes de la guerra. En la finca habría en total unos cuarenta o cincuenta empleados: aparte de los que trabajaban en
la mansión, estaban los jardineros, los chóferes y los encargados de las cuadras. Los nuevos señores contaban ahora con

más personal que los antiguos propietarios, salvo en los días anteriores a la Gran Guerra. La situación en aquellas grandes propiedades había cambiado drásticamente a medida que se agotaba el dinero de las viejas fortunas familiares y se alteraba por completo el orden social.

Los actuales propietarios disponían de muchos más medios para mantener aquellas fincas. Eran nuevos ricos, y muchos nobles de rancio abolengo los miraban por encima del hombro, porque no tenían títulos nobiliarios a menos que los compraran, y algunos lo hacían. Con todo, se habían dado casos de aristócratas desesperados que, junto con sus tierras, vendían también sus títulos. Por su parte, los Markham eran plenamente conscientes de ser plebeyos, y a mucha honra. Compensaban su falta de linaje nobiliario con la inmensa fortuna que se habían labrado.

Pero Lucy sabía que los ganaba a todos con creces, pues tenía como hija a una princesa de sangre azul cuyos abuelos eran el rey y la reina de Inglaterra. No había nada que superara aquello, aunque nadie más lo supiera. Lucy lo sabía, y eso era lo único que le importaba. Siempre se emocionaba cuando pensaba en ello: guardaba un secreto enorme, algo que resultaba casi surrealista. Su niña tenía rango de alteza real, y ella estaba dispuesta a hacer todo lo que estuviera en su mano para darle la mejor vida posible, una vida digna de una princesa. Trabajar para los Markham era el primer paso. Tal vez algún día la ascenderían a ama de llaves y llevaría en la cintura un enorme llavero como el de la señora Finch, que gobernaba la casa con puño de acero. Sin embargo, a pesar de sus maneras rígidas y su rostro severo, a Lucy le caía bien. Era del norte del condado de Yorkshire, y tenía ese acento que le resultaba tan familiar después de pasar tantos años con los Hemmings.

Llevaba ya unos meses trabajando para los Markham cuando recibió una carta del ama de llaves de Ainsleigh Hall. Al poco de llegar allí, Lucy le había escrito para contarle dónde estaba viviendo y comunicarle que había encontrado un buen empleo. El ama de llaves le informó de que Ainsleigh Hall había sido comprada a precio de ganga por un estadounidense, y que los escasos miembros del servicio que quedaban se habían marchado. El nuevo propietario dedicaría un par de años a reformar y modernizar la casa, y después contrataría nuevo personal, seguramente varios de ellos también americanos.

La gran noticia era que, poco después de que Lucy se marchara, dos secretarios de palacio y el caballerizo mayor de la reina habían venido a Ainsleigh Hall para exhumar el ataúd de Charlotte y trasladar sus restos mortales a Londres, donde se oficiaría un servicio en su memoria y le darían sepultura oficial. Por lo visto, le explicó el ama de llaves, Charlotte había sido en realidad una princesa. Todo se había realizado con la mayor discreción, y los emisarios de palacio apenas habían comentado nada. Nadie en Ainsleigh Hall había sospechado en ningún momento que Charlotte fuera un miembro de la familia real. Aquello hacía que la existencia de Anne Louise, de la que todos seguían pensando que era una hija ilegítima, resultara aún más impactante. Además, por respeto a los Hemmings, por compasión hacia Charlotte y por lealtad a Lucy, nadie en la casa había hecho la menor mención a la pequeña Annie. El ama de llaves decía en su carta que no habían preguntado por la niña y que tenía la impresión de que no sabían nada de ella, lo cual seguramente era lo mejor. Henry y Charlotte estaban muertos. Annie era una hija ilegítima y ahora estaba en buenas manos. Era mejor que todo aquel asunto quedara olvidado y enterrado. No tenía sentido mancillar la memoria de los muertos y provocar un gran escándalo. El ama de llaves también mencionó que los emisarios reales se habían llevado de vuelta a Londres el caballo de Charlotte.

Lucy seguía convencida de que había hecho lo correcto quedándose con Annie, no solo porque la quería, sino también porque nadie sabía nada del matrimonio clandestino de Charlotte y Henry Hemmings. Ahora todo aquello quedaría olvidado, y ella y la niña podrían seguir adelante con sus vidas. Se habían marchado justo a tiempo, lo cual había sido algo providencial. Lucy no respondió a la carta del ama de llaves: no quería mantener ninguna amistad del pasado, ni con ella ni con las doncellas, para que nadie pudiera establecer una posible conexión. Quería dejar atrás todo lo que tuviera que ver con Ainsleigh Hall. Aquellas mujeres podrían acabar revelando algo que hiciera aflorar la verdad, aunque afortunadamente no sabían nada del matrimonio furtivo de la pareja, lo cual habría cambiado mucho las cosas. Aun así, en el fondo, se alegraban mucho por Lucy y Annie.

Ahora todo aquello era historia pasada. Lucy había pasado página y había iniciado una nueva vida. En casa de los Markham nadie la conocía; no era más que otra viuda de guerra con una hija a su cargo. Había miles como ella por toda Inglaterra: algunas habían estado casadas de verdad; otras solo fingían haberlo estado. Eran demasiadas como para cuestionar su pasado o prestar excesivo interés a sus historias personales.

En la nueva casa nadie le preguntó nunca sobre Annie. Solo pensaban que era una niñita preciosa, y nunca comentaron que no se parecía en nada a su madre. Lucy era alta y algo corpulenta, mientras que Annie, pese a haber sido tan grande al nacer, había heredado la constitución y los rasgos delicados de su madre biológica. Lucy ya podía ver que era clavadita a Charlotte. Tenía una cara angelical, el pelo rubio muy claro y los ojos azul cielo, y sin duda algún día sería una auténtica belleza. Era pequeñita para su edad, algo que Lucy achacaba al racionamiento y a la escasez de comida que habían sufrido en Yorkshire hacia el final de la guerra. Las restricciones aún no se habían levantado, pero en casa de los Markham los empleados comían bien y en abundancia, y Lucy guardaba para Annie todos los dulces y exquiseces que podía conseguir. No le importaba privarse ella misma. Por otro lado, se había acabado convenciendo de que la familia de Charlotte habría rechazado a la niña por las circunstancias que habían rodeado su concepción y nacimiento, y las sirvientas de Ainsleigh Hall pensaban lo mismo. Para todo el mundo, Annie había sido el fruto de un vergonzoso error, una desgracia que la familia real seguramente habría rechazado y entregado a alguien que no la habría querido como Lucy la quería. No tenía ningún problema para justificar haberse llevado a la niña: había hecho lo correcto. Desde su punto de vista, el amor era más poderoso que la sangre azul y el linaje real. Puede que Annie nunca viviera en un palacio ni disfrutara de los privilegios de su estirpe, pero tendría a una madre que la querría con toda su alma. ¿Qué más podría desear o necesitar? Lucy no se arrepentía de nada, y en ningún momento se permitía pensar lo contrario. Annie era su hija. Todo lo que había hecho para convertirse en su madre era justo lo que debía hacer. Y, al igual que Charlotte, se llevaría el secreto con ella a la tumba.

El servicio fúnebre por la princesa Charlotte se celebró de forma privada e íntima, con la única asistencia de sus padres y sus hermanas. La enterraron en Sandringham, ya que había sido su lugar favorito en vida. Cuando trajeron sus restos, la reina estaba totalmente devastada. La princesa Victoria lloró su pérdida incluso más que el resto de la familia, pues recordaba lo mal que se había portado con su hermana pequeña, y cada palabra y cada reproche que le había hecho se le clavaba en el corazón como un cuchillo. Incluso la había acusado de fingir su asma, la enfermedad que finalmente había acabado con su vida.

Fue un día muy triste para todos. El rey estaba profundamente consternado, ya que Charlotte había sido su hija favorita, no solo por ser la menor, sino también por su espíritu alegre y su carácter afectuoso. Costaba imaginar que ya nunca más la verían bailar por los salones reales, y que su carita fina y delicada no volvería a hacerles sonreír.

Había pasado más de un año de su muerte cuando finalmente la enterraron en Sandringham, y a todos les desgarró el corazón ver como el ataúd descendía hasta la tumba. La reina se culpaba por haberla enviado al campo, pero ¿quién podría haber imaginado que allí le esperaría tan terrible destino? Y aún seguían conmocionados por el hecho de que los condes y su hijo también hubieran muerto.

Era una historia trágica, una pérdida que ninguno de los Windsor olvidaría. La reina fue a visitar su tumba todos los días hasta que tuvieron que regresar a Londres. La vida tenía que continuar, debían cumplir con sus obligaciones en un país destrozado por la guerra, pero la princesa Charlotte permanecería siempre viva en sus corazones. Y toda la alegría que había esparcido a su alrededor durante su corta vida seguiría brillando con todo su fulgor.

Sin embargo, ninguno de ellos imaginó ni por un instante que Charlotte había tenido una niña que era su viva imagen, y que ahora vivía como la hija de una doncella en Kent. No sabían nada de la existencia de aquella niña, y así continuaría por siempre.

6

Cuando Annie cumplió dos años, Lucy tenía la sensación de llevar viviendo toda la vida en la mansión de los Markham. Hacía ya un año que trabajaba para ellos, y habían demostrado ser unos señores excelentes. Cumplía sus labores de manera eficaz y diligente, y la señora Finch le había asignado nuevas tareas. Lucy tenía ya veinte años, pero era más madura que otras jóvenes de su edad, debido a la responsabilidad añadida de ejercer de madre sin tener una familia que la ayudara. Annie era la niña bonita del resto de los sirvientes, y les encantaba jugar con ella y mimarla. Tenía un carácter alegre y cariñoso, y solían decirle que parecía una pequeña hada, correteando alrededor de su madre con sus grandes ojos azules y su cabello rubio claro. Lucy siempre decía que era idéntica a su padre, a fin de justificar el hecho de que no se pareciera en nada a ella. Era clavadita a Charlotte y, por lo visto, había heredado también su constitución menuda. Lucy era grande y robusta.

Los demás criados y doncellas siempre estaban haciendo cosas para Annie: tejiéndole ropa, confeccionándole gorritos o tallando pequeños juguetes de madera con una cuerda para que la niña pudiera arrastrarlos tras de sí. Annie palmoteaba y daba grititos de alegría cada vez que le regalaban algo o le hacían alguna carantoña. A todos les encantaba verla cuando por la noche, después de cenar, su madre la traía de regreso de la granja. Lucy dejaba que jugara un ratito en el comedor del servicio y luego la subía a su cuarto, la bañaba y la acostaba. Le cantaba alguna nana hasta que se dormía, y se quedaba contemplándola con adoración en su cuna. Seguía pareciéndole un angelito caído del cielo y todos los días daba gracias por el inmenso regalo que le había sido concedido. Annie era su pasión, el amor de su vida. La quería tanto como habría querido a Henry si él le hubiera dejado amarlo. Pero ahora nada de eso importaba; él ya no estaba y ella tenía a Annie para el resto de su vida. Lo que sentía por ella era infinitamente mayor que el amor de cualquier hombre.

A veces Lucy se encontraba con Jonathan Baker, el mozo de cuadras, cuando salía de la casa para hacer algún recado para el ama de llaves o para sus señores. Annabelle Markham era algo estirada y exigía mucho a sus sirvientes, pero también era una mujer justa y generosa, y los recompensaba de vez en cuando. En Navidades obsequiaba a todos sus empleados con bonitos regalos procedentes de sus grandes almacenes, que eran las galerías comerciales más importantes de todo Londres. Estaba encantada con su casa, su marido y sus niños, pero no tenía el menor interés en el negocio de la familia, que el señor Markham dirigía de forma tan eficiente y lucrativa.

Un año después de que Lucy entrara a trabajar en la casa, la señora había tenido un quinto hijo. Un día, cuando la niñera estaba paseando al bebé por los jardines en su elegante cochecito, Lucy le preguntó si podía traer a Annie para que lo viera. Entonces la niñera le dijo que la pequeña llevaba un vestido precioso. Se lo había hecho la propia Lucy, copiado de la ropa infantil que había visto en las revistas.

—Parece una pequeña princesa —comentó en una ocasión Annabelle Markham al verla, y Lucy sonrió con orgullo.

—Es una princesa —remarcó con firmeza, como si realmente lo creyera.

En otra ocasión, Jonathan la dejó montar en el pequeño

poni que los Markham habían comprado para sus hijos. La niña siempre daba grititos de alegría cuando él la subía a lomos de un caballo, fuera del tamaño que fuese, y la sostenía en la silla. No le daba ningún miedo, y cuando la bajaba se echaba a llorar. A Lucy le preocupaba que se convirtiera en una fanática de los caballos, como su madre. Era un lujo que no se podían permitir, y tampoco le haría ninguna gracia: seguía pensando que eran unos animales peligrosos.

Ese verano, un día que ambos tenían libre, Jonathan las llevó a un lago cercano y enseñó a Annie a nadar como si fuera una sirenita. La cría tampoco le tenía miedo al agua, y a Lucy la conmovió ver a aquel hombretón comportándose de forma tan gentil y cariñosa con una niña tan pequeña. A Jonathan le encantaba pasar tiempo con Annie, y también con Lucy, y le dijo que soñaba con tener hijos algún día. Luego le preguntó con cierta timidez:

—¿Alguna vez has pensado en volver a casarte y tener más hijos?

—No, nunca —respondió ella, reacia a hablar de ese asunto con él—. Ya estoy bastante ocupada con Annie, y, además, tengo que criarla yo sola.

—Eso no pasaría si volvieras a casarte.

Lucy acababa de cumplir veintiún años y el matrimonio era lo último en lo que pensaba, o eso era lo que afirmaba. Jonathan tenía veintiséis, y habían vuelto a ascenderle de cargo. Cada vez estaba más claro que, cuando el jefe de cuadras se jubilara, él ocuparía su puesto. Ya no era solo un sueño, era una posibilidad más que real. Jonathan era el hombre más responsable que Lucy había conocido, y, en muchos aspectos, le recordaba a su padre, que había sido una persona decente y cabal, un buen marido y un buen padre. Pero no quería que ningún hombre interfiriera en su relación con Annie: había evitado obstinadamente cualquier implicación o embrollo sentimental. Aún le quedaban muchos años por delante hasta que Annie estuviera criada, y Jonathan tampoco quería sentar cabeza hasta que se convirtiera en jefe de cuadras y le asignaran una casita propia. Entonces ya tendría tiempo de pensar en el matrimonio.

Aun así, pese a su determinación de no casarse, y pese a todas sus precauciones para no implicarse sentimentalmente, la atracción que sentían el uno por el otro fue derivando poco a poco hacia un profundo respeto mutuo y hacia un romance que fue haciéndose cada vez más intenso, hasta que ninguno de los dos pudo negarlo. Cuando Annie tenía ya cuatro años y Jonathan hacía tiempo que era jefe de cuadras y disponía de una de las mejores casitas, él le propuso matrimonio. Lucy tenía veintidós años, y él veintisiete, y le dijo que por fin había llegado el momento de casarse. Quería tener hijos con ella, algo que a Lucy le preocupaba más de lo que estaba dispuesta a admitir.

—No estoy segura de poder querer a otro hijo tanto como a Annie —replicó ella cuando le mencionó el tema—. Todo en ella es perfecto, y la quiero con todo mi corazón.

—Creo que todos los padres piensan así hasta que cogen a su segundo hijo en brazos, y entonces se dan cuenta de que pueden quererlo tanto como al primero —dijo él, con buen juicio.

—No estoy segura de poder hacerlo —repuso ella con gesto pensativo.

En su intento de compensar a Annie por haberla privado de una vida de privilegios reales, Lucy se había consagrado a ella en cuerpo y alma.

—Sería muy bueno para Annie tener un hermanito o una hermanita. Se sentiría muy sola creciendo como hija única —dijo él para tratar de convencerla, pero ella seguía muy indecisa.

Entonces, Jonathan la besó para sellar su compromiso, y Lucy sintió removerse en su interior unas sensaciones que nunca antes había experimentado y que también la asustaron. No quería dejarse llevar por la pasión y acabar con un embarazo no deseado, como le había sucedido a Charlotte. ¿Y si moría en el parto? ¿Quién se ocuparía entonces de Annie?

—Yo lo haré —dijo Jonathan sin vacilar cuando ella le confesó sus temores. Le extrañaba que le diera tanto miedo volver a pasar por la experiencia del parto—. No vas a morir, Lucy —añadió con delicadeza—. Tú eres una joven fuerte. Ya pasaste por eso y sobreviviste. Las mujeres tienen niños todos los días y lo superan. Estoy seguro de que no debe de ser fácil, pero tampoco puede ser tan terrible, si no nadie tendría un segundo hijo. ¿Tan mal lo pasaste cuando tuviste a Annie? —le preguntó.

Lucy se sintió conmovida por la compasión que reflejaban sus ojos. No podía contarle que la madre de Annie se había desangrado hasta morir, aunque también era cierto que Charlotte era muy pequeñita y el bebé había sido muy grande.

Además, continuó argumentando Jonathan para tranquilizarla, la atención médica en Kent era excelente. Había varias comadronas muy buenas en la zona, muchos doctores competentes y un hospital. También estaban cerca de Londres y podrían ir a ver a un especialista.

—Y yo estaré contigo.

Jonathan sabía que su marido había muerto antes de que Lucy diera a luz, lo cual tenía que haber sido muy duro para ella. No obstante, era una mujer joven. Estaba convencido de que podría superarlo, con una buena atención médica y con su ayuda. Deseaba casarse con ella y tener hijos propios, aunque quería a Annie como si también fuera suya.

—¿Qué sentirías por Annie si tuviéramos más hijos? ¿La querrías igual que a los tuyos? —le preguntó Lucy, y él no vaciló al responder.

—Por supuesto. No dejaría de quererla, ni tampoco la querría menos. ¿Me prometes que lo pensarás? No tenemos por qué tener hijos enseguida. Pero sí deseo casarme contigo cuanto antes. —Ahora tenía un buen trabajo como jefe de cuadras y sus señores estaban muy contentos con él—. Sería maravilloso vivir juntos en nuestra casita. Mi madre podría cuidar de Annie mientras tú estás trabajando. Y también de los otros hijos que tengamos.

Su madre seguía viviendo en una de las granjas de la finca. Jonathan consiguió que la idea de casarse sonara muy atrayente, pero Lucy continuaba sin estar segura. Ahora tenía su vida perfectamente controlada, y contaba con un buen sueldo que le permitía mantener a Annie. Añadir un hombre a la ecuación, y posiblemente otros hijos, lo complicaría todo demasiado. Pero Jonathan era tan gentil y convincente, tan cariñoso, tranquilo y fiable, que al final acabó derribando sus defensas y se ganó su corazón.

Se casaron en la iglesia local poco después de que Annie cumpliera cinco años, y Lucy, veintitrés. Ya se sentía preparada para tener un marido y todo lo que ello comportaba. Arreglaron juntos la casita y pintaron de rosa un cuarto para Annie, ya que la niña había dicho que era su color favorito. Celebraron el enlace en presencia de sus compañeros y de los señores de la casa. Todos se alegraron mucho por ellos. Jonathan era un hombre encantador, y Lucy era una buena mujer, aunque más callada y menos sociable que él. Después de la ceremonia celebraron un desayuno de lo más festivo en el comedor de servicio. Luego dejaron a Annie con la madre de él, y se marcharon el fin de semana a Brighton para pasar la luna de miel. El racionamiento ya no era tan estricto y la vida había vuelto prácticamente a la normalidad, así que ya no había problemas para viajar. Lucy estaba muy nerviosa por su noche de bodas, pues no quería que Jonathan descubriera que era virgen. Al llegar a la habitación, le dijo que estaba en esa época del mes. Él respondió que no le importaba, y que esperaba que a ella tampoco. Ella apretó los dientes y no se permitió emitir ningún ruido. El dolor fue breve e intenso, pero Jonathan no se dio cuenta de que Lucy acababa de perder la virginidad. Y cuando volvieron a hacer el amor por la mañana, todo resultó más sencillo.

La guerra había terminado hacía cuatro años. Los recuerdos de la tragedia se habían mitigado, y las cicatrices empezaban a sanar. Lucy ya no tenía pesadillas sobre la muerte de sus padres bajo las bombas, algo de lo que nunca había hablado pero que la había atormentado durante mucho tiempo. También soñaba a veces con Charlotte. El peor miedo de Lucy era que su familia se enterara de lo ocurrido, descubriera la existencia de Annie y se la arrebataran. Si le quitaban a la niña, no sobreviviría. Llevaban cuatro años viviendo con la historia que Lucy había inventado para ellas, y casi había llegado a creérsela ella misma. Sabía que nunca podría revelarle la verdad a Jonathan. Sería toda una conmoción para él, y tampoco lo entendería. Desconocía las circunstancias reales del nacimiento de Annie y Lucy no tenía la menor intención de contárselas. Resultaría muy difícil de explicar, y además no tenía por qué saberlo. Jonathan seguía creyendo en la fantasía de que Lucy se había casado con un hombre llamado Henry y que habían tenido a Annie. Nunca podría haberse imaginado que la niña era la hija de otra mujer, y menos una princesa de sangre real. Era un secreto que Lucy pensaba llevarse a la tumba. Tal como lo había planeado, nadie lo sabría nunca, ni siquiera Annie cuando creciera. Temía que, si llegaba a descubrirlo algún día, sintiera que la había privado de disfrutar de una vida mejor. Sin embargo, todo lo había hecho llevada por el más puro amor hacia ella, y también, en cierto grado, hacia su padre. Aun así, era muy probable que Annie no lo entendiera y anhelara todo aquello que había perdido: unos abuelos, unas tías, unos primos... Una familia y una existencia llena de privilegios reales.

Cuando acabó la luna de miel, emprendieron su nueva vida

como pareja casada. La madre de Jonathan venía durante el día para cuidar a la niña, o ellos la dejaban en su casa antes de irse a trabajar. La mujer disfrutaba mucho de tener una nieta.

Poco después de contraer matrimonio, Lucy habló con un doctor local para evitar quedarse embarazada. El médico le recomendó que utilizaran preservativos o que se pusiera un diafragma. Jonathan aceptó usar condones durante un tiempo, y ella intentó aplicar el método Ogino, es decir, no mantener relaciones sexuales durante los días fértiles. Sin embargo, no pudieron luchar contra el destino y Lucy se quedó embarazada a los seis meses de haberse casado. Después de una noche amorosa particularmente apasionada, mientras Annie se encontraba en casa de su abuela adoptiva, Lucy descubrió que el preservativo se había roto. Sus peores miedos se hicieron realidad cuando, al cabo de un mes, no le llegó el periodo. Le parecía terriblemente injusto que, con un solo desliz, se hubiera quedado embarazada, y lloró cuando se lo contó a su marido. Jonathan podía ver lo asustada que estaba, lo cual no tenía ningún sentido para él, ya que ya había pasado antes por aquello. Pero lo único en lo que Lucy podía pensar era en Charlotte desangrándose hasta morir unas horas después de haber dado a luz, y le aterraba la idea de que eso pudiera ocurrirle a ella, tal vez como venganza del destino por haberse quedado con una niña que no era suya. Aun así, ella le había dado la mejor vida posible y un padre maravilloso como Jonathan, y se decía que todo eso compensaba lo malo que pudiera haber hecho.

Cuando Lucy se mudó a la casa, Jonathan vio la caja forrada en cuero y le preguntó qué era. No era un hombre indiscreto, pero se trataba de un objeto de aspecto majestuoso y hermosa factura. Ella respondió con cierta brusquedad que eran viejas cartas y recuerdos de sus padres, y la guardó en el estante superior de un armario, bien al fondo. Él ya no hizo más preguntas. Lucy también escondió la llavecita de la caja;

ya no la llevaba colgada al cuello. Hubo veces en que se planteó destruir todas las cartas y documentos para que nadie pudiera llegar a descubrirlos nunca, pero por alguna razón no lo hizo, y al final dejó de pensar en el contenido de la caja. Para ella ya no cabía la menor duda en su mente: no importaba quién hubiera dado a luz a la niña, Annie era suya. Y sus otros vínculos familiares eran irrelevantes, ya que Lucy había decidido alejarla de ellos para siempre. Se había convencido a sí misma de que Annie llevaba ahora una vida más feliz y plena con Jonathan y con ella, y con el hermanito o hermanita que estaba de camino.

Con el tiempo, los miedos de Lucy se fueron diluyendo poco a poco, sobre todo gracias al cariño y a la tranquilidad que Jonathan le transmitía. Él estaba muy emocionado con el bebé, pero a ambos les sorprendió lo rápido que estaba creciendo. Para cuando Lucy estaba de tres meses, tenía una barriga enorme. Se preguntó si algo estaría yendo mal, ya que cuando Charlotte estaba embarazada de Annie apenas se le notó durante los primeros meses, aunque Charlotte era tan pequeñita que le había resultado fácil ocultarlo. Cuando Lucy estaba de cinco meses, parecía a punto de dar a luz. Era una mujer grandota, y el bebé también lo era. Annie estaba entusiasmada con la idea de tener un hermanito o una hermanita. Estaba previsto que naciera hacia el final del verano, y, teniendo que llevar una carga tan pesada, a Lucy se le antojaba una eternidad. Cuando acudió a la revisión del sexto mes, el doctor pareció preocupado y mandó que le hicieran una radiografía. Aquello lo explicó todo: Lucy esperaba gemelos. Jonathan se puso como loco de alegría, pero Lucy volvió a tener pesadillas, aún más aterrada si cabe ante la perspectiva de tener que dar a luz a dos bebés. A pesar de las palabras tranquilizadoras de Jonathan, pensaba que no sobreviviría al parto. La madre de él les ayudaría a cuidar de los pequeños, y la señora Markham también se mostró muy comprensiva. Le regaló canastillas para los dos bebés y le dijo que podría tomarse el permiso de maternidad que necesitara. Para entonces Lucy ya había ascendido a doncella jefe y era una empleada muy valiosa.

Annie estaba incluso más entusiasmada ante la idea de tener dos hermanitos. Quería ponerles nombre y cuidar de ellos. Prefería que fueran dos niñas, mientras que a sus padres les gustaba la idea de que fueran niño y niña. Jonathan le dijo a Annie que le parecería bien que fueran dos niños, ya que tenían a la mejor niña del mundo. También dejó que la pequeña le ayudara a preparar el cuarto de los bebés y a pintar la cuna que les había dado un amigo.

A pesar de encontrarse fatal, Lucy continuó trabajando durante todo el verano. Hubo varias olas de calor que hicieron la situación aún peor, y por las noches se tumbaba en la cama sintiéndose como una ballena varada. Aun así, quería seguir cumpliendo con sus tareas hasta que no pudiera más. También intentaba hacer cosas con Annie, pero se sentía demasiado fatigada, así que era Jonathan quien se ocupaba de entretenerla. En ocasiones, cuando Lucy no tenía que trabajar, iban los tres al cine. A la niña le gustaba mucho estar con ellos, pero lo que más le entusiasmaba era cuando Jonathan la llevaba con él a las cuadras.

Jonathan tuvo un verano muy ajetreado en las caballerizas. John Markham había comprado seis ejemplares árabes y él se encargó de adiestrarlos. Annie se sentaba por allí cerca y lo observaba durante horas. Para entonces ya tenía seis años, y siempre decía que algún día le gustaría entrenar caballos, como él. A lo largo del último año Jonathan le había dado clases de equitación y le había comentado a su madre que la niña tenía un don innato. Se desenvolvía muy bien con los animales, y no les tenía ningún miedo. Lucy sabía perfectamente de dónde le venía ese don, de Charlotte y de Henry, aunque no hizo el menor comentario. Sin embargo, un día se acercó al corral y se quedó asombrada al ver con qué gracia y elegancia Annie se manejaba a lomos de un caballo. Tenía un talento natural, como su madre. Hacia el final del verano, Jonathan ya la había enseñado a saltar obstáculos y, con el permiso de Lucy, la apuntó a una exhibición local, donde Annie ganó una cinta azul. Siempre que podía, Jonathan la llevaba a montar con él, ya que, pese a tener solo seis años, era una jinete extraordinaria. Y no paraba de repetir que, cuando fuera mayor, quería adiestrar caballos como él.

—Ese no es trabajo para una chica —le dijo Jonathan con delicadeza—. Tienes que ser esposa y madre. O maestra o enfermera.

Annie puso una mueca rara y él se echó a reír.

—Las enfermeras ponen inyecciones y hacen daño a la gente. Y tampoco quiero ser maestra. Odio la escuela —replicó ella, tozuda.

Nada la hacía vacilar en su determinación de poder trabajar con caballos algún día.

—No deberías odiar la escuela. Es algo muy importante —le dijo él mientras hacía que fuera alternando los pasos de su montura, algo que la niña realizaba con absoluta naturalidad.

También tenía una gran destreza para saltar los pequeños obstáculos que él colocaba. Nada parecía asustarla, y quería montar los caballos más grandes, pero Jonathan le decía que aún no estaba preparada y que todavía era muy pequeña. Debido a su tamaño aparentaba tener solo unos cuatro años, lo cual hacía que su habilidad como amazona resultara aún más sorprendente. Sus manos manejaban las riendas como si fueran las de un adulto, y tenía un ojo infalible para los saltos. Nunca esquivaba un obstáculo y muy rara vez los derribaba.

Un día, después de darle una clase a Annie, Jonathan le comentó a Lucy:

—Alguien en tu familia tuvo que ser un experto jinete. Es

imposible que la niña monte como lo hace a su edad. Tiene una facilidad extraordinaria para todo lo que tenga que ver con los caballos. ¿Estás segura de que nadie en tu familia montaba? ¿Tal vez uno de tus abuelos?

—Muy segura —replicó Lucy, y cambió rápidamente de tema.

Aun así, a ella también le asombraba que cada vez se pareciera más a Charlotte. Los genes Windsor eran poderosos. Si cabe, Annie era aún más pequeña y etérea que su madre. La gente siempre creía que tenía menos edad hasta que hablaban con ella, pues también era muy inteligente.

Al final, Jonathan desistió de intentar alejarla de las cuadras. Ella siempre regresaba con la diligencia de una paloma mensajera. Nada la hacía más feliz que estar a lomos de un caballo. Cuando Jonathan tenía algo de tiempo libre, salir a montar con ella era un verdadero placer. Los dos cabalgaban por los campos y saltaban los arroyuelos, y aunque el caballo de Annie siempre era más pequeño, no tenía ningún problema para seguirle el ritmo. La niña sacaba lo mejor de su montura y parecía tener una misteriosa comunicación con el animal, como si intuyera lo que pensaba y se anticipara a cada uno de sus movimientos. A Jonathan le encantaba darle clases y salir a montar con ella; estaba muy orgulloso de Annie, como si fuera su propia hija.

A Lucy, el caluroso verano se le hizo muy largo. Los bebés nacerían en septiembre, pero ya en la última semana de agosto casi no se podía mover, y sus señores la enviaron a casa para que descansara. Ella habría continuado trabajando hasta el final, pero incluso el doctor le había dicho que tenía que bajar el ritmo. Cabía la posibilidad de que los bebés se adelantaran. Hasta el momento había sido un embarazo sin problemas, pero un parto gemelar podría ser bastante complicado. Cuando dejó de trabajar Lucy apenas salía de la cama, y Jonathan se encargaba de preparar la cena por las noches, con ayuda de Annie.

Hacía salchichas, puré de patatas, pastel de carne, estofado, todos los platos que más le gustaban y que su madre le había enseñado a cocinar. A Annie le encantaba ayudar a Jonathan en la cocina y en todos lados, pero sobre todo en los establos. La niña se había convertido en su sombra: cuando estaba echando un vistazo a los caballos, o cuando llamaba al veterinario para que asistiera a un animal lesionado o que parecía enfermo, Jonathan se giraba y allí estaba ella. Y si no la veía, era porque estaba dentro de las cuadras, cepillando a algún caballo o dándoles alguna chuchería.

El cuarto de los bebés ya estaba listo. Lo habían preparado en una diminuta habitación, apenas mayor que un armario. Jonathan no había querido echar a Annie del cuarto que había ocupado desde que se instaló en la casita y que había pintado de rosa para ella. La trataba como si fuera la primogénita, con todos los honores y privilegios que ello comportaba.

La noche que se puso de parto, Lucy estaba en la casa de su suegra. Todo empezó con un súbito estallido al romper aguas, y para cuando la llevaron al hospital apenas podía hablar por las contracciones. El doctor la examinó, y mientras Lucy agarraba con fuerza la mano de su marido, tratando de no gritar, les dijo:

—Si se tratara de un solo bebé, diría que este iba a ser un parto rápido, pero con gemelos nunca lo es. Podemos darte algo para el dolor, Lucy, pero no mucho, porque necesitamos tu cooperación. Cuanto todo haya pasado podremos sedarte, pero ahora tienes que estar despierta y alerta, sobre todo cuando llegue el segundo bebé. No podemos dejar que pase mucho tiempo entre ambos. ¿Cuánto duró tu primer parto?

Durante un largo momento, Lucy se quedó desconcertada, sin saber qué responder.

—No me acuerdo —contestó vagamente, y el doctor pareció sorprendido.

—Pues entonces no tuvo que ser tan malo. —Le sonrió—. La mayoría de las mujeres recuerdan hasta el último segundo de su parto. En fin, el primer bebé no tardará en llegar. Ya puedo notar la cabecita.

Volvió a examinarla y esta vez Lucy dejó escapar un fuerte grito. El doctor le preguntó a Jonathan si quería salir de la habitación. Él negó con la cabeza y no se movió.

—He ayudado a parir a muchas yeguas —repuso con calma.

El doctor le dijo que no era lo más habitual, pero dejó que se quedara. Estaba preocupado por lo mal que lo estaba pasando Lucy, y pensó que necesitaría todo el apoyo que pudiera recibir. Jonathan parecía un hombre tranquilo y callado, que no se dejaba arrastrar por el pánico. Permaneció sentado junto a Lucy mientras la pobre no paraba de gritar. Finalmente la llevaron al paritorio, pero él no se apartó de su lado en ningún momento. El doctor había hecho bien en dejar que se quedara: Lucy chillaba como si se estuviera muriendo, pero al cabo de media hora de extenuantes esfuerzos, el médico depositó entre sus brazos al primer bebé. Era un niño. Entonces, las contracciones cesaron durante unos minutos antes de volver a empezar con más fuerza si cabe, y Lucy les suplicó que hicieran algo para detener el dolor. Le pusieron una mascarilla de oxígeno mientras ella empujaba desesperadamente. El nacimiento del segundo bebé fue mucho más complicado, y se prolongó durante una larga hora. Era también un niño, más grande que el primero, y lloró con fuerza al nacer. Jonathan lo sostuvo entre sus brazos mientras el doctor atendía a la parturienta, cortaba el cordón umbilical y luego le ponía una inyección para aliviarle el dolor. Lucy ya estaba medio adormilada cuando miró a Jonathan con expresión aturdida. Al final todo había ido bien. El primer bebé había pesado cuatro kilos, y el segundo, cuatro kilos y medio. Lucy había llevado en su vientre un peso de casi nueve kilos, y se sentía como si hubiera parido un par de elefantes. Pero, a pesar de todo el esfuerzo que le había costado expulsarlos, eran unos niños fuertes y sanos.

—No me voy a morir como Charlotte, ¿verdad? —le preguntó a su marido, con ojos vidriosos.

—No te vas a morir, amor mío. Estoy muy orgulloso de ti. Hemos tenido dos niños grandes y preciosos. —Luego añadió—: ¿Quién es Charlotte?

Ella meneó la cabeza y soltó un grito de dolor. El doctor se apresuró a ponerle otra mascarilla y le administró un poco de cloroformo para sedarla.

—Ahora dormirá durante un buen rato —le dijo a Jonathan en voz baja—. Lo ha hecho muy bien. No es fácil dar a luz a gemelos, y además han sido dos niños bastante grandes. Me sorprende que haya conseguido llegar al final del embarazo. —Eran mellizos, no gemelos idénticos, pero los dos se parecían mucho a su padre—. Si quiere, puede ir a la sala de neonatos. Ahora vamos a asear un poco a Lucy y la llevaremos a su habitación. La enfermera le avisará cuando se despierte.

Jonathan le dio las gracias y siguió a sus hijos hasta la sala de recién nacidos. Era el día más feliz de su vida, y estaba deseando poder enseñarle los mellizos a su hermana mayor.

Los cogió por turnos de sus cunitas, acunándolos entre sus brazos, y cuando Lucy empezó a despertarse él ya estaba sentado junto a su cama. La pobre tenía aspecto de haber pasado por un auténtico suplicio, y así había sido. Jonathan la besó.

—Creí que me moría —dijo ella con voz ronca.

—No te habría dejado. Te necesitamos todos demasiado. —En ningún momento había pensado que su vida corriera peligro, y el doctor también pareció bastante calmado durante todo el proceso. Ahora que estaba despierta, volvió a preguntarle—: ¿Quién es Charlotte?

—¿Por qué? —exclamó, aterrada al oír aquel nombre.

—Me preguntaste si te ibas a morir como ella.

—Era una mujer que conocí y que murió unas horas después de dar a luz.

—Eso no va a pasarte a ti —repuso él con firmeza.

En ese momento entró una enfermera y le preguntó si iba a amamantar a los bebés. Lucy contestó que sí. Resultaba algo intimidante hacerlo con mellizos, pero quería intentarlo. Había sobrevivido al parto y, después de haber pasado tanto miedo durante nueve meses, ahora quería disfrutar plenamente de sus pequeños.

—¿Ya dio el pecho la vez anterior? —quiso saber la enfermera, dado que, según sus papeles, no era una madre primeriza.

—No —respondió Lucy, un tanto azorada—, pero quiero intentarlo esta vez.

La enfermera le enseñó cómo debía hacerlo. Parecía bastante complicado con los mellizos, y, cuando estuviera en casa, iba a necesitar toda la ayuda que pudiera recibir. Pero su suegra le había prometido que estaría a su lado en todo momento, y Jonathan también la ayudaría por las noches.

Estuvo cinco días en el hospital, y para cuando regresó a casa, los bebés ya se agarraban bien al pecho. Annie estaba ansiosa por conocerlos. La dejaron sostenerlos en el regazo, bien sentadita, primero uno y después el otro. Jonathan estaba hecho todo un padrazo, y consiguió que la niña también se sintiera especial. Incluso le preparó su cena favorita: pastel de carne y, de postre, helado. De la noche a la mañana se habían convertido en una familia numerosa, con un padre, una madre y tres hijos, y ahora su pequeña casita se veía abarrotada. Jonathan estaba exultante; Lucy se sentía abrumada por la situación, pero Annie siempre estaba dispuesta a hacer algunas tareas, y su suegra era de gran ayuda. Cuidar de tres niños pequeños era demasiado para ella, más duro incluso de lo que había esperado. En comparación, criar a Annie había sido coser y cantar. Lidiar con los mellizos resultaba extenuante: uno de ellos siempre tenía hambre o estaba llorando, cuando no los dos a la vez.

Al cabo de un mes, Lucy se sintió enormemente aliviada por volver a trabajar. Todas sus compañeras habían ido a visitarla para conocer a los pequeños, y la señora Markham le había enviado bonitos regalos por partida doble, con unos trajecitos a juego. Aun así, fue muy agradable poder salir de la casa y recuperar un poco de normalidad. Al retomar su trabajo dejó de amamantar a los bebés, pero volvía al mediodía para ayudar a su suegra a darles los biberones. Después del miedo que había pasado durante el embarazo, pensando que moriría como Charlotte, ahora se sentía plenamente feliz con la familia que ella y Jonathan habían formado. No obstante, también se mostró inflexible: no quería tener más hijos. Annie continuó siendo la princesa de la casa, y cuando los niños empezaron a caminar, uno con nueve meses y el otro con diez, se convirtieron en pequeños derviches que giraban cada uno en direcciones opuestas. Annie se comportaba como la perfecta hermana mayor: paciente, cariñosa y responsable. Les decía a sus padres que cuando crecieran les enseñaría a montar, y un día le confesó a su abuela que, aunque quería mucho a sus hermanitos, quería aún más a los caballos.

—Está claro que eso no lo ha heredado de ti —le comentó riendo a su nuera.

Blake, uno de los mellizos, fue convirtiéndose poco a poco en la viva imagen de su madre, mientras que el otro, Rupert, era clavadito a su padre. Sin embargo, Annie no se parecía a ninguno de ellos. Era menuda y de rasgos delicados, y al andar se deslizaba como si flotara. A pesar de tener solo seis años, desprendía una gracia natural y un aire majestuoso. Viendo la constitución robusta y las toscas facciones de Lucy, costaba imaginar que pudiera ser la madre de Annie. No se parecían en nada, ni en físico ni en carácter.

—Las hadas debieron de dejarte en la puerta de tu mamá —le dijo bromeando su abuela.

A Annie le encantó la idea, pero Lucy no hizo el menor comentario.

7

Cuando Rupert y Blake cumplieron dieciocho meses ya correteaban por todas partes, y ni sus padres ni su hermana ni su abuela se bastaban para controlarlos. Lo tiraban todo al suelo, derribaban lámparas y se subían a las mesas. Hacían trastadas a todas horas, y el único momento de paz que Jonathan y Lucy podían disfrutar era cuando los niños por fin caían rendidos, por la noche. Dormían en la misma cuna y lloraban cuando los separaban, de modo que cuando uno se despertaba lo hacía también el otro, y entonces volvía a empezar la diversión.

Ahora Jonathan y Lucy ya no tenían tiempo para quedarse remoloneando en la cama por las mañanas, ni tampoco para noches románticas. Los mellizos eran como un tornado, y en cuanto se levantaban ponían toda la casa patas arriba. Lucy los quería mucho, pero era Jonathan quien más disfrutaba con ellos, ya que tenía más paciencia que su mujer. A ella la agotaban, y le dijo a su marido que con los niños y con Annie ya tenía más que suficiente. A él le hubiese gustado tener otro hijo, pero ella le dejó muy claro que para eso tendría que buscarse a otra esposa. Jonathan acabó cediendo y se conformó con los tres niños. Para él, eran lo mejor que le había pasado en la vida. Era un hombre feliz, con su mujer, sus hijos y su trabajo. Le encantaba trabajar en la finca donde se había criado, incluso con los nuevos propietarios. Nunca había tenido sueños de ampliar horizontes ni de vivir grandes aventuras. Tenía exactamente lo que siempre había deseado y estaba muy satisfecho con su vida.

Tres meses después de que los mellizos cumplieran dos años, por Navidad, Jonathan le hizo a su mujer un regalo que, según ella, era el mejor que le habían hecho en toda su vida: le compró un televisor, uno de aquellos modelos grandes con la pantalla muy ancha que se fabricaban por entonces. Venía empotrado dentro de un mueble de madera, y se convirtió en la pieza estrella de la pequeña salita. Las imágenes eran en blanco y negro, ya que aún no existía la televisión en color, pero le prometió que en cuanto la inventaran le compraría una.

Lucy tenía sus programas favoritos, que ponía cuando llegaba por las noches de trabajar. Jonathan veía los deportes los fines de semana, y también había algunos programas a media tarde apropiados para Annie. Ya tenía ocho años, y cada vez que daban algo relacionado con los caballos, salía corriendo para verlo. Sin duda aquel televisor era el mejor regalo para toda la familia. Los mellizos eran demasiado pequeños para disfrutarlo, pero no tardarían en hacerlo también.

Poder ver la televisión tenía además un valor especialmente significativo, ya que el rey Frederick había muerto en febrero de ese año y su hija mayor, Alexandra, había sido proclamada reina de Inglaterra. Por diversos motivos políticos desconocidos para el gran público, la ceremonia de coronación se había pospuesto dieciséis meses, y se celebraría en junio del próximo año. Por primera vez en la historia, iba a retransmitirse por televisión, de modo que millones de personas en todo el mundo podrían verla desde sus casas. Lucy sería una de ellas. Llevaba meses diciendo que se tomaría el día libre para tan señalada ocasión y que iría donde fuera preciso para verla por televisión, pero ahora, gracias al generoso regalo de su marido, tenía su propio aparato.

A Jonathan le hacía mucha gracia la obsesión de Lucy por la realeza, especialmente por la monarquía inglesa. Estaba suscrita a la revista *The Queen* y a todas las publicaciones que hablaban sobre la familia real, y también leía todas las noticias que se escribían sobre ella. La coronación de la reina Alexandra en junio sería la culminación de su obsesión por la monarquía, y el oportuno regalo navideño de Jonathan le permitiría verla desde su propia casa.

La nueva reina era una mujer joven, la soberana más joven desde la reina Victoria, que en el siglo XIX ascendió al trono con solo dieciocho años. Alexandra tenía veintinueve, de los cuales llevaba cinco casada, y cuando murió el rey Frederick estaba esperando su tercer hijo, que nació una semana después del funeral de su padre. De este modo, la sucesión estaba asegurada con «un heredero y dos de repuesto», como les gustaba decir a los británicos. Sus tres hijos eran los siguientes en la línea de sucesión al trono, siendo el primogénito, lógicamente, el primero. La cuarta era la hermana menor de la reina Alexandra, la princesa Victoria, que era un año más joven que la nueva monarca, y estaba soltera. Siempre había tenido una vida sentimental bastante alocada, y su personalidad iba a juego con su flameante melena pelirroja. Alexandra y Victoria habían tenido otra hermana que murió trágicamente durante la guerra, en 1944, con solo diecisiete años. Había fallecido por complicaciones derivadas de una neumonía. Desde la muerte del rey Frederick, su viuda, la reina Anne, se había convertido en la reina madre.

Jonathan nunca había sabido mucho sobre la familia real. No le interesaba demasiado, pero ahora Lucy lo había puesto al día con todo lujo de detalles. Siempre estaba leyendo sobre los miembros de la realeza británica, y parecía saberlo todo de ellos. El marido de la reina Alexandra, Su Alteza Real el príncipe Edward, era alemán, al igual que lo había sido el de su tatarabuela, la reina Victoria, el príncipe Albert. Por muy enamoradas que estuvieran de sus maridos, ninguna de las dos soberanas había solicitado al Gobierno convertirlos en rey, y ambos habían tenido que conformarse con el estatus más limitado de príncipe consorte. Aunque, como ambos habían nacido en Alemania, hubiese sido muy improbable que el gabinete aprobase tal medida. Así pues, al igual que la reina Victoria en su momento, ahora Alexandra reinaba en solitario. Su coronación en junio iba a ser sin duda un acontecimiento extraordinario, con la carroza dorada recorriendo las calles, el manto de armiño por encima del majestuoso vestido y la corona profusamente enjoyada que, según se decía, pesaba casi veinte kilos.

Monarcas de todas las casas reales europeas y dignatarios de todos los países acudirían a la abadía de Westminster para presenciar la coronación, después de haber recibido una de las invitaciones más codiciadas. Y ahora Lucy también podría ver hasta el último detalle de la ceremonia sentada en el sofá de su casa.

Jonathan solía tomarle el pelo con su fascinación por la monarquía, pero había conseguido que el sueño de su esposa se hiciera realidad. Aquel televisor se había convertido en su posesión más preciada.

Annie no compartía la obsesión de su madre y, a sus ocho años, seguía estando muchísimo más interesada en los caballos que en la familia real. Cumpliría nueve unas semanas antes de la coronación, y Lucy sospechaba acertadamente que la niña no se molestaría en verla por televisión. Aun así, estaba ligeramente intrigada por los caballos que formarían parte de la procesión real y por aquellos que tirarían de la carroza dorada. Era lo único que le interesaba de la ceremonia.

En junio, Lucy permaneció pegada durante varias horas al televisor contemplando la coronación de principio a fin. El acontecimiento superó todas sus expectativas, y constituyó la culminación de su gran pasión por todo lo relacionado con la monarquía británica.

Aunque nadie más lo supiera, Lucy no podía dejar de pensar en que Annie ocupaba el quinto lugar en la línea de sucesión al trono, pese a que era prácticamente imposible que algún día pudiera llegar a reinar. La joven que acababa de ser coronada era su tía, la hermana mayor de su difunta madre. Los tres hijos de la soberana eran sus primos, y Anne, la reina madre, era su abuela. Eran los parientes consanguíneos de Annie, aunque esta no lo supiera y aunque la familia real no tuviera la menor idea de su existencia. Aun así, Lucy se sentía invadida por una intensa oleada de emoción mientras veía a los miembros de la realeza por televisión. La niña a la que consideraba su hija, y que siempre lo sería, formaba parte de la familia real, porque su madre era la difunta princesa Charlotte, que había muerto a las pocas horas de darla a luz. Y la única persona que lo sabía era Lucy. Las pruebas seguían encerradas bajo llave en la caja forrada en cuero que había pertenecido a Charlotte. Toda la pompa y los fastos de la abadía de Westminster, la carroza dorada, los fabulosos caballos, los majestuosos vestidos y las coronas resplandecientes formaban parte de la herencia de Annie. Ella también era una alteza real, como lo había sido su madre. Sin embargo, Lucy no se permitía pensar en ningún momento que la hubiera privado de todo aquello. En su lugar, ella le había dado todo su amor. Nunca se le pasó por la cabeza que la familia real también pudiera haberla querido. Nunca, ni una sola vez, se arrepintió ni cuestionó su decisión.

Mientras Lucy seguía viendo la coronación por televisión, Annie fue a buscar a su padre a las caballerizas.

—¿Qué hace tu madre? —le preguntó mientras la niña se colaba por debajo de la valla.

A sus nueve años recién cumplidos seguía siendo muy pequeñita para su edad. No aparentaba más de seis, aunque ya montaba como un hombre, tal como le gustaba decir a su padre. Su destreza como amazona también formaba parte de su herencia de sangre, tanto como la ceremonia en la abadía de Westminster, aunque solo Lucy lo sabía. Llevaba manteniendo aquel oscuro secreto desde hacía ocho años, desde que se marchó de Ainsleigh Hall cuando Annie tenía poco más de un año fingiendo que era su hija y borró todo rastro de su existencia para que la familia real nunca supiera nada de la pequeña.

—Está viendo todo ese rollo en la tele —dijo Annie, poniendo los ojos en blanco—. Aunque la carroza es muy bonita, y los caballos son magníficos.

—Creo que tu madre está más interesada en las coronas y los vestidos —repuso él, y ambos se echaron a reír.

Sin embargo, a Jonathan le alegraba que Lucy estuviera disfrutando tanto, y sabía que estaría hablando de ello durante días. Televisar la coronación había sido una brillante estrategia de la casa real para llevar toda la majestuosidad de la histórica ocasión a los salones de la gente del pueblo. Así, mujeres como Lucy habían podido disfrutarla en primera línea, sentadas en el sofá con una taza de té.

Cuando Annie tenía doce años, ya había ganado numerosos premios en las distintas exhibiciones a las que Jonathan la había apuntado. La muchacha estaba más interesada en las pruebas de velocidad que en las precisas maniobras de doma o en las competiciones de saltos.

A los trece años, padre e hija tuvieron serias discusiones que, finalmente, llevaron a que él le prohibiera acercarse por los establos durante una semana. Todo empezó cuando Annie se escabulló con el nuevo semental adquirido por John Markham, un caballo que ni siquiera estaba del todo domado, y salió a cabalgar con él por los campos como alma que lleva el diablo. Jonathan se dio cuenta de que no estaba en su cuadra poco después de que Annie se lo llevara, y salió rápidamente a buscarla. Lo que vio hizo que se le detuviera el corazón: estaba seguro de que Annie estaba batiendo algún récord de velocidad, pero del mismo modo podría romperse el cuello o lastimar a un ejemplar que, a lo largo de su vida, podría generar millones de libras. Cuando la llevaba de vuelta, Annie se mostró compungida y arrepentida, y todos los días le suplicaba a su padre que le permitiera volver a los establos, pero él mantuvo su castigo de una semana para darle una lección. Que Jonathan supiera, no había vuelto a hacerlo más, aunque tampoco podía estar completamente seguro. Annie era más lista que el hambre y sentía una pasión desaforada por los caballos, cuanto más veloces mejor.

Para complicar aún más las cosas, a los quince años vio una carrera de caballos por televisión. Aquello hizo que sus aspiraciones dieran un giro radical y anunció que, cuando fuera mayor, en vez de ser entrenadora o trabajar en las cuadras quería ser yóquey. Su padre le dijo que tenía el tamaño apropiado, pero no el género. Las mujeres no podían ser yoqueis. Las carreras de caballos eran un deporte de hombres y, además, eran demasiado peligrosas. Era el año 1959, y la idea de una yóquey femenina era algo inaudito. Jonathan le contó que algunas mujeres participaban en eventos de carácter amateur, pero que, en su opinión, no se les debería permitir competir en carreras profesionales.

—Quiero que te conviertas en una señorita, no en una yóquey amateur y que malgastes tu tiempo en sórdidas competiciones de segunda categoría. Me encanta mi trabajo, pero tú deberías aspirar a ser algo más que jefe de cuadras, un puesto que, de todos modos, nunca le darían a una mujer. Tu madre quiere algo mejor para ti.

Lucy había trabajado como doncella y recientemente había sido ascendida a ama de llaves de los Markham, pero tenía grandes ambiciones para la hija a la que siempre se refería como su «princesa». Y, curiosamente, cuando no estaba cabalgando a toda velocidad por los campos, Annie parecía una princesa de verdad.

—Solo quiero hacer lo que tú haces, papá: entrenar caballos y trabajar contigo, a menos que pueda convertirme en yóquey algún día.

—No puede ser —repitió él.

Lucy quería que su hija fuera algo más que una simple ama de llaves: maestra, enfermera o cualquier profesión respetable para una mujer, y, finalmente, esposa y madre. Annie le dijo que sus aspiraciones eran patéticas, y que lo único que le interesaba era todo aquello que tuviera que ver con los caballos. Así pues, todo seguía igual.

Al cumplir los dieciocho años, la batalla se recrudeció cuando Jonathan insistió en que debería ir a la universidad para ampliar su formación. Hasta el momento, Annie había ido a la escuela del pueblo y nunca le habían interesado mucho los estudios, pero al final acabó perdiendo la batalla y tuvo que ceder para complacer a sus padres. Sus notas no eran para lanzar cohetes, y al cabo de un tiempo Jonathan descubrió que había estado mintiendo acerca de su edad para inscribirse en algunas carreras amateur de baja categoría. Fue a visitarla a la universidad para hablar del asunto, pero ella le dijo que lo único que quería era dejar los estudios y volver a casa para trabajar en las caballerizas de los Markham. Había estado frecuentando los establos de la zona, y solo había trabado amistad con la gente que trabajaba allí, lo cual sus padres consideraban totalmente inapropiado.

Annie insistió en que no tenía el menor interés en seguir estudiando, pero Lucy y Jonathan no dieron su brazo a torcer. A pesar de sus mediocres calificaciones, consiguió graduarse en solo tres años, tras los cuales regresó a casa y empezó a trabajar como aprendiza de jefe de cuadras y entrenadora.

John Markham solía comentarle a Jonathan que la joven tenía mucho talento.

—Haga lo que haga, no consigo alejarla de los caballos —repuso él, en tono desalentado.

El señor Markham se echó a reír. Él también tenía sus problemas, ahora ya con seis hijos malcriados y con una esposa derrochadora.

—Tal vez deberías dejar de intentarlo —le dijo con una sonrisa irónica—. Dale rienda suelta, a ver lo que hace.

—Quiere convertirse en yóquey, algo que ni siquiera es legal. Un día de estos se romperá el cuello y a mí me romperá el corazón —dijo, muy preocupado por su hija.

Por el contrario, los mellizos, que ya habían cumplido quince años, no mostraban ningún interés por los caballos. Eso lo habían sacado de su madre. Blake quería ser banquero y Rupert quería ir a la escuela de veterinaria, algo que, al menos, se aproximaba más al ámbito profesional de su padre. Jonathan tampoco había conseguido que Annie se interesara por los estudios de veterinaria. Lo único que le gustaba era la velocidad, aunque admitía que en el futuro le gustaría dedicarse a la crianza de caballos. Seguía los linajes de varias caballerizas, entre ellas las de la reina. Ese era su único interés en la monarquía, a diferencia de su madre, que estaba obsesionada con la familia real y lo sabía todo sobre ellos, desde los trajes que lucían hasta la marca de té que bebían.

—Al final los hijos hacen siempre lo que quieren. Y las esposas, también —comentó John Markham, antes de salir hacia Londres en su nuevo Ferrari.

Al igual que Annie, también era un apasionado de la velocidad, algo que sin duda parecía más apropiado para un hombre como él que para una chica de veintiún años.

Sin embargo, al mes siguiente todos tuvieron cosas más importantes de las que preocuparse. De repente, Lucy empezó a encontrarse mal. Sufría fortísimos dolores de estómago y perdió unos siete kilos en apenas un mes. Jonathan la llevó al hospital para que le hicieran pruebas, y luego fueron a ver a un especialista en Londres, a sugerencia de los Markham, que también estaban muy preocupados.

Las primeras pruebas no fueron concluyentes, y el diagnóstico, impreciso. Entonces perdió otros cinco kilos, y parecía una sombra de sí misma cuando los doctores finalmente les dijeron que Lucy padecía cáncer de estómago. La metástasis había alcanzado ya el hígado y el sistema linfático, y el pronóstico no era nada bueno. Jonathan se quedó totalmente en shock. Propusieron hacerle una cirugía exploratoria, pero, en cuanto la abrieron, volvieron a cerrar. El cáncer se había extendido con gran rapidez por todo el cuerpo. No había nada que hacer. Parecía algo inconcebible. Lucy tenía treinta y nueve años, y los mellizos, solo quince. ¿Qué iban a hacer sin su madre? ¿Y Jonathan, sin su esposa?

Para ralentizar el avance de la enfermedad, le hicieron una serie de sesiones de quimioterapia, seguidas de radioterapia. Después del tratamiento pareció mejorar un poco, y le administraron morfina para el dolor. Jonathan quería aferrarse a Lucy para que no lo abandonara nunca. La idea de poder perderla le desgarraba el corazón. La había amado durante veinte años, y no podía imaginarse la vida sin ella. Era una persona tan buena, una mujer tan decente que su enfermedad y su sufrimiento le parecían totalmente injustos. Con todo, Lucy continuó yendo a trabajar y se encargaba de dirigir al personal de limpieza y de supervisar algunas tareas domésticas. Ahora hacía solo media jornada, y había días en que ni siquiera tenía fuerzas para ir a la mansión. Las enfermeras acudían a atenderla regularmente, pero por las noches, cuando los dolores se hacían insoportables, se volvía muy duro. Jonathan asignó más responsabilidades a Annie en los establos, a fin de poder pasar más tiempo con Lucy para cuidarla. En otras ocasiones era Annie quien se quedaba en la casa para que él pudiera ir a trabajar. También ella estaba muy asustada ante la posibilidad de perder a su madre. Se sentaba con ella durante horas, veían juntas la televisión y le preparaba comidas que pensaba que podrían apetecerle. Cuidaba de sus hermanos, hacía la colada y ayudaba en todo lo que podía. Para agradecérselo, una tarde Lucy sacó de un cajón un pequeño estuche y le abrochó en la muñeca una pulsera de oro de la que colgaba un corazoncito dorado. Annie recordaba habérsela visto puesta tiempo atrás.

—Quiero que la tengas tú —le dijo con voz cansada, y Annie sonrió.

—Es preciosa —exclamó emocionada, y, tras besar a su madre, fue a ver lo que hacían sus hermanos.

Los Markham también estaban consternados, y se mostraron muy comprensivos. Todos en la finca, tanto el personal de servicio como los demás trabajadores, estaban al tanto de la gravedad de la situación. Lucy se pasaba las horas en casa viendo la televisión. Miraba sus programas favoritos, especialmente uno que trataba sobre la realeza. Una noche, mientras lo estaba viendo, Jonathan se dio cuenta de que empezaba a sufrir dolores. Tuvo la tentación de tomarse una copa para calmar los nervios, pero quería mantenerse alerta por si ella le necesitaba más tarde. Lucy tenía muchos problemas para dormir, y él se pasaba muchas noches en vela, observándola para administrarle la morfina cuando la necesitara.

Cuando la ayudó a meterse en la cama, se la veía muy agitada. Le costaba respirar, y a Jonathan le aterraba que el cáncer se hubiera extendido a los pulmones. Últimamente había perdido aún más peso.

—Tengo que hablar contigo —le dijo ella con un hilo de voz, mirándolo intensamente.

Algo le rondaba por la cabeza, y Jonathan tenía miedo de que esa noche tampoco consiguiera dormir. A medida que la enfermedad avanzaba, se la notaba cada vez más angustiada.

—Ya hablaremos mañana. Ahora tienes que descansar —dijo él con delicadeza.

—No. Es importante. Tenemos que hablar ahora. —Jonathan comprendió que discutir con ella solo empeoraría las cosas. No podía ni imaginar qué podía ser tan importante que no pudiera esperar hasta la mañana, y lo único que quería era darle una pastilla de morfina para aliviarle el dolor—. Escúchame —prosiguió ella con vehemencia, y luego cerró los ojos por un instante.

—Te escucho. —No quería alterarla más de lo que ya lo estaba. Notaba en ella cierta sensación de urgencia, como si estuviera luchando para conseguir más tiempo, aunque Jonathan temía que esa era una batalla que ya no podría ganar—. ¿De qué se trata, amor mío? —le preguntó suavemente, luchando contra las lágrimas al verla tan enferma.

—Se trata de Annie. Nunca se lo he contado a nadie, pero creo que ha llegado el momento de hacerlo.

Él intuyó que iba a confesarle que no se había casado con el padre de Annie, que no había sido en realidad una viuda de guerra, algo que en cierto modo ya se había planteado con anterioridad. Durante la guerra había habido multitud de mujeres que habían tenido hijos fuera del matrimonio y que, al acabar el conflicto, se hicieron pasar por viudas. Y eran tantas que nadie había cuestionado la veracidad de su estado civil. Era algo que a él no le había importado nunca, y mucho menos ahora. La querría igual si había estado casada con el padre de Annie como si no.

—Eso no tiene importancia —dijo en tono cariñoso.

—Sí la tiene. —Lucy guardó silencio durante un largo rato. Por fin, susurró—: Annie no es mía.

Jonathan no estaba preparado para algo así, y sospechó que se encontraba un tanto desorientada. Los doctores le habían advertido que el cáncer podría extenderse al cerebro, y se preguntó si sería eso lo que le estaba pasando ahora.

—Pues claro que es tuya —dijo él con delicadeza.

—No, no lo es. Yo no la engendré. Su madre murió unas horas después de que Annie naciera. —Jonathan tenía la impresión de que estaba sufriendo algún tipo de delirio—. Se llamaba Charlotte. Estuvo acogida en Ainsleigh Hall en la misma época que yo. No descubrí quién era en realidad hasta después de su muerte. —Él reconoció el nombre: era el mismo que había mencionado la noche en que nacieron los mellizos, y por un momento se preguntó si no estaría diciendo la verdad—. Era un miembro de la realeza —dijo Lucy, y sus ojos, teñidos de angustia y desesperación, se clavaron en los de él como espadas—. Annie también tiene sangre real. Charlotte era la hermana menor de la nueva reina. —Jonathan recordaba vagamente que una de las princesas había muerto durante la guerra, pero ahora ya estaba del todo convencido de que Lucy estaba delirando y confundiendo la realidad con uno de sus programas de televisión—. Los padres de Charlotte la enviaron al campo para alejarla de los bombardeos, al igual que hicieron los míos, y allí se enamoró del hijo de los Hemmings. Se quedó embarazada, pero nunca se lo contaron a los reyes. Después de que Charlotte muriera, leí las cartas que le había escrito la reina, y en ningún momento mencionaba la existencia del bebé. Creo que la condesa pensaba contárselo cara a cara más adelante, cuando terminara la guerra, pues no era algo que pudiera explicarse por carta. El hijo de los Hemmings, Henry, era el padre de Annie. Los dos eran muy jóvenes, solo tenían diecisiete años, y cuando él cumplió los dieciocho tuvo que incorporarse a filas, pero murió en el frente antes de que Annie naciera. Yo pensaba que Charlotte y Henry no se habían casado y que la niña era ilegítima, y que por eso habían ocultado toda la historia. Pero después de que Charlotte y la condesa murieran, encontré todas las cartas de la reina y de Henry. Y también el certificado de matrimonio: se habían casado en secreto. Cuando lo descubrí ya habían muerto todos, los padres de Annie y los condes, y el único heredero legal era un viejo primo lejano que quería vender Ainsleigh Hall. La familia de Charlotte, los Windsor, no sabían nada de la niña, y pensé que la rechazarían y que la enviarían lejos, porque había sido concebida fuera del matrimonio. Pero yo sí que quería a esa niña, así que me llevé todas las cartas y documentos antes de que los Windsor fueran a recoger las pertenencias de Charlotte. Me hice pasar por una viuda de guerra, y fingí que Annie era mi hija. La niña tenía solo un año cuando nos marchamos de Yorkshire y nos vinimos aquí. Ahora es mi hija, Jon, como si yo la hubiera engendrado. Sin embargo, a veces me planteo si debería haberle contado la verdad. Annie es una alteza real, una princesa, la sobrina de la reina. Aun así, no me arrepiento de habérmela llevado. Ha tenido una buena vida con nosotros, y tú eres un padre maravilloso. Pero no es realmente nuestra, nunca lo ha sido. Y su madre era una fanática de los caballos, al igual que Annie. —Lucy sonrió y cerró los ojos, tratando de recuperar el aliento—. Los Windsor desconocían su existencia, no sabían que Charlotte tuvo una hija ni que se casó en secreto con el hijo de los Hemmings después de quedarse embarazada, así que me llevé conmigo a la niña y la crie como si fuera mía. Y todavía hoy siguen sin saber nada de Annie. La actual reina madre, la reina Anne, es su abuela. Y en el certificado de defunción consta que Charlotte murió por complicaciones derivadas de una neumonía, pero no fue así: murió después de dar a luz. Jonathan, Annie es una princesa de sangre azul, y la familia real no sabe nada de ella. Ahora pienso que tal vez lo que hice estuvo mal. La quería mucho y no quería perderla, así que, cuando todos murieron, simplemente me la llevé. Hablé de ello con el ama de llaves y las doncellas. Ellas no sabían que Annie era un miembro de la realeza y que era una hija legítima, pero yo sí lo sabía, y aun así me la llevé. Todos los detalles de lo que acabo de contarte están dentro de esa caja de cuero con la corona. Quiero que leas las cartas y los documentos y que me digas lo que debería hacer. Tú también tienes que saberlo todo. No quiero perder a Annie, pero ella tiene derecho a disfrutar de la vida de privilegios que nosotros no hemos podido darle. Léelo. Léelo todo. La llave de la caja está dentro de un sobre en el cajón de mi ropa interior.

Estaba claro que se le había ido completamente la cabeza, y Jonathan le habló con firmeza, como si fuera una niña pequeña.

—Necesitas descansar. Quiero que te tomes la pastilla.

—La caja de cuero... —repitió ella, con una voz cada vez más débil—. Tienes que leer las cartas. Debería habértelo contado mucho tiempo atrás. La caja está en el estante de arriba de mi armario.

—Ahora eso no importa —insistió él—. Annie es tu hija. Nuestra hija. Yo también la quiero.

—Debieron de quedarse destrozados cuando perdieron a Charlotte. Leí todas las cartas que su madre le envió durante aquel año. La reina la quería con toda su alma, y no sabía que había tenido una hija. Tal vez ahora merezca saber la verdad, y Annie también. —Estaba cada vez más alterada, y él no sabía qué hacer para calmarla—. Prométeme que leerás lo que hay en la caja.

Clavó la mirada en la de él, casi con fiereza. Tenía los ojos hundidos en las cuencas, marcados por profundas ojeras. Jonathan asintió.

—Lo prometo.

Le rompía el corazón ver a su mujer en ese estado, y ahora también estaba perdiendo la cabeza, ya fuera por el dolor o por la enfermedad. De repente parecía haber envejecido mucho. Nada de lo que decía tenía sentido. Él también quería a Annie, era una chica maravillosa, pero no pertenecía a la monarquía. Si así fuera, la familia real lo habría sabido. Su supuesta madre, Charlotte, les habría hablado de la existencia de la niña, o lo habría hecho la condesa. Jonathan estaba seguro de que no podía haberse casado ni tenido una hija sin que lo supiera su familia, sobre todo tratándose de la realeza. Era sencillamente imposible. La familia real no iba perdiendo princesas por ahí. Y además, conocía a su esposa. Lucy nunca habría robado a la hija de otra, ni siquiera cuando tenía diecinueve años. Era la mejor madre del mundo para Annie, fuera quien fuese su padre, y para los mellizos, que también estaban devastados por su enfermedad.

Lucy rechazó tomarse la morfina, así que le dio algunas gotas para el dolor. Poco después, cerró los ojos y se quedó dormida.

Jonathan fue a sentarse un rato a la salita, para tratar de aclararse las ideas. Le destrozaba ver a su esposa tan trastornada y desvariando de aquella manera. Nunca había sido una persona irracional, y ahora, de pronto, estaba atrapada en una fantasía obsesiva en la que Annie pertenecía a la realeza y en la que su madre había sido una presunta princesa que falleció después de dar a luz, cuando seguramente no era más que otra muchacha londinense a la que habían enviado al campo para escapar de los bombardeos, al igual que hicieron con la propia Lucy. Nada de lo que le había contado tenía sentido. Se preguntó si la caja de la que le había hablado estaría vacía. Recordaba haberla visto una vez, años atrás, cuando Lucy se mudó a la casa. Para quedarse tranquilo, fue a buscarla, y la encontró donde ella le había dicho. También localizó el sobre con la llave dentro del cajón de la ropa interior. Volvió con la caja y el sobre a la salita, sacó la llave y la insertó con suavidad en la cerradura. Mientras la giraba, se fijó en la hermosa corona dorada repujada sobre el cuero. Levantó la tapa y miró en su interior. La caja estaba abarrotada de paquetes de cartas atados con cintas, y había también un fajo de documentos. Jonathan vio una partida de nacimiento, un certificado de matrimonio y otro de defunción, así como varias fotografías. Se quedó mirando fijamente todos aquellos papeles. No estaba seguro de querer leerlos, pero al menos aquella parte de lo que había dicho Lucy era verdad.

Cogió uno de los paquetes de cartas y desanudó la cinta, para hacerse una idea de lo que podían ser aquellas misivas. Al instante vio la corona de los Windsor, las iniciales de la reina, la elegante caligrafía con la fecha y, debajo, las palabras «Palacio de Buckingham». Jonathan frunció el ceño. Tal vez hubiera algo de verdad en lo que había contado Lucy, y el resto fueran alucinaciones provocadas por la enfermedad. Se preguntó una vez más si el cáncer se habría extendido al cerebro. Leyó la primera carta. Vio que iba dirigida a una tal Charlotte, obviamente la hija de la remitente, ya que estaba firmada por «Mamá». Mientras volvía a dejar la carta dentro de la caja, notó como se le aceleraba el corazón. Sin pretenderlo, sin siquiera quererlo, acababa de abrir la caja de Pandora, y tenía mucho miedo de lo que podría descubrir.

8

Mientras leía el contenido de la caja, Jonathan fue varias veces al dormitorio para ver cómo se encontraba Lucy. Era muy tarde y todos en la casa dormían, por lo que podía disfrutar de cierta tranquilidad. Lucy también dormía profundamente por efecto de las gotas, e iba emitiendo algún que otro ruido en su sueño. Él la observaba durante un rato, le acariciaba suavemente la cara o el cabello y luego volvía a la salita para proseguir con la lectura.

Leyó todas las cartas de la reina a su hija y, al igual que a Lucy, no le cupo la menor duda de que habían sido escritas por la actual reina madre.

Entonces recordó que, durante la guerra, los reyes habían enviado a su hija menor al campo para alejarla de los bombardeos que asolaban Londres y para dar ejemplo a las demás familias. También se acordó de que la joven había muerto trágicamente con solo diecisiete años, de alguna enfermedad, si no recordaba mal. Resultaba muy curioso que personas tan distintas como Lucy y la princesa hubieran acabado siendo acogidas en el mismo lugar: la guerra era una gran igualadora. En las cartas no había ninguna mención al bebé. Tampoco se hablaba del embarazo ni del matrimonio, ni siquiera de un romance, así que era muy probable que los padres de Charlotte no hubieran sabido nada de lo que había ocurrido en

Ainsleigh Hall. Tal vez, como había dicho Lucy, la joven princesa pensaba explicárselo todo en persona cuando regresara a Londres, pero estaba claro que, mientras estaba en Yorkshire, no les había contado ninguna de aquellas grandes noticias. También habría resultado muy difícil comunicar algo así por teléfono, ya que durante la guerra las líneas no eran seguras. Incluso la centralita de palacio habría sido poco fiable, pues había gente escuchando y podrían haber corrido rumores. Para los asuntos gubernamentales y de inteligencia militar se utilizaban códigos y sistemas de encriptación, pero seguramente Charlotte no había dispuesto de nada de eso en Yorkshire. Las noticias que tendría que haber transmitido serían las propias de una chica de diecisiete años; solo que, en aquel caso, habrían sido las de una joven que se había quedado embarazada y se había casado en secreto. Una noticia que no habría resultado nada fácil contarle a tus padres, sobre todo si eran los reyes de Inglaterra.

A continuación, Jonathan leyó las cartas que Henry le había enviado a Charlotte, y en las que se refería tanto al bebé que esperaban como a su precipitado matrimonio secreto antes de que él se marchara a la guerra. Se notaba que estaban profundamente enamorados y que su pasión juvenil había sido el detonante de aquella complicada situación.

Los documentos oficiales que había en la caja hablaban por sí mismos. El certificado matrimonial expedido mediante licencia especial estaba firmado por los condes, sin el conocimiento de los reyes. En él aparecía el nombre que Charlotte utilizaba para salvaguardar su verdadera identidad, seguramente por razones políticas y de seguridad, pero resultaba bastante razonable pensar que Charlotte Elizabeth White era en realidad Charlotte Elizabeth Windsor. En otras circunstancias, probablemente los monarcas se hubieran tomado de otro modo todo aquel asunto sobre la relación de su hija y el hijo de los condes, pero también era cierto que casarse a los diecisiete años por culpa de un embarazo imprevisto era algo que enfadaría a cualquier padre, fuera o no de la realeza. Habían enviado a su hija con una gente respetable para protegerla, y al final se había quedado embarazada y se había casado, en ese orden. Era demasiado para que unos padres pudieran asimilarlo sin más, sobre todo siendo quienes eran.

Jonathan podía comprender por qué ni Charlotte ni la condesa les habían contado lo sucedido. Quizá esperaban el momento oportuno para hacerlo, pero todo se había ido al traste cuando sucedieron todas aquellas tragedias: la muerte de Henry en el frente de batalla, los fallecimientos del conde y de la condesa y la muerte de la propia Charlotte después de dar a luz. La situación se había descontrolado por completo, dejando sola a una huérfana de sangre real de la que nadie sabía nada. Se habían dado todas las circunstancias para que la joven e impulsiva Lucy acogiera a la niña bajo su protección y simplemente se la llevara, sin que hubiera alguien más maduro que la hiciera recapacitar o intentara detenerla. La decisión que había tomado en aquel momento, sin duda bienintencionada pero también irreflexiva, había provocado que una princesa se hubiera visto privada de su familia y de sus privilegios de nacimiento, y que la familia real se hubiese visto despojada de la niña que su hija había dejado al morir. Si en aquel momento lo hubieran sabido, tal vez les habría servido de consuelo para superar la pérdida de su querida Charlotte.

No era demasiado tarde para arreglar las cosas, pero iba a resultar muy complicado. Presentarse de golpe ante la familia real con una princesa de la que no sabían nada despertaría muchas sospechas, y revelar su existencia públicamente podría provocar un gran escándalo. Además, Lucy podría ser acusada de un grave delito, de sustracción de menores o algo peor, mientras yacía en su lecho de muerte. Además, tampoco quedaba nadie que pudiera corroborar su historia.

Jonathan sospechaba que Lucy desconocía el paradero actual de las sirvientas de Ainsleigh Hall. La propiedad había sido vendida hacía mucho tiempo, y tal vez ni siquiera estuvieran vivas, ya que habían pasado más de veinte años. Y quién sabe si el doctor que había asistido a Charlotte en el parto aún seguía vivo, o el vicario que había casado a la pareja. Veintiún años era mucho tiempo, y Henry Hemmings y toda su familia habían muerto. Iba a resultar muy difícil desentrañar aquel embrollo, pero Jonathan estaba convencido de que tendría que hacerlo, por el bien de la familia Windsor y también por el de Annie. La joven tenía derecho a saber quién era realmente y todo lo que había sucedido, y también que Lucy la quería con toda su alma, pero que no era su verdadera madre. Jonathan no tenía ni idea de cómo reaccionaría Annie al enterarse de la noticia, y mucho menos la familia real. Además, quería proteger a Lucy y que nadie mancillara su buen nombre. Lo que había hecho estaba mal, pero también había sido un acto lleno de ingenuidad. En aquella época acababa de sufrir la pérdida de su familia y se aferró a la niña en busca de amor y consuelo, aunque fuera de manera equivocada.

Era una historia de lo más increíble. Lucy no estaba delirando: solo intentaba reparar los errores que había cometido en el pasado antes de morir. Y no eran unos errores cualesquiera. Tal vez no hubiera sido su intención, pero Lucy había robado una niña a los Windsor durante más de dos décadas, y había privado a Annie de la vida para la que había nacido y a la que tenía derecho: una vida palaciega en el seno de la familia real, y no como la hija de una doncella y un jefe de cuadras en Kent. Ahora lo más importante era cómo transmitir esa información a la reina sin provocar un gran escándalo ni atraer la atención de la prensa. Luego, la casa real se encargaría de manejar el asunto como considerara más oportuno. Jonathan no quería que Lucy fuera castigada por el tremendo error de juicio que había cometido con solo diecinueve años. ¿Y qué pensaría Annie de ella cuando se enterara de que la mujer a la que había querido como a su madre no lo era en realidad? Había vivido toda su vida en una mentira, y ahora descubriría que era alguien completamente distinto de quien creía ser.

De una cosa estaba seguro: los Windsor querrían conocer a Annie. Y también tenía muy claro que Lucy había cometido un terrible error de juventud, un error que había llevado demasiado lejos. Aun así, agradecía que se lo hubiera confesado. Permaneció en vela toda la noche, pensando. Estaba sentado junto a su cama cuando ella se despertó por la mañana. A pesar de las gotas que le había dado para dormir, Lucy recordó al momento lo que le había pedido, y buscó en sus ojos si lo había hecho.

—¿Lo has leído todo?

Jonathan asintió con gesto grave.

—Lo he leído. Y es una historia asombrosa. Te viste superada por unas circunstancias que no supiste manejar y tomaste algunas malas decisiones, pero todas fueron de corazón.

—Y no me arrepiento. Quiero a Annie como si fuera mi hija, pero ahora me pregunto si me odiará por haberle arrebatado la vida para la que nació. Tenemos que contárselo, aunque no me siento preparada todavía.

—Los dos la queremos como a una hija, y Annie no te odiará —dijo él con voz calmada—. Pero tiene derecho a conocer sus verdaderos orígenes.

Él era el único padre que Annie había conocido, y Lucy la única madre, pero en realidad tenía toda una familia de tías, tíos y primos, y una abuela que había adorado a su verdadera madre. Independientemente de dónde se hubiera criado, Annie era una princesa de sangre real, algo que no se podía negar. Jonathan no estaba seguro de cuáles serían sus sentimientos al conocer la noticia. En ocasiones resultaba muy impredecible, y también podía mostrarse muy tozuda. No sabía si se enfadaría o si simplemente se quedaría conmocionada por la sorpresa, como le había ocurrido a él, porque seguía costándole creer que su esposa pudiera haber hecho algo así y, además, mantenerlo en secreto durante tanto tiempo, pero así había sido. Durante casi veintiún años.

Seguían hablando de ello cuando Annie entró en la habitación con una bandeja con el desayuno, y Jonathan se la quedó mirando como si la viera por primera vez. De repente, toda su gracia y su elegancia innatas cobraban sentido, al igual que su destreza como amazona y su pasión por los caballos, algo por lo que la familia real era muy conocida. Annie estaba profundamente marcada por su herencia biológica. Jonathan seguía observándola intensamente, mientras pensaba en lo que todos ellos deberían afrontar cuando la verdad saliera a la luz, y Annie se lo quedó mirando a su vez, algo desconcertada.

—¿Qué pasa? ¿Es que tengo algo raro o qué? Me estás mirando como si tuviera monos en la cara.

—No que yo vea —repuso él, sonriendo.

Annie salió de la habitación y Jonathan se giró hacia su mujer.

—¿Quieres contárselo ya?

Lucy negó con la cabeza. Sabía que tenía que hacerlo, estaba totalmente convencida de ello, pero en ese momento se encontraba demasiado agotada y no se sentía con fuerzas. Jonathan no quería presionarla, aunque era consciente de que no le quedaba mucho tiempo, y pensaba que Annie debería enterarse por boca de Lucy para que pudiera entender por qué lo hizo. Solo Lucy podía explicarle sus verdaderas motivaciones para haber hecho algo así.

—No le digas nada todavía. Yo lo haré —contestó ella con voz débil.

Él asintió, y luego fue a ducharse y vestirse para ir a trabajar. Cuando volvió a la habitación, Lucy estaba dormida. Le dijo a Annie que se marchaba, para que se encargara ella de cuidarla. Al regresar a mediodía, Lucy se encontraba aún más débil, y por la noche se sentía tan enferma y dolorida que ni siquiera podía hablar o pensar. A la mañana siguiente su estado había empeorado, y Annie permaneció sentada junto a ella mientras dormía. Lucy parecía estar encarando la recta final. Jonathan no fue a trabajar ese día para quedarse con ella, y por la tarde, Lucy entró en coma. El doctor había venido varias veces y había pedido a una enfermera que la asistiera en todo momento. Annie se pasó toda la tarde en su cuarto, sin parar de llorar. No había nada que pudiera hacer, y Jonathan había enviado a los chicos a casa de su abuela.

Él no se apartó de su lado en ningún momento, y le sostuvo la mano mientras la enfermera la atendía y Annie no paraba de entrar y salir de la habitación. Por la noche, los chicos volvieron a casa y Annie se quedó junto a ellos. Jonathan seguía junto al lecho de su esposa cuando, en silencio, sin recuperar en ningún momento la conciencia, abandonó este mundo. No habían podido despedirse de ella. Y Lucy no había tenido la oportunidad de contarle a Annie la historia que ahora cambiaría sus vidas para siempre.

El dolor dejó a Jonathan totalmente conmocionado. Resultaba más desgarrador de lo que nunca habría imaginado. Realizó los arreglos necesarios para el funeral mientras trataba de consolar a sus hijos por la pérdida de su madre. Annie estaba destrozada, y los chicos no podían parar de llorar, pero Jonathan intentó mantener el aplomo por el bien de su familia. Dos días más tarde, mientras salían de la casa para asistir al servicio fúnebre en la misma iglesia donde se habían casado, pensó en el contenido de la caja que Lucy le había revelado antes de morir. Le agradecía que se lo hubiera confesado todo, pero ahora le tocaba a él intentar ponerse en contacto con la reina madre y explicarle la verdad de lo que les había ocurrido a su hija y a su nieta. Quería conocer primero la reacción de la familia real antes de contárselo a Annie; ahora no era el momento. La joven estaba destrozada por la muerte de su madre y necesitaría tiempo para recuperarse antes de recibir una noticia como aquella. Jonathan había querido a Lucy con toda su alma, pero le había dejado para el final la tarea más difícil de todas. ¿Cómo le iba a explicar aquello a Annie? ¿Y a los Windsor? No tenía ni idea de por dónde empezar.

Durante el funeral, y a lo largo de los siguientes días, no paró de darle vueltas a todo el asunto. Echaba muchísimo de menos a Lucy, sentía como si le faltase el aire que respiraba. Había sido su amante, su esposa, su compañera y su mejor amiga durante veinte años. Y ahora tenía que encontrar la manera de devolver a la familia real una princesa que ni siquiera sabían que existía, sin romperle el corazón a Annie ni deshonrar la memoria de Lucy. Era la empresa más difícil a la que nunca se había enfrentado. Ahora que Lucy ya no estaba, tenía que mantener a su familia unida y, al mismo tiempo, separarla.

9

Las semanas que siguieron al funeral de Lucy transcurrieron como en una bruma que los envolvía a todos. Jonathan se sentía como si se moviera bajo el agua; todo a su alrededor se le antojaba surrealista. No paraba de repetirse que debía ir paso a paso, avanzar como pudiera a través de las rutinas de la vida cotidiana y mantenerse fuerte por sus hijos, pero nada tenía sentido sin Lucy. Era como si se precipitara en caída libre desde una gran altura, sin paracaídas y sin nada que pudiera frenarlo.

Annie no estaba mucho mejor. Apenas hablaba, salvo para dirigirse a sus hermanos. Los chicos discutían constantemente. Era la manera que tenían unos chavales de quince años de lidiar con la muerte de su madre: pagarlo con el otro. Annie trataba de cuidarlos lo mejor que podía, y su abuela venía todos los días para prepararles la comida. Durante las cenas reinaba un silencio sepulcral, y apenas probaban bocado. Jonathan parecía inconsolable y Annie se veía devastada, aunque trataba de mantener la compostura por sus hermanos.

Lo único que la confortaba era estar con los caballos. Aunque solo fuera realizando el trabajo habitual de las cuadras, se sentía agradecida de poder hacer algo que la ayudara a afrontar el dolor. A veces salía a montar tranquilamente por los campos y dejaba que los animales pastaran donde les apeteciera, pero en ocasiones se lanzaba a cabalgar a pleno galope. Y ahora, cuando Jonathan la veía hacerlo, no se lo recriminaba. Sabía que necesitaba desfogarse.

Él tardó varias semanas en poder volver a centrarse en el contenido de la caja que, dos días antes de morir, Lucy le había pedido que leyera. Era consciente de que tenía que hacer algo al respecto. De lo contrario, el secreto que había guardado Lucy todos aquellos años, el de la verdadera identidad de Annie, también moriría con él algún día. Y no podía dejar que eso ocurriera, por el bien de Annie y por el de los Windsor. Sin saber qué otra cosa hacer, probó el camino más sencillo: consiguió el número de información del palacio de Buckingham. Resultó de lo más fácil, como llamar a la Casa Blanca en Washington. Sin embargo, lo más difícil fue todo lo que vino a continuación.

Llamó y, tras preguntar por el secretario privado de la reina, no hicieron más que darle largas y ponerlo en espera. Fueron pasándolo de un subalterno a otro, a cual más insignificante, y no hicieron más que crear una cortina de humo en torno al secretario real. Su intento de contactar con la reina madre fue igualmente infructuoso. Tras cerca de una hora esperando para hablar con aproximadamente una media docena de personas, no llegó a ninguna parte y finalmente colgó. En el fondo sabía que pasaría algo así, pero al menos tenía que intentarlo. Comprendió que debería encontrar un método más ingenioso para ponerse en contacto con el secretario privado de la reina. Necesitaba acceder a la soberana para transmitirle una información de carácter profundamente personal: la suerte de la hermana que había perdido hacía más de veinte años, y la de la sobrina cuya existencia desconocía.

Tras darle muchas vueltas, decidió probar por los canales con los que estaba más familiarizado. No podía simplemente entrar por las verjas del palacio de Buckingham y solicitar ver a la reina. Ni siquiera podía enviarle una carta, que seguramente nunca le llegaría y que acabaría en un archivador junto a la correspondencia enviada por gente fanática o chiflada. En vez de eso, le preguntó a John Markham si conocía al gerente de las cuadras de la reina. Este se alarmó de inmediato.

—¿Estás buscando otro trabajo?

Se le notó realmente preocupado. Era el único empleado al que no le gustaría perder. Jonathan negó con la cabeza.

—No, para nada. Puede parecer una locura, pero estoy tratando de ponerme en contacto con la reina o con la reina madre por un asunto que ocurrió hace veinte años. Ayer me pasé una hora al teléfono intentando hablar con su secretario privado, pero he pensado que quizá tenga más suerte si pruebo con el gerente de sus cuadras. Al menos, es un mundo que conozco mejor. ¿Le conoce personalmente? —volvió a preguntarle, y Markham pareció muy aliviado.

—He coincidido algunas veces con el gerente y director de carreras de la casa real. Es un hombre importante, de cierto linaje nobiliario. No creo que mi nombre te ayude a llegar muy lejos, pero puedes intentarlo.

—He pensado que podría abrirme paso hasta él diciendo que estamos interesados en cruzar nuestras yeguas con algunos de sus sementales. En realidad no es con él con quien quiero hablar, sino con el secretario privado de la reina. Se trata de un asunto personal.

John Markham le dio el número, y esa misma tarde llamó. Le contestó un secretario que quiso saber cuál era el motivo de su llamada.

—Soy el jefe de las cuadras de John Markham. Estamos interesados en sus servicios de monta para algunas de nuestras yeguas, y el señor Markham me ha pedido si podría comentar con lord Hatton qué posibilidades habría.

El secretario se mostró más receptivo y, al cabo de un momento, le pasó directamente con su superior. Todo había resultado mucho más sencillo que su fútil llamada a palacio del día anterior.

Durante unos minutos, Jonathan le habló sobre las yeguas que supuestamente quería cruzar, y lord Hatton alabó las virtudes de los sementales que estaban utilizando en esos momentos para la monta. Hacia el final de la conversación, Jonathan dejó caer de pasada que John Markham le había pedido que consiguiera el nombre y el teléfono directo del secretario privado de la reina, ya que quería invitar a Su Majestad a un evento social en su yate. Lord Hatton mordió el anzuelo y le proporcionó la información que Jonathan había sido incapaz de obtener con su anterior llamada a palacio. Todo había sido mucho más fácil en el mundo en el que solía moverse y empleando el lenguaje que dominaba, ya que Jonathan era una persona respetada en esos círculos, y John Markham también. Por último, le dio las gracias y le dijo que volvería a ponerse en contacto con él cuando hablara con el señor Markham sobre los sementales que estaban disponibles para sus yeguas.

Después de colgar, Jonathan respiró hondo. Marcó el número y, en esta ocasión, respondió en persona el mismísimo secretario privado de la reina, sir Malcolm Harding. Lord Hatton le había proporcionado el número de su línea directa. Por un instante, Jonathan se quedó un tanto descolocado, pero luego trató de recobrar la calma para no sonar demasiado agitado y parecer una especie de lunático.

—Me gustaría solicitar una audiencia privada con la reina, cuando Su Majestad considere oportuno. Mi esposa falleció recientemente y me confió unos documentos que creo que pertenecen a Su Alteza Real, o más bien a la reina madre, y que datan de la época de la guerra. Son de carácter privado y me gustaría devolvérselos en persona. Se refieren a la hermana difunta de la reina, la princesa Charlotte. Ella y mi esposa eran amigas, y mi mujer conservó los documentos por motivos sentimentales durante mucho tiempo.

Se produjo un largo silencio al otro lado de la línea, mientras sir Malcolm Harding asimilaba lo que Jonathan acababa de decirle. No quería rechazarlo sin más, pero tampoco quería darle acceso inmediato a la reina.

—¿Sería posible que me entregara a mí los documentos y me permitiera echarles un vistazo? Si la reina considera conveniente concederle una audiencia, estaré encantado de concertarla. No queremos hacerle perder el tiempo, señor. —Para ser más exactos, no querían que él les hiciera perder su tiempo—. Si lo desea, puede enviármelos por correo postal.

—Preferiría que no. Preferiría dárselos en mano. Lord Hatton me ha proporcionado su nombre y su número privado, y ahora me complacería mucho poder entregarle esos documentos para que pueda echarles un vistazo. Además, me temo que en toda esta historia hay algunos aspectos que son de carácter muy personal. No le robaré demasiado tiempo, pero creo que es un asunto del máximo interés para la reina.

Jonathan se preguntó cuántas personas le dirían esas mismas palabras cada día. Probablemente decenas, aunque seguro que ninguna de sus alegaciones tenía que ver con un familiar que le había sido arrebatado tiempo atrás a la familia real. En ese momento no podía decírselo al secretario, pero tenía intención de redactar un breve resumen sobre todo lo que había ocurrido y sobre los secretos que habían permanecido ocultos durante tantos años. No sabía cuál sería la reacción de los Windsor después de tanto tiempo, o si sospecharían que estaba intentando chantajearlos o extorsionarlos. En ese caso, se negarían a mantener cualquier tipo de contacto con él, pero al menos tenía que intentarlo, tanto por Annie como por la propia familia real.

—¿Podría traerme esos documentos mañana, señor? Pongamos... ¿a las dos de la tarde? Le doy mi palabra de que los haré llegar a las manos apropiadas.

La mención a lord Hatton había ayudado a suavizar las cosas, tal como Jonathan había esperado que ocurriera.

—Estaré encantado de hacerlo.

Tras concertar la cita para las dos del día siguiente, el secretario privado le dijo qué entrada debía utilizar, por quién debía preguntar y la extensión directa de su despacho. Después de colgar, Jonathan se puso a redactar un breve documento para recopilar los hechos, a fin de simplificar las cosas. Resultó casi doloroso escribir algunos detalles.

En su escrito habló del romance entre la princesa Charlotte y Henry Hemmings antes de que él se marchara a la guerra, y del inesperado embarazo que no tuvieron la oportunidad de comunicar a la reina Anne. Luego especificó la fecha del matrimonio de la pareja mediante licencia especial, y también la fecha de la muerte del joven Henry. Explicó que, al poco tiempo, la princesa había dado a luz a una niña y había fallecido tres horas después del parto. Enumeró las fechas de defunción del conde y de la condesa, que habían dejado a la pequeña huérfana sin nadie que cuidara de ella y sin nadie que supiera qué hacer con una niña cuya existencia era totalmente desconocida para Sus Majestades, los padres de Charlotte. También contó que, para bien o para mal, una joven que se alojaba con los Hemmings para escapar de los bombardeos de Londres se hizo cargo de la niña y se la llevó, haciéndola pasar por su propia hija. Jonathan no podía justificar las decisiones erróneas tomadas por aquella joven, que más adelante se convertiría en su esposa. En su escrito explicó que toda esa información había llegado a sus manos hacía solo unas semanas, dos días antes del fallecimiento de su mujer. Y la noticia más importante de todas: la hija de la princesa Charlotte estaba viva y sana, y actualmente vivía con la familia de Jonathan, en Kent. La joven tampoco sabía nada de las circunstancias de su nacimiento ni de su relación con la familia real, de la cual formaba parte como sobrina de la actual soberana y como nieta de la reina madre. Jonathan afirmó que el único interés que le movía era el de reunir a Anne Louise con su verdadera familia. Comentó que estaría encantado de poder llevarla para que la conocieran, si lo estimaban oportuno.

Resultaba cuando menos una historia de lo más confusa, pero Jonathan ya había conseguido asimilarla e intentó exponerla de la manera más clara y sencilla. Hizo fotocopias de todo el contenido de la caja, preparó un paquete con los papeles y lo metió todo en un sobre grande, donde incluyó también los datos para ponerse en contacto con él, si así lo deseaban. Concluyó dando respetuosamente las gracias a Sus Majestades por dignarse a leer el material, confiando en que realmente lo hicieran. Se le pasó por la cabeza que podrían arrestarlo por intromisión de algún tipo, o por intento de chantaje si creían que intentaba extorsionarlos. También podrían pensar que habían mantenido secuestrada a la chica contra su voluntad durante más de veinte años. O, peor aún, que intentaba endosarles a una impostora. Fuera como fuese, Jonathan corría un gran riesgo al ejercer como intermediario para intentar arreglar las cosas, después de que Lucy hubiera mantenido el secreto durante tantos años. En ningún momento trató de excusar el comportamiento de su esposa, y solo dijo que en su lecho de muerte se había arrepentido profundamente de haber ocultado a su verdadera familia la existencia de Su Alteza Real la princesa Anne Louise.

Al día siguiente, cuando se disponía a salir para tomar el tren a Londres, le dijo a Annie que se encargara de su trabajo en las cuadras y que no volvería hasta la noche.

—¿Adónde vas? —le preguntó ella, llena de curiosidad.

—A Londres, a ver a la reina —respondió él, como si le estuviera tomando el pelo, aunque en realidad no era así—. Como dice la cancioncilla.

—Muy gracioso —repuso Annie.

Cogió el tren a tiempo y llegó puntual a su cita con sir Malcolm Harding. Se estrecharon la mano y Jonathan le entregó el paquete con los documentos.

—Aquí están las copias. Tengo los originales en mi poder, pero no me gustaría que se perdieran. Estaré encantado de entregárselos si la reina, o la reina madre, consideran que son de su interés.

El secretario real se lo agradeció educadamente y dejó el paquete sobre su escritorio. Poco después, Jonathan estaba de vuelta en la calle, contemplando desde fuera el palacio en el que había crecido la madre de Annie.

Tomó el tren de regreso a Kent y llegó a tiempo para la cena, durante la cual se mostró muy callado. Annie se fijó en que se había puesto un traje demasiado formal para hacer unos simples recados, pero Jonathan no reveló nada sobre lo que había estado haciendo en la ciudad. Aún no se sentía preparado para contárselo.

A las nueve de la mañana siguiente, el teléfono sonó en su despacho de las cuadras. Le sorprendió tener noticias de sir Malcolm tan pronto. El hombre fue directo al grano.

—La reina desea recibirle mañana a las once, y le gustaría que trajera con usted a la joven.

Todavía no la habían dignificado con su título, ya que aún no tenían la absoluta certeza de que su identidad fuera verdadera. Jonathan dudó apenas una fracción de segundo cuando pensó que tendría que contarle a Annie toda la historia antes de lo que había previsto, pero ahora no quedaba más remedio. Tenía solo hasta las once de la mañana siguiente.

—Por supuesto —contestó Jonathan a la petición de llevar a Annie.

Se preguntó si, en cuanto pusiera un pie en palacio, lo arrestarían y lo meterían en la cárcel. Todo era posible, pero había llegado demasiado lejos como para echarse atrás ahora, y tampoco quería hacerlo. En estos momentos tenía ante sí una de las partes más tortuosas del camino: contarle a Annie su verdadera historia y tratar de explicarle por qué Lucy se la había llevado y no había contactado nunca con los Windsor.

Esperó hasta que la vio regresar de ejercitar a uno de los caballos. Mientras Annie llevaba el animal de vuelta a su cuadra, Jonathan le pidió que almorzaran juntos.

—¿Ocurre algo?

—No, nada. Solo quería hablar de una cosa contigo.

«Tan solo del hecho de que eres una princesa de sangre azul y formas parte de la familia real, una cosilla sin importancia», pensó Jonathan.

Preparó dos sándwiches, los puso en unos platos de papel y se sentaron a una mesa de pícnic cerca de los establos, donde podrían hablar tranquilamente.

Después de tomar asiento, ella lo miró con aire suspicaz.

—Pasa algo. ¿Tiene que ver con mamá? —le preguntó.

—Sí y no. De hecho, se trata de una noticia de hace mucho tiempo, pero tu madre me la contó solo dos días antes de morir. Y creo que tú también deberías saberla.

—Nos ha dejado a cada uno un millón de libras —bromeó Annie, y él se echó a reír.

—Eso habría estado muy bien, pero me temo que es algo mucho más complicado.

No estaba seguro de cómo abordar el tema, de modo que decidió lanzarse de cabeza y le contó de la manera más clara y directa posible las circunstancias que habían rodeado su nacimiento. Hubo momentos en que la historia parecía un tanto embrollada, pero Annie siguió el relato de Jonathan sin excesivos problemas. Cuando acabó, se lo quedó mirando como si acabara de ver una serpiente.

—Un momento. A ver si lo he entendido bien. Mamá no era mi verdadera madre, ella no me engendró, y la mujer que me dio a luz murió unas horas después de que yo naciera. Era una princesa, y su madre era la reina en aquel momento. La soberana actual es la hermana de mi madre, y mi abuela es ahora la reina madre. Si algo de todo eso es cierto, me parece una auténtica locura. Y si realmente es verdad, ¿en qué me convierte a mí? —preguntó, visiblemente confusa y abrumada.

—Te convierte en alteza real —dijo él con voz queda.

Y también convertía a Lucy, la mujer a la que había conocido toda su vida como su madre, en una ladrona de niños, una joven que había robado a una niña y lo había mantenido en secreto durante más de veinte años. Pero Annie aún no había asimilado esa parte de la historia, y seguía queriéndola y honrando su memoria sin importarle lo que hubiera hecho, cosa que Jonathan esperaba que nunca dejara de hacer. Era consciente de que Annie había sufrido terriblemente por la pérdida de la mujer a la que consideraba su madre.

—Espera un momento —dijo Annie, levantando la palma de la mano como si estuviera parando el tráfico. Era demasiada información para asimilarla en tan poco tiempo—. ¿Me estás diciendo que soy una princesa, que tengo sangre azul y que estoy emparentada con la reina y con la familia real? —Él asintió, y ella se lo quedó mirando con incredulidad—. ¿Y cómo consiguió mamá mantenerlo en secreto durante tanto tiempo?

—Porque nadie sabía que existías. Desgraciadamente, todos los que lo sabían murieron: tu madre, tu padre y tus abuelos paternos. La única familia que te queda es la familia real. Y yo, por supuesto —añadió sonriendo—. Y quiero que sepas que pienso que lo que hizo tu madre estuvo mal. Lo hizo porque te quería, pero llevarse a un bebé sin más no es la manera de hacer las cosas. Me lo explicó todo dos días antes de morir, y aunque le habría gustado contártelo ella misma, al final su enfermedad se lo impidió. No la estoy juzgando, pero lo que tengo muy claro es que tienes derecho a saber quién es tu verdadera familia y a poder conocerlos. En sus últimos días tu madre pensaba lo mismo, y por esa razón me contó toda la historia. Lo que hagas ahora con esta información depende de ti.

—¿Y si no quiero ser una princesa, papá? La verdad es que no me hace ninguna gracia. ¿Y si me odian nada más verme? ¿O si no te creen?

—Puede que no me crean, pero ¿por qué iban a odiarte? Eres la hija de la hermana y la hija a la que tanto quisieron. Solo por eso se mostrarán amables contigo, y te acogerán después de haber estado perdida tanto tiempo. Ni siquiera sabían que existías.

—No he estado perdida. He estado contigo y con mamá, en el lugar al que pertenezco. No quiero ser una princesa, papá —se quejó, como si fuera una niña pequeña.

—No tienes elección. Naciste siendo una princesa, y eso es lo que eres. No podemos escoger a nuestras familias, aunque no creo que haya muchas cosas mejores que formar parte de la casa real de Windsor.

—¿Y cuándo voy a conocerlos? —preguntó temerosa.

—Mañana a las once, en el palacio de Buckingham.

—Oh, Dios mío... —exclamó con expresión aterrada—. No quiero ser una princesa, papá, debe de ser muy duro. Creo que renunciaré a mi título. ¿Puedo hacerlo?

—Técnicamente, sí. En la vida real, no creo que sea tan sencillo. ¿Por qué no intentas disfrutar de la situación y pruebas durante un tiempo, a ver qué pasa? Primero conoce a los miembros de tu nueva familia. Tal vez lleguéis a quereros. Además, creo que, de algún modo, eso habría hecho muy feliz a Lucy.

Acabaron de comer, tiraron sus platos vacíos a la basura y Jonathan regresó caminando lentamente a la casa. Annie necesitaba tiempo para reflexionar sobre todo lo que le había dicho. Era una princesa de sangre azul, y había sido robada al nacer por la mujer a la que siempre había conocido y querido como a su madre. Parecía un cuento de hadas, y Annie no sabía muy bien qué pensar ni cómo sentirse.

Esa tarde, Jonathan la vio encaminarse hacia las cuadras y

ensillar a uno de los caballos. Era uno de los ejemplares que él le había desaconsejado montar, un semental nervioso que apenas estaba domado y que resultaba muy difícil de manejar, aunque Annie nunca había tenido ningún problema con él. Salió de las cuadras y se dirigió hacia uno de los senderos a trote lento, y luego Jonathan vio como espoleaba a su montura y salía disparada por el campo a un ritmo desaforado, cabalgando como alma que lleva el diablo. La observó durante un rato mientras galopaba a toda velocidad por los prados y las colinas, confiando en que no le ocurriera nada malo. Y por una vez, como conocía la batalla que se libraba en su interior y sabía a lo que tendría que enfrentarse al día siguiente, no le recriminó nada ni intentó detenerla. Dejó que cabalgara como el viento.

10

Annie apenas habló durante la escasa hora que duró el trayecto en tren desde Kent hasta Londres. Miraba con aire ausente por la ventanilla, mientras pensaba en la única madre que había conocido y trataba de entender a aquella joven de diecinueve años que se había llevado a una niña pequeña que pensaba que nadie querría, y a la que había hecho pasar como su hija durante veinte años. Annie no alcanzaba a entender por qué nunca le había contado la verdad. Lo había hecho todo por amor hacia ella, pero con el tiempo la mentira había crecido tanto que al final resultó inconfesable. Lucy había sido una madre maravillosa, y puede que tal vez tomara la decisión correcta y la salvara de acabar en un orfanato, ya que la familia real podría haberla rechazado. Quién sabe cómo habrían reaccionado los Windsor en aquel entonces.

Annie comprendía aún menos el lugar que le correspondía en aquella familia que había heredado de la noche a la mañana. De repente se había convertido en una princesa, con todas las cargas, responsabilidades, expectativas y desconcierto que ello conllevaba. No tenía ni idea de lo que esperarían de ella si la aceptaban en su seno, o si acusarían a Jonathan de haber urdido una historia falsa, y a ella de ser una impostora. ¿Y si la familia real no les creía? Incluso Annie seguía sin creérselo del todo.

¿Y cómo había sido su «verdadera» madre, la princesa Charlotte, que murió horas después de darla a luz? Annie no sabía qué pensar ni qué creer, ni siquiera sabía quién era ahora. Resultaba todo muy confuso, y tenía miedo de que la trataran como a una impostora cuando llegara a palacio. Solo tenía veintiún años y le costaba mucho digerir toda aquella historia, pero, pasara lo que pasase en Buckingham, ahora sus dos madres estaban muertas. Mientras seguía mirando por la ventanilla, no podía evitar sentirse como la huérfana de madre que era. De pronto, se giró hacia su padre con expresión desdichada.

—Quiero marcharme a Australia —anunció, con voz inexpresiva.

—¿Ahora? ¿Por qué? ¿Qué se te ha perdido allí? —preguntó Jonathan, muy extrañado.

—Allí las mujeres yóquey pueden participar en carreras amateur. Quiero ver cómo es aquello y apuntarme a las competiciones.

—Y, en vez de eso, ¿qué te parecería una estancia de aprendizaje en los establos de la reina? Sus cuadras son las mejores del país, y organizan unas carreras de caballos fabulosas. No se puede pedir más.

Si al final se acababan creyendo su historia, podrían mostrarse receptivos a la idea.

—Prefiero marcharme a Australia —insistió ella.

Trataba de no pensar en la reunión que le esperaba. Se había puesto el único vestido apropiado que tenía para conocer a la reina, su presunta tía materna. Era el vestido negro que había llevado en el funeral de su madre, y Jonathan lo reconoció al momento. Hacía juego con el ánimo lúgubre de Annie mientras se dirigían a su trascendental encuentro en el palacio de Buckingham. Él también estaba nervioso, aunque se esforzaba por no aparentarlo, ya que quería transmitirle a Annie el valor necesario para afrontar lo que se avecinaba. El peor de sus miedos era que les hicieran pagar por el gravísimo error de juventud de Lucy. Por muy inocentes que hubieran sido sus intenciones, había robado a una niña que pertenecía a la familia real. Eso explicaba en parte su obsesión con la realeza.

—Ahora no puedo permitirme enviarte a Australia —dijo él, casi disculpándose—. Creo que de momento tendrás que quedarte por aquí, hasta que se aclare la situación.

—¿Y si creen que soy una impostora?

—Podría ser. Pero entonces tu vida no sería ni mejor ni peor de lo que es ahora.

A petición de la casa real, Jonathan llevaba consigo toda la documentación, y había hecho dos juegos de copias manuscritas y fotografías de las cartas y los documentos, para él y para Annie. También llevaba en una bolsa la caja de cuero con la corona, por si contribuía a añadir credibilidad.

—¿Te pagan por ser princesa? —preguntó Annie con expresión traviesa, y él se echó a reír.

—Te dan una asignación. Todos los miembros de la familia real reciben la suya. Te iría muy bien.

Por primera vez, Annie veía algún tipo de ventaja en todo aquel asunto, siempre que acabaran creyendo la historia de Lucy.

—¿Esa es la razón por la que estás haciendo todo esto? —quiso saber ella, con gesto preocupado.

—No, lo hago porque ellos son tu familia y porque tienes derecho a conocerlos y a saber quién eres realmente.

A Jonathan se le había pasado por la cabeza que, si la familia real acababa aceptándola en su seno, tal vez no querría seguir viviendo con él. No era su padre biológico, y no la había adoptado oficialmente. No le había parecido necesario, pero ahora, a raíz de los nuevos acontecimientos, podría perderla. Aun así, sabía que estaba haciendo lo correcto, por Annie. Tenía derecho a una vida que él no podía darle, y ellos sí. Quería lo mejor para ella, y Lucy, a su manera ingenua e infantil, también lo había querido. Jonathan le estaba agradecido porque se lo hubiera contado todo antes de morir. De otro modo, nunca habrían sabido la verdad.

Bajaron del tren en silencio. Jonathan podía ver que Annie estaba muy nerviosa, y él también lo estaba. Seguramente se presentaba gente todos los días afirmando ser miembros de la familia real. Además, tampoco estaba seguro de quién los recibiría, si la reina madre, la reina, o solo su secretario privado.

En la estación tomaron un taxi hasta el palacio de Buckingham y, una vez allí, accedieron por la misma entrada que Jonathan había utilizado dos días atrás, cuando había acudido para entregar las copias de las cartas y los documentos.

Un guardia de seguridad comprobó sus identificaciones y luego llamó a sir Malcolm para informarle de que habían llegado «la señorita Walsh y el señor Baker». Annie no había sido aceptada aún como miembro de la realeza. El secretario llegó apresuradamente por un corredor y, después de que Jonathan le presentara a la joven, lo siguieron hasta un ascensor. Vio como sir Malcolm miraba fijamente a Annie, y como esta bajaba la mirada. Luego recorrieron un largo pasillo alfombrado, flanqueado por retratos que ilustraban la genealogía de la familia real a lo largo de varios siglos. Se detuvieron ante una puerta altísima, que estaba custodiada por dos guardias de palacio uniformados, quienes la abrieron y anunciaron a los recién llegados. Jonathan sintió que se le paraba el corazón al darse cuenta de que, al fondo de la sala, sentada tras su escritorio, estaba la mismísima reina Alexandra. Se levantó para recibirlos. Jonathan inclinó la cabeza y Annie hizo una pequeña reverencia, y la soberana les invitó a tomar asiento. Poco después entró en la estancia una mujer mayor, ataviada con un sencillo vestido negro, a la que ambos reconocieron como la reina Anne, la reina madre, y entonces Annie cayó en la cuenta de que la habían bautizado con ese nombre por su abuela. Jonathan y ella se levantaron y repitieron los saludos de rigor. La reina madre traía consigo un álbum de fotos y, tras unos momentos de educada conversación superficial, se lo entregó a Annie.

—¿Quieres echarle un vistazo? —le preguntó, y Annie asintió con la cabeza, demasiado intimidada para hablar—. Son fotografías de tu madre de cuando era una niña, y de antes de que la enviáramos a Yorkshire. Solo eres unos años mayor de lo que era ella entonces.

Los ojos de Annie se fueron abriendo cada vez más a medida que iba pasando las páginas cuidadosamente. Eran fotografías antiguas, pero saltaba a la vista que era la viva imagen de su madre. Parecían gemelas. La reina madre también se había dado cuenta nada más entrar en la sala.

Después, la reina Anne se dirigió a Jonathan. Se había fijado en la caja de cuero que llevaba, y le pidió verla. Él se la entregó y ella la abrió con cuidado. Apartó a un lado algunos de los papeles que contenía, en busca de las iniciales grabadas en el fondo. Al encontrarlas, alzó la mirada con expresión de asombro.

—Mi padre me regaló esta caja cuando cumplí dieciocho años —dijo, profundamente emocionada—. Y yo se la di a Charlotte cuando se marchó a Yorkshire, para que guardara en ella la correspondencia.

—Es una historia bastante inusual —admitió la reina Alexandra—, pero en tiempos de guerra se produjeron situaciones de lo más extraordinarias. En aquella época las líneas telefónicas no eran seguras, y mientras Charlotte estuvo fuera, ella y nuestra madre se comunicaban exclusivamente por carta. La noticia de su precipitado matrimonio, y la de tu inminente llegada —añadió, sonriéndole a Annie—, no son el tipo de cosas que quieres contarle a tu madre en una carta cuando tienes solo diecisiete años. Charlotte fue enviada a

Yorkshire para escapar de los bombardeos de Londres y porque, además, sufría de asma. Pero, por lo visto, las cosas se descontrolaron bastante mientras estaba allí. También tuvo que ser una situación bastante incómoda para la condesa. Era una tremenda responsabilidad intentar lidiar con unos chicos tan jóvenes. La verdad, no la envidio —comentó, y volvió a sonreírles a ambos—. La muerte de Charlotte fue una gran tragedia para nosotros, ya fuera por neumonía o... por las causas que fueran, dadas las circunstancias. Hasta hace dos días no sabíamos nada de ti, Anne —declaró solemnemente, y ella asintió—. Ha supuesto una gran conmoción para mi madre.

—La reina madre luchó por contener las lágrimas mientras Annie le devolvía el álbum—. Y también para mi hermana y para mí. Charlotte murió hace veintiún años, pero para nosotras sigue pareciendo como si hubiese sido ayer. Su Majestad, mi madre, ha reconocido las cartas y la caja con la corona. Son auténticas. Ahora vamos a proceder a verificar la autenticidad de los documentos. Una vez que lo hayamos hecho y ya no quepa la menor duda acerca de quién eres, es decir, mi sobrina y la nieta de Su Majestad, nos gustaría presentarte al resto de la familia, pero antes queremos asegurarnos. Confío en que le parezca bien —añadió, dirigiéndose a Jonathan, y este se apresuró a asentir.

—Quiero dejar una cosa bien clara, majestad —le dijo él a la joven soberana—. Yo no busco nada para mí. Si finalmente se comprueba que toda esta historia es auténtica, su sobrina será devuelta a su verdadera familia. Sufrieron una gran pérdida cuando la princesa Charlotte falleció trágicamente, y ahora Anne tiene derecho a saber quién es y quiénes son sus parientes. Es la única motivación que me ha movido a dar este paso.

—¿Es eso cierto también en tu caso? —le preguntó directamente a Annie.

Ella asintió, un tanto sobrecogida en presencia de su presunta tía materna. Su porte era el de una auténtica reina de la cabeza a los pies, con su sobrio vestido de terciopelo azul marino y una ristra de perlas alrededor del cuello.

—Sí —confirmó Annie, con apenas un hilo de voz. Luego añadió—: Mi padre dice que tiene unos caballos magníficos. Me gustaría poder verlos algún día.

—Eso puede arreglarse. —La monarca le dirigió una cálida sonrisa—. ¿Te gustan los caballos?

Annie sonrió con expresión radiante y Jonathan se echó a reír, algo más relajado. Hasta el momento, el encuentro había sido excesivamente formal.

—Es lo único que le importa en este mundo —contestó por ella—. Ha sido una fanática de los caballos desde que aprendió a caminar. Es una jinete de lo más intrépida, y tiene un talento extraordinario.

—Quiero ser yóquey —añadió Annie, valientemente—, aunque a las mujeres no se les permite serlo.

—Tal vez puedas serlo algún día. Estaré encantada de organizarte una visita por nuestros establos en Newmarket con lord Hatton, nuestro director de carreras. —La reina volvió a sonreírles—. En nuestras cuadras tenemos algunos ejemplares fantásticos. Yo también soy una apasionada de los caballos, y tu madre también lo era. Tenía más o menos tu estatura, y si los documentos son auténticos, eso querrá decir que ambas lo heredasteis de mi tatarabuela, la reina Victoria, que no era mucho más alta que tú. Si alguna vez cambian las normas, tienes el tamaño ideal para ser una yóquey.

—Espero que lo hagan —musitó Annie.

La reina sonrió y se levantó. Entonces algo captó su atención.

—Os mantendremos informados del desarrollo de los acontecimientos —dijo en tono formal, pero con la mirada fija en la muñeca de Annie. Llevaba puesta la pulsera de oro con el corazón dorado que Lucy le había regalado—. ¿Me dejas ver tu pulsera? —le pidió con una voz impregnada de emoción, y Annie alargó el brazo. La reina la reconoció inmediatamente: era la misma que se había quitado de la muñeca para dársela a su hermana antes de que se marchara a Yorkshire—. ¿Puedo preguntarte de dónde la has sacado?

—Me la dio mi madre. Mi madre Lucy —aclaró.

La reina asintió, con lágrimas en los ojos.

—Yo se la di a tu madre, mi hermana Charlotte. Era mía.

Se hizo el silencio por un momento, mientras la reina madre sollozaba calladamente. Luego, Jonathan habló:

—Gracias por recibirnos, majestad. Estoy seguro de que es una visita que nunca olvidaremos —dijo inclinando la cabeza, y Annie hizo una profunda reverencia ante las dos altezas reales, su abuela y su tía.

—Si las cosas van bien, la primera de muchas visitas, espero —dijo la soberana en tono magnánimo.

En ese momento apareció el secretario privado y los tres salieron de la habitación. Habían dejado la caja de cuero con todo su contenido para ser autentificado. Los dos guardias de librea cerraron la puerta mientras la reina se giraba hacia su madre, soltando un suspiro.

—Es igualita a Charlotte, ¿verdad? —La reina madre asintió, y se secó las lágrimas que le corrían por las mejillas—. No te emociones demasiado, podría ser un engaño. La gente se las ingenia todas. Tal vez se dieron cuenta del increíble parecido y están intentando aprovecharse de ello. Podría ser todo una simple coincidencia. Espero que no sea el caso, pero todo es posible. Sería maravilloso tener a la hija de Charlotte entre nosotros. Parece una chica muy dulce y encantadora.

Ver la pulsera había removido muchas emociones en su interior, y le había dado esperanzas de que aquella enrevesada historia fuera auténtica.

—Su padrastro es un hombre sencillo, muy educado y sin

pretensiones. Parece preocuparse mucho por ella. Creo que ha sido sincero —concluyó la reina madre, con expresión seria.

El encuentro también había sido profundamente emotivo para ella.

—Confiemos en que sean gente honrada y todo esto acabe bien.

Habían pasado una media hora con Annie, más tiempo del que la reina pasaba normalmente con las visitas no gubernamentales, pero lo cierto era que ella y su madre tenían muchas ganas de conocer a la joven. La princesa Victoria no había podido asistir a la reunión porque se encontraba en París, pero cuando su hermana le habló sobre la joven, le dijo que le habría gustado mucho estar presente. Nunca les había ocurrido nada parecido. No todos los días se presentaba un familiar que llevase largo tiempo desaparecido; al menos, no había sucedido hasta ahora. La reina Alexandra confiaba en que estuvieran diciendo la verdad. Sería como volver a tener un trocito de Charlotte después de tantos años.

Annie sonreía ampliamente cuando se montaron en el taxi que les llevaría de vuelta a la estación. Acababan de despedirse del secretario privado de la reina y de darle las gracias por su ayuda. Sir Malcolm se había quedado encantado con Annie, que recordaba más a un elfo o a un hada que a una chica de su edad. Era tan pequeña y delicada... Y se parecía muchísimo a las fotografías de la princesa Charlotte que había visto en las estancias privadas de la reina madre, para la que había trabajado como secretario privado cuando era la reina.

—Han sido tan agradables —comentó Annie, todavía alucinada.

Jonathan también estaba impresionado. Había sido, hasta la fecha, el hito más importante de su vida: había ido al palacio de Buckingham para conocer a la reina.

—Tal vez, si de verdad es mi tía, me dejará montar uno de sus caballos algún día —prosiguió Annie, con ojos ensoñadores.

—Santo Dios... —exclamó Jonathan—. La reina posee caballos que valen millones de libras. Si eso llegara a ocurrir, serías una chica muy afortunada. Tan solo verlos de cerca debe de ser un auténtico privilegio.

Entonces ella le sonrió.

—Yo ya soy una chica muy afortunada. Te quiero, papá. Gracias por haberme traído.

Mientras se dirigían hacia la estación, Jonathan solo podía pensar en lo agradecido que le estaba a Lucy por haberle dejado ver aquella caja y su contenido antes de morir. No importaba lo que hubiera hecho ni las razones que hubiera tenido para ello, por muy equivocadas que fueran: Lucy se había redimido en su lecho de muerte. Y ahora, con suerte, Annie sería devuelta a la familia a la que pertenecía. Era lo que Jonathan más deseaba en este mundo, aunque eso significara perderla. Ese era el sacrificio que estaba dispuesto a hacer, no solo para expiar los pecados de su mujer, sino por el amor que le tenía a la que consideraba como su hija.

11

Visitar a la reina y a la reina madre en el palacio de Buckingham había sido como vivir un cuento de hadas. Aunque al
final no saliera nada de la autentificación de los documentos
y de las investigaciones que la casa real con toda seguridad
realizaría, había sido muy emocionante conocer a la soberana. Después de aquello, su vida en la finca de los Markham
parecía monótona y aburrida. Annie siguió ejercitando a los
caballos como de costumbre, mientras que Jonathan trabajaba domando a los nuevos potros. Seguir adelante sin Lucy
resultaba muy duro, y las noches eran de lo más tristes. Annie
la echaba muchísimo de menos, y también su cálido contacto
y las breves conversaciones que mantenían cuando se veían en
la casa al final de la jornada. Ahora, en lugar de su abuela, era
ella quien preparaba la cena para su padre y los mellizos. Los
chicos siempre se quejaban de cómo cocinaba, pero Jonathan
y Annie consideraban que era muy importante cenar todos
juntos en familia.

La casa parecía apagada sin Lucy. Además, para empeorar
las cosas, hizo una primavera muy lluviosa y tenían la sensación de no haber visto el sol en meses.

Durante cerca de dos meses no tuvieron noticias de sir
Malcolm Harding, el secretario privado de la reina. Jonathan
se preguntó si eso significaría que los documentos habían sido

deslegitimados y rechazados, aunque tampoco habían recibido noticias en ese sentido. Era como si nada hubiera pasado, como si ni siquiera hubieran ido a visitar a la soberana. Annie empezó a sospechar que, después de todo, no pertenecía a la realeza, pero tampoco le importaba. Era feliz tal como estaba, viviendo con su padre y sus hermanos. Ahora tenía mucho más trabajo que antes, ya que tenía que reemplazar a su madre en las tareas domésticas: hacer la colada, preparar la comida y recoger el desorden que los chicos dejaban por todas partes. Entraban en la casa con las botas llenas de barro y siempre había que obligarlos a hacer los deberes. Se sentía como la madre de dos adolescentes. Había días en que todo se le hacía una montaña: demasiado trabajo, demasiada energía, demasiadas quejas, demasiados hombres en la casa que volvían a ensuciarlo todo en cuanto ella acababa de limpiarlo. Y no había mujeres en las que pudiera apoyarse. Por el día solo se relacionaba con los mozos de cuadras, que eran más o menos de su edad, y por las noches solo veía a su padre y a sus hermanos.

Para su cumpleaños fueron a cenar a un restaurante en Kent, y al día siguiente sir Malcolm los llamó para informar de que todos los documentos habían sido autentificados.

Habían verificado la caligrafía de las misivas de la reina madre, y las cartas de Henry Hemmings también parecían ser auténticas. Todos los documentos habían sido registrados en el archivo municipal del pueblo cercano a Ainsleigh Hall. La causa de la muerte de Charlotte que figuraba en el certificado de defunción había sido motivo de cierta discrepancia. El doctor que había asistido al parto había fallecido hacía tiempo, pero una enfermera que había trabajado para él recordaba su terrible consternación cuando Charlotte sufrió una fuerte hemorragia, poco después de dar a luz. Esa había sido la causa de su muerte, pero la enfermera se acordaba de que la condesa le había pedido al doctor que hiciera constar en el certificado que había sido por culpa de una neumonía, a fin de evitarles el bochorno a sus padres, quienes por entonces no sabían nada del embarazo ni del matrimonio. El certificado matrimonial también era auténtico. El vicario seguía vivo y lo había verificado. También había dicho que la joven pareja estaba muy enamorada, y que quería sellar su unión antes de que él se fuera a la guerra. Él había muerto poco después de entrar en combate, por lo que se alegraba de haberlos casado antes, legitimando de ese modo el nacimiento de su hija. Y Su Majestad la reina había reconocido al instante la pulsera de oro que Annie llevaba, y que ella le había dado a su hermana Charlotte. Podría haberla recibido de otra persona, pero todos lo consideraban muy improbable. Lo más plausible era que Lucy la hubiera encontrado entre las pertenencias de Charlotte al morir, junto con las cartas y los documentos. Además, la reina madre también había reconocido como suya la caja forrada en cuero con la corona.

Hasta el momento todo estaba en orden. El MI5, el servicio de inteligencia nacional, estaba realizando algunas pesquisas adicionales, pero sir Malcolm no les contó nada al respecto. Prometió ponerse en contacto con ellos en cuanto la investigación hubiese concluido.

Después de colgar, Annie se preguntó si Lucy se habría sentido traicionada por el hecho de que intentara ser reconocida como miembro de la familia real, o si, por el contrario, se habría alegrado. Se había esforzado tanto, había hecho tantas cosas para hacerla pasar por su hija, que a veces Annie se sentía culpable, pero Jonathan le insistía en que era su derecho de nacimiento y la animaba a llegar hasta el final. Además, había sido la propia Lucy quien le había contado toda la historia y quien, al final, había querido enmendar sus errores.

No se había filtrado nada a la prensa. La familia real había tomado todas las precauciones necesarias para mantener la investigación en secreto, por si al final resultaba que Annie no estaba emparentada con ellos. Nadie quería pasar por la incómoda situación de descubrir que finalmente no era hija de la princesa Charlotte. En ese caso, Annie no sabría quién había sido su madre. Tal vez, después de todo, había sido la propia Lucy. Resultaría muy difícil llegar a saber la verdad después de tanto tiempo de silencio. Y si Annie no era la hija de Charlotte, ¿qué había sido de la niña que dio a luz en Ainsleigh Hall, ahora que el resto de la historia había salido a la luz y se había demostrado su veracidad?

Transcurrieron otros dos meses antes de que sir Malcolm volviera a llamar a Annie. Le contó que las antiguas sirvientas de Ainsleigh Hall ya habían muerto, pero habían conseguido hablar con la hija de una de las doncellas, con uno de los ayudantes de servicio y, de nuevo, con la enfermera del doctor. Mientras conversaban por teléfono, Blake y Rupert estaban viendo un partido de fútbol en la televisión, animando cada uno a su equipo y discutiendo a gritos. Annie apenas podía escuchar a sir Malcolm, y les ordenó con brusquedad que bajaran el volumen del televisor y se callaran. Últimamente no hacían más que sacarla de quicio. Acababan de cumplir dieciséis años y, de pronto, la casa parecía demasiado pequeña para los cuatro. Se habían convertido en dos chicos grandotes y robustos, y siempre estaban dejando un reguero de desorden y suciedad que Annie tenía que ir limpiando.

—Lo siento —se disculpó—. No le he escuchado. Mis hermanos se comportan como salvajes —añadió, fulminándolos con la mirada, y ellos apagaron el televisor—. ¿Podría repetir lo que acaba de decir? —le pidió a sir Malcolm, mientras los chicos salían de la habitación refunfuñando.

—Alteza —dijo, y Annie se quedó muy impactada al oír la palabra—, la investigación ha concluido, para entera satisfacción de todos. Su Alteza Real la princesa Charlotte era su madre, como también demuestra el extraordinario parecido que guarda con ella. —El secretario privado sonrió al decirlo y, para su sorpresa, Annie descubrió que las lágrimas afloraban a sus ojos. Tuvo que sentarse; de repente se sentía mareada. En el fondo, era lo que había querido sin ni siquiera saberlo. Se había confirmado que era la sobrina de la reina y la nieta de la reina madre—. Su Majestad está encantada con la noticia. En los próximos días la casa real emitirá un comunicado oficial, y tendrá que estar preparada para recibir bastante atención mediática. La presión de la prensa puede resultar asfixiante, por muy discretamente que intentemos presentar la noticia. Seguramente causará un gran revuelo.

Annie notaba como el corazón le latía a mil por hora. Al final se había demostrado: formaba parte de la familia real. No tenía ni la menor idea de lo que vendría a continuación.

—¿Qué van a decir en el comunicado? —preguntó, llena de curiosidad.

—El secretario de prensa de Su Majestad se está encargando de ello. Queremos manejar este asunto con la mayor discreción posible, para que no suscite preguntas demasiado delicadas. Diremos que, desde la trágica muerte de sus padres durante la guerra, ha estado viviendo en el extranjero con unos parientes lejanos, ha completado su educación y ahora ha regresado a Inglaterra para ocupar su puesto legítimo en el seno de la familia real. Y que Su Majestad está enormemente complacida por el retorno de la hija de su hermana menor. No creo que la prensa pueda sacarle mucho más jugo a esa historia, aunque supongo que ya se las ingeniarán.

»Su Majestad quiere que le comunique que el gabinete decidirá el próximo mes cuál será la asignación que le corresponde, y también le gustaría que este verano pasara unos días en Balmoral, para conocer al resto de la familia. Sus hijos son más o menos de su edad, y para esas fechas ya estarán de vacaciones de la escuela. Además, Su Alteza Real la princesa Victoria siempre se queda una semana o dos en Balmoral antes de viajar al sur de Francia para pasar el mes de agosto. En

Escocia hace un poco de frío, pero estoy seguro de que le encantará el palacio. Siempre ha sido una de las residencias favoritas de la reina y de su madre. La reina madre también me ha comunicado que desearía tomar el té con usted en los próximos días. Y a la princesa Victoria le gustaría conocerla cuando regrese del viaje que está realizando por la India.

Después de colgar, Annie estaba totalmente aturdida. La cabeza le daba vueltas, y permaneció con la mirada perdida durante un buen rato. Cuando Jonathan volvió de los establos para la cena, reparó en la expresión de su rostro. Parecía como si acabara de ver un fantasma.

—¿Qué ha ocurrido? ¿Es que los chicos han roto algo? —preguntó, muy preocupado.

Blake y Rupert habían vuelto a la salita para seguir viendo el partido, y no paraban de gritar y amenazarse con bravuconadas. Annie negó con la cabeza y se quedó mirando a su padre.

—He sido autentificada —musitó—. Todo es verdad: Charlotte era mi madre. El gabinete decidirá el mes que viene cuál será mi asignación, y la reina quiere que vaya este verano a Balmoral para conocer al resto de la familia. Cielo santo, papá, ¡soy una princesa de verdad!

Jonathan la abrazó, con lágrimas en los ojos.

—Para mí siempre lo has sido —dijo, con voz ahogada por la emoción.

Entonces el semblante de Annie se nubló por un momento.

—¿Crees que mamá se enfadaría o se alegraría por esto? Parece una deslealtad después de todo lo que hizo por mí.

De repente Annie tenía dos madres, pero las dos estaban muertas.

—Lucy habría querido que ocurriera esto, de lo contrario no me lo habría contado —la tranquilizó él—. Es lo que tenía que pasar. Ella te tuvo durante veinte años, pero ellos son tu familia. Creo que, antes de dejarnos, Lucy pensó que había llegado el momento de confesarlo todo. Y estoy convencido de que se alegraría mucho por ti. Supongo que esto significa que ya no tendrás que hacer de Cenicienta para tus hermanos y para mí —añadió sonriendo—. ¿Te mudarás a alguno de sus palacios? —le preguntó.

Sir Malcolm no había comentado nada al respecto. Solo le había hablado de ir a tomar el té con su abuela.

—Pues claro que no. Me quedaré aquí con vosotros. Pero estaría bien que esos dos neandertales empezaran a recoger algo de vez en cuando y dejaran de gritar como locos cuando ven un partido en la tele —se quejó, exasperada.

—Te deseo buena suerte con eso. Pero si no quieres, no tienes por qué quedarte aquí, Annie.

—¿Y adónde iría? Tú eres mi padre, y quiero vivir contigo.

Escuchar aquello emocionó mucho a Jonathan. Después de todo, no la había perdido. Era algo que había temido que pudiera pasar, pero eso no lo había frenado para intentar perseguir la verdad. Había hecho lo que tenía que hacer.

Poco después, Annie puso la cena en la mesa. Las hamburguesas estaban demasiado hechas y las patatas se habían quemado, pero sus hambrientos hermanos se las comieron de todos modos. Después los envió a su cuarto para que ella y su padre pudieran acabar de cenar tranquilamente.

—Me alegro mucho por ti, Annie. Y estoy seguro de que tu madre también se alegraría.

—Eso espero. Creo que aún no estoy preparada para ser princesa. Y en los próximos días la casa real emitirá un comunicado oficial.

Ninguno de ellos estaba preparado para la avalancha de fotógrafos y de cámaras de televisión que se les vino encima, invadiendo las caballerizas y desquiciando a todo el mundo durante la semana que siguió al anuncio de la casa real. Los reporteros intentaban conseguir imágenes de Annie trabajando en los establos, montando a caballo o junto a su padre y sus hermanos. El comunicado había sido tan discreto como sir Malcolm le había asegurado, pero la prensa se volvió como loca. La aparición de una princesa perdida era sin duda un auténtico notición.

El anuncio oficial decía simplemente que Su Alteza Real la princesa Anne Louise, hija de Su Alteza Real la princesa Charlotte y de lord Henry Hemmings, hijo de los condes de Ainsleigh, había regresado a Inglaterra después de haber estado viviendo en el extranjero tras la trágica muerte de sus padres durante la guerra. También mencionaba que la princesa Charlotte había fallecido en Yorkshire a los diecisiete años, y que durante su estancia allí se había casado y había tenido una hija. Debido al clima bélico y a los constantes bombardeos, la casa real había querido esperar a anunciarlo cuando acabara la contienda, pero para entonces la joven pareja había muerto y la niña había crecido en un retiro seguro, bajo la estrecha supervisión de la familia real. Ahora había vuelto a Inglaterra y pronto sería presentada en público. El comunicado también decía que la reina estaba enormemente complacida por tener a su sobrina de vuelta en el país, y que en la actualidad residía en una finca en Kent. Así fue como la prensa la encontró, después de recorrer todas las grandes propiedades de la zona hasta dar con ella. En el anuncio emitido por la casa real también se mencionaba que la joven había estado viviendo en el continente con unos parientes lejanos y que, tras acabar sus estudios y alcanzar la mayoría de edad, había regresado a Inglaterra para ocupar su lugar en el seno de la familia real como sobrina de Su Majestad la reina y de Su Alteza Real la princesa Victoria, y también como nieta de la reina madre, la reina Anne. Daba toda la información pertinente sobre su parentesco y sobre su paradero durante los últimos veintidós años, sin sacar a la luz nada que pudiera resultar comprometido o embarazoso. Todo quedaba explicado de forma muy clara y concisa, y establecía sin ningún género de duda su estatus como alteza real. También aclaraba que su padre había muerto como un héroe de guerra en la batalla de Anzio, con solo dieciocho años.

Al día siguiente, mientras estaban desayunando, los Markham leyeron el comunicado oficial en *The Times* y se quedaron estupefactos al reconocer de inmediato de quién se trataba. Annabelle Markham fue a ver a Annie para felicitarla por aquel inesperado ascenso social que la había elevado a la categoría de princesa. Se trataba de una historia extraordinaria que los había pillado a todos por sorpresa.

—¿Y ahora te trasladarás a Londres? —le preguntó.

Con solo veintidós años, y habiendo sido reconocida oficialmente como sobrina de la reina, no podía imaginar que Annie quisiera quedarse en aquella casita de Kent mucho más tiempo. Ahora tenía el mundo a sus pies, o muy pronto lo tendría.

—No, me quedaré aquí como aprendiza de mi padre en las cuadras —contestó Annie con firmeza—. ¿Dónde iba a estar mejor que aquí?

—Ay, tontita... —bromeó Annabelle, en tono afectuoso—. Pues bailando como una loca en alguna discoteca de Knightsbridge, eso es lo que tienes que hacer.

—Mi padre y los chicos me necesitan aquí. De lo contrario, la casa pronto acabará pareciéndose a las cuadras.

Sin embargo, al cabo de dos días Annie recibió una llamada de lord Hatton con una oferta de lo más tentadora. La invitó a visitar las caballerizas reales para que viera de cerca los caballos de carreras de Su Majestad, y también, si estaba interesada, le propuso una estancia de aprendizaje en los establos durante el verano. Era una oferta prácticamente imposible de rechazar, y su padre insistió en que la aceptara. Le dijo que nunca tendría otra oportunidad como esa en la vida, lo cual acabó por convencerla. Así que, al final, llamó a lord Hatton para decirle que estaría encantada de trabajar para él durante los meses de agosto y septiembre, ya que faltaba muy poco para que acabara julio. El hombre le dijo que le vendría muy bien su ayuda, y que estaba seguro de que disfrutaría mucho en las cuadras. Annie también estaba convencida de ello. ¿Cómo podría ser de otra manera, si estaría rodeada de los magníficos caballos de la reina? Esperaba que también la dejaran montarlos y ejercitarlos.

Su reconocimiento como miembro de la familia real no había traído más que cambios buenos a su vida. Lo único malo había sido el frenético acoso de la prensa, que se mitigó al cabo de una semana, cuando los paparazzi ya tuvieron suficientes imágenes de ella. Annie lo había detestado: no le gustaba nada ser una estrella mediática. Escribió una nota a la reina para agradecerle la estancia de aprendizaje en sus establos. Estaba segura de que era ella quien se lo había sugerido a lord Hatton. Además, este le comentó a Annie que Su Majestad estaba muy complacida con su manera tan digna de lidiar con la prensa.

—Creo que va a ser un verano de lo más divertido —le dijo a Jonathan, mientras entraba en las cuadras con una gran sonrisa.

Primero conocería a su familia en Balmoral, y luego trabajaría como aprendiza en los establos reales. La reina quería darle tiempo para ir adaptándose poco a poco a todos aquellos cambios, lo cual ya le estaba bien a Annie. No estaba preparada para dejar su casa todavía, solo para trabajar temporalmente en las caballerizas de la reina. Todas aquellas emociones la ayudaban a contrarrestar la enorme tristeza que seguía sintiendo por la pérdida de Lucy.

Esa mañana montó uno de los sementales para ejercitarlo y salió a cabalgar por los prados, a la velocidad del viento.

Estaba heredando la vida para la que había nacido. Era demasiado maravilloso para ser cierto.

Jonathan la llevó en persona a Newmarket, donde se encontraban los establos reales. El trayecto desde Kent duró poco menos de dos horas, y Annie no paró de hablar durante todo el camino. Estaba entusiasmada por aquella estancia de aprendizaje que le había ofrecido lord Hatton. No le importaba si tenía que limpiar las cuadras, cepillar a los caballos o simplemente pasarles la esponja después de una carrera. Tan solo estar allí suponía todo un honor, rodeada por los fabulosos ejemplares que poseía la reina.

La ciudad de Newmarket era el mayor centro ecuestre de toda Gran Bretaña, tanto de entrenamiento de purasangres como de carreras de caballos. Todos los años acogía cinco grandes competiciones de máximo nivel. También se celebraban frecuentes subastas, organizadas por la famosa casa Tattersalls, y contaba con excelentes hospitales equinos. La reina tenía a su servicio cinco entrenadores oficiales, uno de los cuales era el célebre Boyd-Rochfort. También poseía caballos en la finca de Sandringham y un criadero en Hampshire, cuyos potros eran después enviados a Newmarket para ser entrenados. En la ciudad había más de cincuenta establos de adiestramiento y dos hipódromos. La industria ecuestre ofrecía trabajo a un tercio de su población, y la mayoría de los establos se concentraban en el centro de Newmarket, donde también estaban los mejores entrenadores de toda Inglaterra.

Lord Hatton se mostró encantador al recibirlos. Ya sabía que Annie era la sobrina de la reina largo tiempo desaparecida y que Jonathan era el padrastro que la había devuelto a la familia real, el único padre que la chica había conocido y que, además, trabajaba como jefe de cuadras de los Markham. Aunque sus caballerizas eran impresionantes, no había ningunas que superaran a las de la reina. Mientras Jonathan y lord Hatton hablaban sobre los servicios de monta para las yeguas de los

Markham, Annie deambuló por las cuadras reales admirando los magníficos caballos de carreras, que sin duda se contaban entre los mejores de Inglaterra.

Estaba a mitad de su tranquilo recorrido por las caballerizas cuando se fijó en que había un joven sorprendentemente guapo apoyado contra una pared, que la observaba con aire displicente. Tenía el pelo color azabache y llevaba una camisa blanca almidonada, unos pantalones de montar también blancos y unas botas negras de caña alta. No la saludó ni se acercó, y cuando Annie llegó por fin a la última cuadra, el joven caminó hacia ella, con aire altivo.

—¿Cuántos años tienes? —soltó al llegar a su altura, sin presentarse ni preguntarle el nombre.

—¿Por qué? —replicó Annie, enojada por sus malos modales, su porte altanero y su actitud arrogante.

—Porque no pareces tener la altura suficiente para montar un caballo de tamaño decente. Tal vez un poni —añadió, casi riéndose de ella.

Annie estaba furiosa, aunque no lo demostró.

—Tengo veintidós años, y puedo montar a los mismos caballos que tú. Algún día seré yóquey —declaró, alzando el mentón.

—Oh, por favor, otra feminista no. Personalmente, creo que las mujeres no estáis hechas para ser yoqueis. No tenéis el valor ni el temple para ello.

—¿En serio? Dime, ¿cuándo fue la última vez que viste un buen yóquey que fuera más alto que yo? Al menos, los dos sabemos que tú no podrás serlo nunca.

Medía más de metro noventa y era irritantemente guapo, de una forma un tanto estudiada. Parecía considerarse una bendición para las mujeres, opinión que Annie no compartía.

—No tengo el menor deseo de ser yóquey y pasarme la vida con la boca llena de barro y la cara manchada de tierra al cruzar la línea de meta.

El joven lucía un aspecto inmaculado con sus pantalones de montar blancos. A Annie le cayó mal al instante.

—Supongo que llevar pantalones blancos es lo que va con tu estilo. ¿Juegas al polo?

Tenía toda la pinta: el típico niñato rico y malcriado cuyo único interés era exhibirse ante las mujeres. Le resultaba vagamente familiar, pero no sabía a quién le recordaba ni creía haber coincidido nunca con él.

—Sí, juego al polo. Doy por sentado que tú no.

—No es mi estilo de deporte. Demasiado tranquilo para mí.

—No te creas. A veces puede resultar bastante duro.

—Sí, sobre todo durante el cóctel de después, cuando se comentan las jugadas.

—¿Estás aquí de visita? —le preguntó él.

—Voy a trabajar en los establos los próximos dos meses —dijo ella orgullosamente.

—Ah, qué interesante. Yo también voy a trabajar aquí. Tal vez podamos divertirnos un poco y ejercitar a los caballos juntos, si es que te ves capaz de manejarlos.

—¿Qué te hace pensar que soy tan remilgada?

—Eres muy pequeñita. Tengo miedo de que acabes haciéndote daño.

—Alguna vez podríamos echar una carrera. Tendría mucha gracia ver si puedo vencerte —replicó ella, con una sonrisilla irónica.

—Créeme, no podrás. Tengo el caballo más grande de toda la cuadra. Es el único animal aquí que tiene las patas más largas que yo.

Solo con oírle, a Annie le daban ganas de abofetearlo.

—Acepto el desafío —replicó—. Pequeños contra grandes. La única diferencia es que a mí no me da miedo mancharme el pelo y los dientes de barro, como has dicho antes.

—Debes de tener un aspecto encantador cuando montas.

—No me importa si parezco encantadora o no. Lo único que me importa es ganar.

—Al menos eres honesta. La mayoría de las mujeres fingen que no les gusta competir con los hombres. —Le parecía muy poquita cosa para ser tan combativa. Por lo general, Annie no era tan beligerante, pero odiaba a los tipos como él, que menospreciaban constantemente a las mujeres y se creían superiores—. Por cierto, ¿cómo te llamas?

—Anne Louise —dijo sin más, y a él no le sonó de nada.

—¿Sin apellido? —preguntó, volviendo a mostrarse arrogante.

Y entonces lo soltó:

—Mi apellido es Windsor. Para ti, Su Alteza Real —añadió riéndose, y se alejó mientras él enrojecía como la grana.

Cuando salía de las cuadras se encontró con Jonathan y lord Hatton, quien miró hacia el esbelto joven con pantalones de montar blancos.

—Ya veo que ha conocido a mi hijo, Anthony Hatton. Les he visto hablando, y les pido por favor que no vayan a hacer ninguna trastada. A Tony le gusta montar los caballos más veloces que tenemos aquí, y su padre me ha dicho que usted también es una fanática de la velocidad. Espero que, si trabajan juntos, no se piquen el uno al otro. Esto no es un hipódromo —concluyó, en tono muy serio.

Annie le prometió que se comportaría, mientras que su hijo puso los ojos en blanco, con aire divertido.

—Padre, los caballos necesitan ejercitarse de verdad. No puedes ponerlos al trote en el corral cuando están acostumbrados a galopar.

—Vamos a dejar una cosa muy clara: si lastimas a uno de los caballos, primero te pego un tiro y luego hago que te cuelguen por traición. —Después volvió a girarse hacia Annie, tratando de recobrar la compostura—. Este mes ando muy escaso de personal, y Anthony se ha ofrecido a echarme una mano. Eso significa que hará lo que le plazca y montará cualquier caballo que se le antoje. Su padre me ha dicho que es usted muy trabajadora y que ayudará en todo lo que sea necesario. Realmente nos hace mucha falta alguien como usted, alteza.

—Mientras esté aquí, puede llamarme Annie.

Todavía no estaba acostumbrada a que la tratasen como alteza real, y no creía que fuera necesario mientras trabajara allí. Sin embargo, ese era ahora su título, y la gente estaba obligada a dirigirse a ella como tal.

—No me siento incómodo usando su título, señora. Su Majestad y yo somos viejos amigos, desde que era una niña. Mi hermano pequeño y ella fueron juntos a la escuela. Y también conocí a su madre —le dijo, en tono afable.

Annie le sonrió. Aquel hombre le caía mucho mejor que su hijo, que se había escabullido sin ni siquiera despedirse.

Le asignaron una de las mejores habitaciones en las lujosas dependencias para invitados situadas detrás de los establos. Jonathan subió las maletas a la estancia, que era muy amplia y confortable, con muebles antiguos y un escritorio. Sin embargo, Annie se sintió contrariada al descubrir que Anthony Hatton ocupaba una habitación a solo dos puertas de la suya. Al pasar por el pasillo lo había visto plantado en medio de su cuarto. Se había puesto una americana de buen corte sobre la camisa y los pantalones blancos, y todavía llevaba las botas altas, que le daban un aspecto deportivo. Era evidente que se disponía a salir a alguna parte. Lo oyó bajar a toda prisa las escaleras y, poco después, vio que se marchaba al volante de un Ferrari rojo.

—Un chico guapo —le comentó Jonathan, guiñándole un ojo.

—Es un idiota. Se comporta como si este lugar fuera suyo.

—Bueno, de hecho es de su padre —repuso él, riendo—. Él y la reina son socios de estas cuadras, y participan juntos en la mayoría de las carreras. Son íntimos amigos. Incluso ha habido algunos rumores sobre ellos.

—¿Y tú cómo sabes eso? —preguntó ella, divertida, ya que su padre nunca había sido muy de cotilleos.

—Tu madre me mantenía muy informado acerca de la monarquía. Lo leía todo sobre los miembros de la casa real. —Jonathan la echaba más en falta que nunca. Era cierto que había cometido un terrible error de juventud al llevarse a Annie, pero, aparte de eso, había sido una esposa maravillosa y una madre dedicada por entero a sus hijos—. Bueno, no te metas en muchos líos —la advirtió antes de marcharse.

Iban a subirle la cena en una bandeja a la habitación. Contaban con un chef francés para los invitados reales y las personalidades importantes, y ahora ella era ambas cosas. Le habían dicho que preparaba una comida deliciosa, y estaba deseando disfrutarla.

—Te quiero, papá —le susurró al oído, y se despidió con un beso y un abrazo.

Jonathan bajó las escaleras mientras agitaba la mano para decir adiós, y poco después de que se marchara llegó la cena. El primer plato era caviar y blinis, seguido de ensalada de langosta y, de postre, profiteroles. Se sintió muy a gusto allí sola, cenando en su hermosa habitación y disfrutando de aquellas exquisiteces. Estaba muy emocionada por pasar los próximos dos meses allí. Hasta el momento, la única parte desagradable había sido la presencia de Anthony Hatton, pero estaba convencida de que podría derrotarlo en cualquier carrera, sin importar la montura que utilizara. Y estaba dispuesta a demostrárselo en cuanto tuviera la menor oportunidad. Era un hombre que necesitaba que lo pusieran en su lugar, y ella haría cuanto estuviera en su mano para que así fuera.

12

A las seis de la mañana siguiente, Annie ya estaba en las cuadras. Quería pasar un tiempo a solas con los caballos, a fin de familiarizarse con ellos. Había tres grandes establos, provistos de las más modernas instalaciones y equipamientos. Uno era para la crianza; otro, para los caballos de carreras más ilustres. Y en el tercero se mezclaban varios de los mejores ejemplares de las caballerizas: algunos que ya habían ganado varias carreras, y otros que no habían participado en ninguna y que quizá nunca lo harían, al menos hasta que estuvieran preparados para competir. Allí estaban también algunos de los caballos favoritos de la reina. Era una amazona ávida y experimentada, y llevaba montando toda su vida, al igual que antes lo habían hecho su madre y muchos de sus antecesores durante generaciones, incluso siglos. Lo llevaban en la sangre, tanto la parte de la familia británica como la alemana. La reina sabía tanto de crianza de caballos como su socio lord Hatton; en ocasiones incluso más, como él no dudaba en admitir. No solo era íntimo amigo de la soberana, sino también uno de sus mayores admiradores, y apreciaba mucho los momentos de compañía que compartían.

Annie recorrió tranquilamente los tres establos, acariciando el cuello o el hocico de los animales cuando asomaban la cabeza al oírla pasar. De vez en cuando se detenía para admirarlos. En el establo de los caballos de carreras se quedó maravillada al leer los nombres inscritos en las placas de cada cuadra. Allí estaban algunos de los mejores ejemplares de la historia de la hípica. Solo con estar cerca de ellos, sentía que el ansia de cabalgarlos le recorría el cuerpo como una corriente eléctrica. Eran animales de un valor incalculable, que poseían la estirpe, el espíritu y el corazón necesarios para ganar las grandes carreras que habían ganado. Annie notó que se le humedecían los ojos al pensar en algunas de sus victorias. Estaba contemplando fascinada uno de aquellos ejemplares cuando oyó pasos a su espalda, y se giró. Era lord Hatton, quien, como todas las mañanas, recorría tranquilamente las cuadras, disfrutando de su universo privado antes de que empezara la jornada. Le impresionó gratamente encontrarla allí. Pudo ver la emoción en los ojos de la joven, y se sintió conmovido.

—Son tan hermosos... —exclamó ella, sobrecogida.

—Lo son. Aquí contamos con algunos ejemplares extraordinarios. Soy afortunado de tener la socia que tengo. —Annie sabía que se refería a la reina—. Su padre era uno de los mejores jinetes que he conocido. Él fue quien escogió personalmente algunos de los caballos de carreras más valiosos de estas cuadras. Eso es algo que no se puede aprender. Es un don. La reina y yo llevamos años intentando desentrañar el sentido de algunas de sus decisiones. Que yo sepa, nunca cometió un error. Algo que no puedo decir de mí mismo —añadió sonriendo—. No se trata solo de velocidad. Se trata también de corazón, coraje y resistencia. Tienes que creer en ellos. Ellos lo saben, y rara vez te decepcionan.

Señaló algunos de los caballos que ella había estado admirando como ejemplo de lo que estaba diciendo. Annie se sentía enormemente agradecida de poder estar allí, y quería aprender todo lo que pudiera durante su estancia. Gran parte de sus sensaciones acerca de los caballos se basaban en el puro instinto, no en lo que se veía a simple vista. Era algo que Jonathan también le había enseñado.

—Tienes que quererlos. Al igual que pasa con las personas —comentó juiciosamente lord Hatton mientras salían del último establo—. ¿Hay algún caballo en particular que le gustaría montar hoy? —le preguntó con generosidad—. Salvo los de la reina, claro. Es muy especial al respecto. —Sonrió con dulzura, y Annie pudo ver respeto y afecto en su mirada—. Tiene muy buen ojo para los caballos. Hemos hecho juntos algunas elecciones interesantes. Nos compenetramos bien, y los caballos pueden enseñarte mucho de la vida. Por cierto, su padrastro me ha dicho que le gustaría ser yóquey. ¿Puedo preguntarle por qué? Es una profesión muy dura. Muchos hombres piensan que las mujeres no están hechas para ello, pero yo discrepo. Creo que podrían mejorar mucho si se les permitiera competir profesionalmente. Y ese día no tardará en llegar, aunque no sé si usted va realmente en serio en este asunto.

—Muy en serio —repuso ella, mientras se paraban junto a una máquina de café, él llenaba una taza y se la pasaba. Annie tomó un sorbo del fuerte café y prosiguió—: Me gusta la excitación de la velocidad, pero también la teoría y el cálculo, y todo lo que debes saber sobre el caballo que estás montando. Creo que lo que más me apasiona de los grandes caballos de carreras es que tienen mucha alma, son muy valientes y lo intentan con todas sus fuerzas. No se trata solo de ganar, es todo el proceso que conlleva. Me atrae todo de este mundo. Y la combinación de jinete y montura es lo más importante. No son los caballos los que pierden las carreras, sino los yoqueis.

Era una observación muy certera, algo que lord Hatton solía decir a menudo: dales una mula a algunos jinetes y ganarán la carrera; dales a otros los mejores caballos del mundo y siempre perderán.

—Pensando de esta manera, llegará a ser una excelente yóquey algún día —dijo él, sintiendo que empezaba a conocerla mejor—. Los caballos son mucho menos complicados que las personas —sentenció, y entonces Annie recordó que lord Hatton se había casado en tres ocasiones—. Tenemos un nuevo caballo que quizá le interesaría probar, me gustaría saber cuál es su opinión.

En teoría era demasiado grande para ella, pero el instinto le decía que podría manejar casi cualquier montura. Su padrastro también se lo había comentado, y estaba claro que a ella le gustaban los desafíos. Era una joven asombrosa, y debido a su extraordinaria historia personal le recordaba a uno de aquellos caballos que ganaban las carreras yendo de tapados. Había salido de la nada y, de repente, se había convertido en la gran estrella del momento. Todo era cuestión de crianza y estirpe, coraje y perseverancia, y ella tenía todas esas cualidades. La reina se lo había mencionado cuando se la recomendó, y él confiaba ciegamente en su criterio. Además, Alexandra había resultado ser una soberana excelente.

Condujo a Annie a la cuadra del caballo que había pensado para ella. Se trataba de un magnífico semental, y a la joven se le iluminaron los ojos al verlo.

—No estoy seguro de que con él podamos ganar alguna carrera, pero sin duda es un ejemplar muy interesante. Lo tenemos desde hará cosa de un mes, pero todavía no lo conozco bien. Aún no confía en nosotros. Tiene una historia un tanto turbia, pero un linaje fabuloso. —Annie podía verlo en su buena planta y en su manera de moverse, incluso dentro de su cubículo—. Si lo desea, puede sacarlo ahora.

Ella apuró el café, dejó la taza en un fregadero y fue a buscar una silla. Entró en la cuadra con aire decidido y confiado, y lo condujo afuera tirando de la brida. El caballo se llamaba Flash, y Annie se veía ridículamente pequeña a su lado, algo que a ella ni se le pasó por la cabeza. Apenas tardó nada en ensillarlo, luego lo llevó hasta un bloque de montar y se encaramó con facilidad. Después lo guio hasta uno de los corrales, siempre bajo la atenta mirada de lord Hatton. Manejaba las riendas con soltura, y sus cortas piernas se ceñían poderosas a los flancos del animal. Conducía el caballo tanto con las manos como con las rodillas, con una gracia fluida que se acompasaba a la del animal. Cabalgó con él alrededor del corral para tomarle la medida, cambiando varias veces de dirección, y luego lo puso al galope. El caballo parecía disfrutar tanto como ella. En un momento dado, se agitó al oír un ruido cercano, pero Annie no se inmutó y su temple y confianza lo calmaron. Lord Hatton la observaba fascinado. Sin ser consciente de ello, la joven poseía todas las cualidades y el instinto que buscaba en un jinete. Tenía a aquel poderoso semental bajo su mando, y el animal confiaba en ella, lo cual era tener media batalla ganada.

—Se deja montar muy bien —dijo ella con admiración.

—Eso parece, aunque es bastante impredecible. Tiene un carácter muy volátil, como si todo tuviera que estar tal como él quiere. El otro día tiró a uno de nuestros mejores jinetes sin que aún sepamos por qué.

Sin embargo, con Annie se mostraba dócil como un corderito. Continuó ejercitándolo, guiándolo para que fuera cambiando el paso. Lord Hatton los dejó solos y fue a su despacho. Le gustaba empezar a trabajar temprano, cuando todo estaba aún en calma. Después de que él se marchara, Annie siguió montando a Flash durante una hora, luego descabalgó y lo llevó de vuelta al establo. Tanto jinete como montura parecían muy satisfechos con el tiempo que habían pasado juntos. Tras desensillarlo, lo metió en su cuadra y fue a reunirse con los entrenadores que había visto congregados delante del establo de los caballos de carreras. Estaban asignando las tareas de la semana, y a ella le encomendaron que acompañara a uno de los adiestradores jefe como aprendiza. Había una docena de ayudantes de entrenador, cada uno de ellos especializado en las distintas tareas que debían realizar, y estuvieron todos muy ocupados hasta la hora del almuerzo.

Annie no volvió a ver a Anthony hasta después de comer. Tenía pinta de acabar de levantarse después de una noche muy movida. Le habían encargado ejercitar a un caballo que llevaba varias semanas con una lesión de tendón, y le pidieron que fuera suave con él. Al verlo montar el animal, Annie se fijó en que lo trataba con cierta rudeza. Anthony mostraba un estilo elegante y una técnica impecable, pero carecía del instinto necesario para fundirse en uno con el caballo. Annie no le hizo el menor comentario. Fue caminando junto a la valla del corral, hasta que Anthony se detuvo para charlar un rato con ella.

—Me han dicho que mi padre te ha dejado montar a Flash esta mañana. Un diablillo de mucho cuidado, ¿eh?

—Conmigo ha sido todo un caballero —repuso ella, sin más.

—No cuentes con que sea siempre así. El otro día intentó patearme cuando entré en su cuadra, y no paró de corcovear mientras lo montaba.

—Incompatibilidad de caracteres, tal vez —sugirió ella, sonriéndole.

—¿Te gustaría salir a cenar conmigo esta noche? Hay un pub en el pueblo que está bastante bien. Las noches son demasiado tranquilas por aquí.

A ella eso no le importaba, aunque estaba claro que él buscaba algo más animado. Annie habría preferido cenar sola en su habitación, pero tampoco quería ser grosera.

—Estaría muy bien —contestó educadamente.

No obstante, tenía la impresión de que Anthony se mostraba tan insensible con las mujeres como con los caballos. Lo único que le importaba era que hicieran lo que él quería, sin interesarse por su personalidad ni sus necesidades.

Annie volvió luego con su entrenador jefe, quien le encargó que ejercitara a dos de los caballos. Montar a Flash había sido el punto álgido de su jornada. Más tarde, Anthony se acercó a verla y le dijo que la recogería a las siete.

Annie se puso unos pantalones y un jersey para salir a cenar, y se sorprendió cuando él se presentó todavía con la ropa de montar, luciendo un aspecto elegante y disoluto.

—No te importa, ¿verdad? —le preguntó mientras se subían al Ferrari rojo que le había visto conduciendo la noche anterior.

Annie no tenía la menor experiencia con hombres como él. Hasta la fecha, no había tenido ninguna relación sentimental. Se había pasado todo el tiempo entre caballos, junto a su padre. Solo había conocido a los chicos con los que estudió en la universidad, pero no se había enamorado de ninguno. Le parecían todos demasiado jóvenes e inmaduros, y no coqueteó ni tonteó con ellos como hacían el resto de las chicas. Annie era sencilla y franca, sin artificios. Cuando estaban en el pub, se dirigió a Anthony como si fuera uno más de los trabajadores de las cuadras. Pidieron la cena y una botella de vino, y después de que ella se pasara un buen rato hablando de los caballos de carreras que había visto en los establos, él se echó a reír.

—¿Es que nunca piensas en otra cosa que no sean los caballos?

—Pues no mucho, la verdad —admitió Annie, sonriendo—. Fui un desastre en la escuela, y en la universidad apenas iba a clase. No hacía más que suplicar que me dejaran volver a casa para trabajar con los caballos junto a mi padre. Para eso no necesitas un título universitario. Durante un tiempo me planteé ir a la escuela de veterinaria, pero son demasiados años, y soy bastante perezosa —reconoció con modestia.

—Lo dudo —comentó él, entre risas—. Lo que pasa es que no te va mucho lo de estudiar. A mí tampoco. Mi padre estudió física y psicología en Oxford. No sé cómo acabó dedicándose al mundo de los caballos. Puede pasarse horas recitando a Shakespeare, y siempre dice que le habría gustado ser actor. Es un hombre renacentista.

—¿Y qué hay de ti? ¿Qué es lo que te apasiona? —le preguntó ella.

Por lo visto no eran los caballos, aunque hubiera estado rodeado de ellos toda su vida. Estaba claro que no eran su pasión, sino más bien algo en lo que pasar el tiempo entre una fiesta y otra.

—Acabo de invertir en un club nocturno con un grupo de amigos, y me lo estoy pasando en grande. Me gustan más las personas que los caballos, especialmente las mujeres. —Le dirigió una mirada que pretendía derretir su corazón, o su ropa interior, pero no consiguió ni una cosa ni la otra—. También me encantaría abrir un restaurante. O un hotelito, tal vez en el sur de Francia. Estuve viviendo un año en París y fue una experiencia fantástica, y me gustaría volver a vivir allí algún día.

—Yo nunca he estado —dijo ella con aire inocente. No había estado en ninguna parte, aunque eso seguramente cambiaría pronto. Se había pasado casi toda la vida en la finca de los Markham, en Kent, y también en Liverpool, donde fue a la universidad—. Me gustaría ir a Estados Unidos. Parece un lugar tan excitante...

Se mostraba tan abierta a probar nuevas experiencias que resultaba conmovedor, incluso para él. Todavía era muy joven, y aparentaba aún menos edad de la que tenía. Era como una especie de Alicia en el País de las Maravillas, algo que se veía acentuado por su aspecto infantil y su constitución menuda. Sin embargo, al mismo tiempo había en sus ojos algo que reflejaba madurez y sabiduría.

Era una extraña mezcla de ingenuidad y experiencia, una joven muy diferente de las mujeres con las que solía relacionarse, tan mundanas y sofisticadas en comparación con ella. Para su sorpresa, Anthony se dio cuenta de que le fascinaba esa faceta infantil suya. Aún le quedaba tanto por hacer, tanto mundo que ver...

—También estoy pensando en ir a Australia, para poder competir en carreras —prosiguió Annie—, y me encantaría asistir al Derbi de Kentucky algún día.

—Yo fui una vez con mi padre. Uno de nuestros ejemplares participaba en el derbi, aunque no ganó. Y también compramos un caballo. Kentucky es un lugar bastante peculiar, pero me gusta mucho más Nueva York.

Estados Unidos era un misterio para Annie, tanto como lo era el estilo de vida de Anthony. Había mencionado que tenía treinta años, lo cual significaba que existía una gran diferencia entre ellos, tanto en edad como en experiencia vital. Había estudiado en Eton y Cambridge, había viajado por todo el mundo y disfrutaba de una intensa y disipada vida social. No tenían nada en común.

—Bueno —comentó él a mitad de la cena—, ¿cuándo vamos a echar esa carrera? Debería ser en algún momento en que mi padre no ande cerca. Si nos pilla, nos lo hará pagar muy caro. La próxima semana irá a una subasta en Escocia, así que sería un buen momento, si es que no estoy en Londres. Uno de estos fines de semana también iré a Saint-Tropez. Un amigo mío tiene un yate allí.

La habría invitado a acompañarlo. Era sin duda una chica muy guapa, pero sería como llevar a su hermana pequeña. No había nada mundano en ella, y estaba claro que no tenía el más mínimo interés en la vida frívola de sofisticadas ciudades costeras y embarcaciones lujosas. Lo único que le importaba eran los caballos y su sueño de convertirse en yóquey.

—Y después de los caballos, ¿qué? ¿Matrimonio y niños? —continuó él.

Tenía la impresión de que era ese tipo de chica, algo que a

él, de momento, no le atraía en absoluto. Annie lo miró con rostro inexpresivo.

—Nunca he pensado en ello. Ahora mismo solo me interesan los caballos.

—Tengo una hermanastra que es como tú, del segundo matrimonio de mi padre. Se dedica a la crianza en Irlanda. Ella y su marido tienen allí un gran criadero que mi padre les ayudó a montar. Y, además, tienen siete hijos. Terrorífico... —añadió riendo.

—Yo tengo dos hermanos mellizos de dieciséis años, y me sacan de quicio. He estado ayudando a mi padre a cuidarlos desde que murió mi madre... Bueno, mi madrastra —se corrigió—. La verdad es que ahora todo resulta un tanto confuso. Durante toda mi vida pensé que ella era mi madre y la quise como tal, y ahora resulta que no lo era. Mi verdadera madre falleció cuando yo nací, pero no supe nada de ella hasta después de que muriera la mujer que yo creía que era mi madre. Y ahora, de repente, soy miembro de la realeza y la reina es mi tía. Aún no he conseguido asimilarlo. Además, a finales de agosto iré un fin de semana a Balmoral para conocer al resto de la familia. De pronto me siento como si fuera dos personas, o como una misma persona en dos mundos distintos, el de mi antigua vida y el de mi nueva vida. En estos momentos, lo único que no ha cambiado son los caballos y mi padrastro. Es el jefe de las cuadras de John Markham, un hombre muy respetado en los círculos ecuestres.

Se mostraba tan franca y honesta que Anthony no sabía bien qué decir. No había el menor artificio en ella. Era una persona sencilla y directa que se había visto abocada de golpe a una nueva vida que habría intimidado a cualquiera. Eso lo obligaba en cierto modo a mostrarse auténtico con ella, algo que le resultaba nuevo y desconocido. Estaba habituado a mujeres mucho más complicadas que siempre querían algo de él. Ella no buscaba nada, lo cual resultaba estimulante.

—Debe de resultar muy extraño convertirse de repente en una princesa.

—La reina y su madre han sido muy agradables conmigo, y aún no he conocido a la princesa Victoria.

Aparte de eso, la reina le había conseguido aquella codiciadísima estancia de aprendizaje en sus establos.

—Victoria es mucho más interesante que su hermana. No se ha casado ni ha tenido hijos, pero su vida amorosa es de lo más excitante. Ha vivido exóticos romances con el Aga Khan, con un senador estadounidense y con algunos hombres casados de los que nadie habla, salvo los tabloides. Estuvo muy enamorada de alguien que murió cuando ella era joven. Creo que, después de aquello, decidió dar un rumbo totalmente distinto a su vida. Es una mujer muy divertida y suelo encontrármela con frecuencia en los clubes y discotecas —le explicó Anthony—. De hecho, salió con un amigo mío durante un par de años. Ella y su hermana son como la noche y el día. Victoria es la díscola. La reina solo se dedica al trabajo y a sus obligaciones. Tengo la impresión de que la corona pesa más de lo que uno pueda llegar a imaginar. Me parece que no debe de ser nada divertido.

—Me pregunto cómo sería mi madre, creciendo en medio de todo aquello. Murió tan joven...

—La mía también —dijo Anthony en voz queda.

Era la primera vez que lo veía ponerse tan serio.

—Lo siento. No lo sabía.

—No tenías por qué —repuso él, con expresión indulgente—. Creo que aún no habías nacido cuando se produjo aquel escándalo. Mi madre dejó a mi padre por otro hombre cuando yo tenía ocho años. Poco después, murieron en un accidente de tráfico en el sur de Francia, y unos meses más tarde me metieron en un internado. Aquel fue el final de la vida en familia que había conocido hasta entonces. Ella era la tercera esposa de mi padre, y él nunca volvió a casarse. Ha seguido habiendo mujeres en su vida, pero ninguna con la que fuera en serio. Probablemente la persona a la que se siente más cercano es la reina. Es su mejor amiga. Y tampoco tengo muy claro que haya superado lo de mi madre, ya que nunca habla de ello. Es un buen padre, aunque creo que le gustan más los caballos que sus hijos. Ya sabes, muy británico.

Aquello hizo que Annie se diera cuenta de lo afortunada que había sido de tener a Jonathan en su vida. Era un hombre afable y cariñoso, el único padre que había conocido, y siempre lo consideraría como tal, aunque no llevaran la misma sangre.

—No me veo a mí mismo sentando cabeza —prosiguió Anthony—, al menos no en mucho tiempo. No he tenido un modelo de familia a seguir. Apenas recuerdo ver a mis padres juntos antes de que ella le dejara. Casi nunca estaban en casa. Cuando ella se marchó fue cuando él empezó a interesarse en serio por los caballos, y desde entonces se han convertido en su auténtica pasión. No creo que vuelva a casarse.

—Yo tampoco estoy segura de querer hacerlo —dijo ella, con aire pensativo—. Mis padres tuvieron un matrimonio feliz y se querían mucho, pero me parece todo muy complicado. Crecí en una casita pequeña con ellos y con mis hermanos. Mi madre era el ama de llaves de la finca donde trabaja mi padre. Creo que el matrimonio no está hecho para todo el mundo, y no estoy segura de que esté hecho para mí. Los caballos son mucho más sencillos —concluyó ella, sonriéndole.

—Y el vino, y las mujeres, y la música. Eso sí que está hecho para mí —bromeó él.

No obstante, Annie tenía la impresión de que, debajo de su palabrería vana, su buen porte y su encanto personal, subyacía el miedo a acercarse demasiado a otra persona, tal vez porque su madre lo abandonó cuando era un niño. O quizá, simplemente, solo le gustaba pasarlo en grande sin ningún tipo de compromiso. El estilo de vida que llevaba era un misterio para ella, y no le atraía en absoluto, pero al menos ahora no se mostraba tan arrogante como cuando lo conoció. Había descubierto una parte sensible en él, aunque a simple vista fuera el estereotipo del playboy atractivo y superficial. Aun así, no podía imaginarse saliendo con alguien como él, ni tampoco con nadie más. El centro de su vida, su único interés, eran los caballos.

Después de cenar volvieron a las caballerizas y entraron juntos en las dependencias. Él la invitó a su habitación para tomar una última copa, pero ella pensó que no sería una buena idea. No era tan ingenua como para entrar en el cuarto de un hombre para compartir una botella de whisky y un poco de sexo fácil. Seguía siendo virgen, y no estaba dispuesta a que eso cambiara con alguien como él.

—Tengo que levantarme a las cinco y media —le puso ella como excusa—. Prometí volver a ejercitar a Flash a las seis.

—Eres la única chica que conozco que prefiere estar con un caballo antes que conmigo —comentó él, riendo.

Ella le dio las gracias por la cena y entró en su habitación. Había sido una velada agradable, pero por alguna razón, a pesar de toda la parafernalia, el lujoso coche, su enorme atractivo y el disipado estilo de vida que parecía llevar, Annie sintió lástima por él. Anthony había tenido una infancia solitaria, sin una madre que le diera amor. Ella había sido infinitamente más afortunada al crecer como la hija de una doncella y un trabajador de las cuadras que la adoraban. Había tenido una vida sencilla, pero sus padres siempre habían estado ahí para ella, y Annie nunca había dudado de lo mucho que la querían. La vida que él llevaba se le antojaba vacía. Era un hombre perdido en un mundo rutilante que no le atraía en absoluto.

Una vez en su habitación, Anthony se sirvió un vaso de whisky sin dejar de pensar en Annie. Era como una niña, como un soplo de aire fresco. Tal vez demasiado fresco para él. Las mujeres en su mundo eran mucho más complejas y sofisticadas, y a él le resultaba sencillo darles lo que buscaban. Lo que necesitaba una joven como Annie estaba fuera de su alcance, y además era algo que le aterraba.

Annie ya estaba en los establos a las seis de la mañana, y diez minutos más tarde ya había sacado a Flash al corral principal. Estaba más inquieto que el día anterior, pero la rutina constante y la voz tranquilizadora de la joven calmaron al animal, y para cuando lo devolvió a su cuadra a las siete se mostraba sereno y fácil de manejar. Cuando lo llevaba de vuelta a los establos vio a lord Hatton dirigiéndose a su despacho. Annie llegó a tiempo para la reunión de trabajo de la jornada, donde le asignaron las tareas del día. Los otros entrenadores le contaron que habían visto a algunos fotógrafos merodeando por el lugar, pero más tarde se enteró de que lord Hatton los había echado. No quería que invadieran la privacidad de su gente y, sobre todo, que nadie hostigara a Annie, lo cual supuso un gran alivio para ella.

Hacia el final de la tarde había ejercitado a cinco caballos. Al volver a la residencia, se cruzó con Anthony en el pasillo, que se disponía a salir. Iba de punta en blanco, y era evidente que tenía una cita o iba a una fiesta.

—Mañana mi padre estará en Londres. ¿Echamos esa carrera? —la provocó él seductoramente, y ella vaciló.

—¿No nos meteremos en problemas? —preguntó, abriendo mucho los ojos.

—Podría ser —admitió él—, pero no tiene por qué enterarse.

El desafío era demasiado atrayente para que ninguno de los dos pudiera resistirse, así que aceptaron quedar a las siete de la mañana siguiente. Annie estuvo tentada de cabalgar a Flash, pero sabía que aún no era una montura estable. Y aunque estaba convencida de que podría competir en cualquier carrera con él, sus ansias de ganar no eran tantas como para arriesgarse a lesionar a un caballo que todavía no estaba suficientemente preparado. Así pues, decidió montar a uno que había ejercitado esa tarde y que era fiable, experimentado y fácil de predecir.

Acordaron el lugar donde se encontrarían. Annie confiaba en que nadie los viera y se lo contara a lord Hatton, pero estaba deseando afrontar aquel reto, y era un riesgo que valía la pena correr.

A la mañana siguiente ejercitó a Flash durante una hora y luego cambió de montura para ir a reunirse con Anthony. La idea de competir con él resultaba excitante. Era un buen jinete, aunque su destreza era bastante mecánica, carente de pasión. Había recibido una magnífica formación ecuestre y había sabido aprovecharla bien, pero no «sentía» a los caballos en las entrañas como ella, ni tampoco los amaba. Cuando se encontró con él, Annie sonreía, anticipando lo que se avecinaba. Se alejaron a paso tranquilo de la zona más concurrida y no empezaron a galopar hasta llegar a un paraje donde nadie podía verlos. Annie dio rienda suelta a su caballo, sacándole todo lo que sabía que podía dar. No iba a dejar que él la venciera, de modo que dosificó bien las fuerzas de su montura y ganó con facilidad. Anthony parecía algo enfadado, pero supo contenerse con rapidez.

—Su Alteza Real, es usted una amazona fantástica —reconoció él a regañadientes—. ¿Mañana la revancha? —la presionó.

Ella se echó a reír. Había sido pan comido.

—¿Dónde estará tu padre?

Eran como dos niños haciendo travesuras, pero Annie estaba tan contenta por haberle derrotado que estaba deseando hacerlo otra vez. Le había superado tanto en estrategia como en velocidad.

—No volverá hasta mañana por la noche —contestó Anthony.

—Entonces trato hecho. Misma hora, mismo lugar —dijo ella, y luego regresaron de vuelta a los establos sin que nadie se hubiera enterado de lo que acababan de hacer.

Se encontraron de nuevo a la mañana siguiente. Annie había elegido un caballo distinto, uno más rápido y enérgico, que caracoleó un poco mientras se dirigían al lugar donde habían echado la carrera el día anterior. Ambos llevaban casco. Para cualquiera que los conociera eso habría supuesto una indicación de que se disponían a hacer algo que no debían, pero nadie los vio salir de los establos y alejarse.

Una vez más, Annie tomó rápidamente ventaja desde el principio. Galoparon a toda velocidad a través del prado en dirección al grupito de árboles que la mañana anterior les había servido de meta. Anthony se había adelantado por poco, y estaban casi llegando cuando, de pronto, el caballo de Annie se asustó al ver algo. Ella consiguió controlarlo, pero el animal estuvo a punto de tropezar sobre sus cascos y Annie se vio lanzada por los aires como un muñeco, hasta que aterrizó en el suelo con fuerza. Anthony refrenó a su montura y cabalgó hacia ella, dándose cuenta en ese momento de la estupidez que habían cometido. Al llegar a la altura de su caballo, lo agarró por las riendas y amarró a ambos animales juntos. Luego desmontó rápidamente y se arrodilló junto a ella. Annie yacía inerte. Respiraba, pero su rostro mostraba una palidez espectral. Le quitó el casco mientras trataba de decidir qué debía hacer, y cuando ya empezaba a invadirle el pánico, ella abrió por fin los ojos. Estaba muy aturdida y no logró articular palabra, y cuando intentó incorporarse él la detuvo.

—Quédate tumbada un rato. He sido un idiota al proponerte algo así. ¿Puedes moverte?

Ella movió con cuidado los brazos y las piernas, y luego le sonrió mientras trataba de recuperar el aliento para hablar.

—Ha sido divertido hasta que me he caído. Hacía años que no me tiraba un caballo.

—Soy mayor que tú, y no debería haberte dejado hacer algo tan estúpido. —Anthony se quitó la chaqueta, la dobló y se la colocó debajo de la cabeza, con expresión angustiada—. ¿Crees que podrás sentarte?

Era evidente que no estaba paralizada, pero tenía dificultades para moverse. Había sido una caída durísima.

—¿Acabamos la carrera? —preguntó ella mientras se incorporaba hasta sentarse.

Durante un rato vio estrellitas bailando a su alrededor, pero luego notó como se le despejaba la cabeza. Le dolía un poco, pero no era grave y tampoco tenía nada roto. Había tenido suerte. Iba a una velocidad de vértigo, pero la tierra había estado lo suficientemente blanda para amortiguar la caída.

—Estás completamente loca. ¿Crees que podrás volver montando sola o quieres que te lleve? —le preguntó mientras la ayudaba a ponerse en pie, ligera como una pluma.

—Estoy bien —dijo ella con valentía, aunque a él le pareció un poco inestable.

La sostuvo por el brazo hasta cerciorarse de que se mantenía por su propio pie, y luego la ayudó a subir a su montura. Cabalgó cerca de ella, observándola atentamente para asegurarse de que no se mareaba. Era consciente de que debía de estar muy dolorida por la caída, pero permaneció firme en la silla y no se quejó en ningún momento. Era mucho más dura de lo que parecía a simple vista.

—Eres una amazona fabulosa, y tremendamente valiente. Por un momento pensé que habías muerto —admitió, todavía muy alterado al recordar cómo había salido volando por el aire, como una hoja al viento.

—Yo también —dijo ella, sonriendo.

—Podrías haberte roto el cuello. No pienso volver a correr contra ti —repuso él, consciente de que era una jinete demasiado temeraria para poder garantizar su seguridad.

—Lo que pasa es que tienes miedo de que te gane. Y seguramente lo habría hecho si este maldito caballo no hubiera trastabillado.

—Esta vez no ibas a ganarme. Te sacaba dos cuerpos de ventaja.

—Uno. Y aún no había puesto a Mercurio a toda velocidad.

—No seas tan mala perdedora —se burló él con una amplia sonrisa, agradecido de que no hubiera resultado malherida. Sin duda había sido un auténtico milagro—. Seguro que te has caído para que me compadeciera de ti. Eso es lo que hacéis las mujeres jinetes. ¿Y tú quieres ser yóquey? ¿Dónde, en carreras para señoritas? —No paró de tomarle el pelo durante todo el camino de vuelta, pero ahora sentía un infinito respeto por ella. Era la chica con más agallas que había conocido en su vida—. Eres muchísimo más fuerte de lo que pareces a simple vista —la elogió, e incluso él reconocía que era mejor jinete que él. Estaba perfectamente compenetrada con su montura en todo momento, aunque la hubiese tirado. Si el caballo no hubiese tropezado habría acabado ganando, y él lo sabía—. Volvamos a montar de vez en cuando —le propuso él—, pero nada de carreras.

—Eso no tiene nada de divertido —objetó Annie, decepcionada, y él se echó a reír.

—Resulta que me cae usted bien, alteza, y no quiero que se mate. Creo que eres la jinete más puñeteramente loca que he visto nunca, y la chica más valiente que he conocido en mi vida. Y no me gustaría ver cómo te desnucas si vuelves a caerte del caballo.

—Gracias —dijo ella, sonriendo en respuesta a sus cumplidos.

La caída había sido brutal, y sabía que al final del día le dolería todo el cuerpo. Ya le dolía, aunque no pensaba admitirlo. Sin embargo, en esta carrera había ganado algo mejor que en la del día anterior: ahora ella y Anthony eran amigos. Y Annie necesitaba tener a alguien cercano en aquel nuevo mundo. Era un hombre muy distinto a todos los que había conocido en su vida anterior: más complicado, más malcriado y, sorprendentemente, más interesante. Ahora le gustaba mucho más que cuando se conocieron.

Se sonrieron de nuevo y recorrieron el resto del camino con sus monturas al paso. Cuando Anthony la ayudó a desmontar, vio en su rostro una mueca de dolor, pero Annie no dijo nada. Se dirigió a la cuadra y desensilló el caballo ella misma.

Mientras dejaban las sillas junto a los demás arreos, uno de los entrenadores les preguntó:

—¿Una buena sesión de adiestramiento?

—No ha estado mal —respondió Annie sonriendo.

Anthony se quedó mirándola mientras salía del establo. Era un diablo montando a caballo, pero eso era algo que le encantaba. Le gustaba más que cualquier chica que hubiera conocido en años. Tal vez llegara a ser yóquey algún día. Tenía las agallas necesarias para ello, y también el espíritu. Sin duda era la mejor amazona que había visto en su vida. Su padre, lord Hatton, opinaba lo mismo. Tenía planes para Annie, aunque aún no le había contado nada a ella. Primero quería hablar con Su Majestad, y luego ya se vería.

13

El mes de agosto transcurrió volando a medida que Annie se adaptaba sin problemas a sus nuevas tareas en los establos de la reina. No era consciente de ello, pero lord Hatton la observaba de cerca siempre que podía, y con frecuencia pedía informes sobre ella a los demás entrenadores. Todos confirmaron lo que él ya había intuido desde el principio: Annie tenía un don. Su extraordinario talento y su pasión por los caballos le conferían un sexto sentido que ni sus antepasados ni sus nuevos parientes consanguíneos habían poseído. La reina estaba muy complacida con todo lo que él le contaba sobre su nueva sobrina, aquella princesa que había llegado totalmente por sorpresa a la familia real: era una persona sencilla, concienzuda y trabajadora, y le caía bien a todo el mundo. No esperaba recibir ningún trato especial por ser quien era, y se mostraba infatigable a la hora de cumplir con las tareas que se le asignaban.

No parecía tener ningún amigo especial entre sus compañeros, pero era educada y respetuosa con todos ellos, tal como lo había sido en la finca de los Markham. Mantenía las distancias con gran dignidad y discreción, incluso más que antes. En su calidad de princesa, se sentía aún más obligada a mostrarse responsable y reservada en todo momento, como si, en cierto modo, le debiera a la reina un comportamiento intachable. Además, nunca se olvidaba de llamar a Jonathan varias veces a la semana para contarle cómo le iba todo.

Su único amigo en las cuadras era Anthony. Por lo que lord Hatton había oído, nunca salía por las noches, salvo un par de veces a cenar con su hijo. Al parecer, la joven no tenía un lado salvaje, a diferencia de algunos de sus nuevos parientes, y lord Hatton tenía claro que la relación con su hijo no llegaría muy lejos. Anthony era un libertino de primer orden, lo cual le había causado más de un quebradero de cabeza a su padre. A sus treinta años ya se había visto envuelto en varios escándalos. Sentía inclinación por las mujeres casadas, algunas de las cuales podían llegar a comportarse de forma tan frívola y disoluta como él. Le gustaban las mujeres llamativas y ostentosas, y tenía muy poco respeto por las normas que regían la buena sociedad. En contraste, a pesar de su temeridad con los caballos, la princesa Anne Louise se mostraba recatada y bastante comedida en cuestiones mundanas. Actuaba con precaución y paso cauteloso, respetuosa con su nuevo estatus, por muy desconocido que le resultara.

Annie se tomaba bien las críticas, algo que no podía decirse de Anthony. Lord Hatton pensaba que la relación con la joven podría ser buena para él, aunque solo fuera como amigos, del mismo modo que su propia amistad con la serenísima reina Alexandra había servido para atemperar su carácter. Eran muy diferentes, pero se complementaban muy bien.

La reina estaba encantada con las noticias que le llegaban de su sobrina, tanto por parte de su viejo amigo como de otras personas que habían conocido a la joven. Costaba creer que hubiera crecido en un entorno tan humilde, criada por unas personas que en el fondo no eran más que sirvientes, aunque su padrastro era conocido por tener unos elevados estándares morales. Sin embargo, la familia real no tenía la misma opinión de su difunta esposa, después de lo que había hecho. A todos seguía asombrándoles que hubiese podido ocultar durante tanto tiempo la existencia de la princesa Anne Louise.

Annie estaba muy emocionada y nerviosa por su inminente visita al castillo de Balmoral, en Escocia, para conocer al resto de la familia. La reina había decidido que era mejor ir despacio, para dar tiempo a la joven de adaptarse a su nueva vida sin abrumarla. También había tenido que convencer a la reina madre para que dominara su impaciencia. La anciana también lo entendió. No era como si Charlotte hubiera regresado de entre los muertos: se trataba de la hija de Charlotte, y para la joven todo aquello resultaba completamente nuevo.

Balmoral era la más tranquila y apacible de las residencias de la reina. Todos los veranos disfrutaba allí de unas auténticas vacaciones familiares, con pícnics, barbacoas y excursiones de pesca. Esa era la razón por la que había escogido aquel lugar para la presentación de la princesa ante su nueva familia. Cuando hablaba con Jonathan, Annie le decía que se ponía muy nerviosa al pensar en cómo sería todo aquello y en cómo debería comportarse. Todo aquel mundo era nuevo para ella, y no importaba cuál fuera su linaje: se sentiría como una extraña. Hasta el momento todos habían sido encantadores con ella, sobre todo la reina madre, su abuela, y la propia soberana, que la trataba como a cualquier otra joven, con total naturalidad, y solía charlar con ella cuando iba a las caballerizas.

Cuando disponía de tiempo, la reina visitaba con frecuencia los establos para hablar sobre las recientes y futuras adquisiciones, sobre los sementales que se estaban utilizando para los servicios de monta —y que constituían un lucrativo negocio para la casa real— y sobre las próximas competiciones. Era algo que preocupaba e interesaba enormemente a la soberana, aunque corría el rumor de que el príncipe consorte no compartía su pasión y solo acudía a las grandes carreras a regañadientes. Annie nunca lo había visto en los establos con ella, pero sí que estaría el fin de semana en Balmoral. Aún no lo había conocido, y tampoco a la princesa Victoria, quien se pasaría por la residencia real de camino o de vuelta del sur de Francia, adonde solía viajar con propósitos más hedonistas.

Annie intentaba sacarle a Anthony toda la información que podía sobre Balmoral, ya que él y su padre solían ir con frecuencia. Sin embargo, Anthony estaba tan entusiasmado con su próximo viaje a Saint-Tropez que apenas se limitó a desearle buena suerte cuando tomó el tren para marcharse a Escocia. Por otro lado, el mejor consejo que Jonathan había podido darle era que fuera ella misma, lo cual no le sirvió de mucha ayuda. Ni siquiera estaba segura de qué tipo de ropa debía llevar, y tampoco conocía a ninguna mujer que pudiera asesorarla. Todo cuanto Anthony le dijo fue que llevara algunos vestidos bonitos y todo iría bien.

—¿Qué quiere decir «bonitos»? —le presionó Annie, mientras cenaban en el pub local unos días antes de su marcha a Balmoral—. ¿Vestidos sofisticados? ¿O vestidos de verano, y unos shorts y una blusa para el día?

No le gustaba nada ir de compras, y siempre había ido acompañada de Lucy. Hasta ahora no había necesitado ropa elegante, pero para una ocasión así se obligó a ir a las tiendas del centro de la ciudad, donde adquirió algunas prendas sencillas que consideraba piezas básicas. Se las enseñó a Anthony y él dio su aprobación.

—¿Y por qué no te pones algo más sexy? —sugirió él—. Eres una chica joven.

Además, tenía una figura estupenda de la que no hacía gala ni sacaba provecho. Anthony nunca había conocido a una mujer como ella, tan desprovista de artificio y vanidad.

—Hasta ahora solo había tenido un vestido, el que me ponía para ir a la iglesia en Navidad. Todo cuanto he necesitado ha sido mi ropa de montar, y no creo que pueda ponérmela para una cena en Balmoral.

Aun así, a pesar de sus nuevas adquisiciones, seguía estando muy nerviosa acerca de su vestuario. Y Lucy tampoco había sido nunca de gran ayuda en ese aspecto; solía llevar siempre sus severos vestidos negros de ama de llaves, y cuando estaba en casa se sentaba en bata y zapatillas frente al televisor para ver sus programas favoritos. Annie seguía añorando su presencia y su amor incondicional, y Jonathan decía que él y los chicos también la echaban muchísimo de menos. Hacía menos de un año que les había dejado, y desde entonces todo había cambiado tanto... Para todos ellos, pero especialmente para Annie.

Ahora tenía una asignación aprobada por el gabinete gubernamental, que era depositada cada mes en una cuenta a su nombre. Le parecía extremadamente generosa, ya que como vivía en las caballerizas de la reina apenas tenía gastos, y tampoco era una persona derrochadora. Cuando preparó el equipaje con el escaso vestuario de verano que llevaba para su estancia en Balmoral, deseó haber tenido más tiempo para poder ir de compras.

La mañana en que debía partir Annie vio un momento a Anthony, que salía a toda prisa hacia el aeropuerto para tomar el avión a Niza. Estaba deseando embarcarse en el yate de su amigo en Saint-Tropez, en un viaje al que él se refería como Sodoma y Gomorra, con subtítulos en francés.

—¡Buena suerte! —le deseó él, gritando por encima del hombro mientras bajaba corriendo las escaleras.

Ella se marchó poco después. Lord Hatton pidió a uno de los mozos que la llevara a la estación, donde embarcó en el tren con su maltrecha maleta, sintiéndose más como una pobre huérfana que como una princesa de la realeza.

El trayecto hasta las tierras escocesas de Aberdeenshire duró unas ocho horas. Tuvo que hacer varios transbordos, y Annie disfrutó mucho del hermoso paisaje que se veía por la ventanilla. El entorno que rodeaba el castillo de Balmoral era muy campestre, y esa era una de las principales razones por las que la reina y su madre adoraban aquel lugar. La reina madre ya había pasado gran parte del verano allí, y ahora se marcharía con unos amigos a Sandringham, en Norfolk, para dejar que los jóvenes disfrutaran a sus anchas. Annie sabía que la familia real solía pasar allí las Navidades y que solo iban a Balmoral para disfrutar de las vacaciones estivales.

Era el castillo favorito de la reina, y tenía una historia muy romántica. La reina Victoria y el príncipe consorte Albert lo alquilaron en 1848, y les gustó tanto que siguieron haciéndolo durante cuatro años, hasta que en 1852 Albert lo compró para regalárselo a su esposa. Lo ampliaron y lo reformaron para adaptarlo a sus necesidades, y se convirtió en su lugar de veraneo favorito. Su residencia principal era el castillo de Windsor, mucho más apropiado para criar a sus nueve hijos. También vivían parte del tiempo en el palacio de Buckingham, pero durante el reinado de Victoria, Windsor fue la sede principal de la monarquía.

Balmoral se encontraba en la orilla del río Dee, cerca del pueblo de Crathie. Cuando el secretario privado recogió a Annie en la estación, se quedó muy sorprendido al ver que solo traía una maleta pequeña. La cogió y la llevó hasta el Rolls-Royce de la reina, con el que recorrerían el corto trayecto hasta el castillo.

—¿Ha tenido un viaje agradable, alteza? —le preguntó sir Malcolm, en tono afable.

Se alegraba mucho de verla, y ella también se sintió aliviada al ver un rostro conocido.

—El paisaje era muy bonito —respondió Annie, quien durante el trayecto había disfrutado de un pequeño almuerzo preparado por el magnífico chef de los establos.

—La cena se servirá a las ocho —la informó el secretario—. La familia se reunirá en el salón a las siete.

Annie sintió que la invadía una oleada de pánico.

—¿Será con traje de gala?

—En Balmoral, nunca. Su Majestad prefiere que aquí todo sea más informal. Bastará con un sencillo vestido. Para mañana hay planeado un pícnic, y para el día siguiente una barbacoa. A los hijos de Su Majestad les encantan las barbacoas. El verano pasado estuvieron en un rancho en Estados Unidos, y a la reina también le gustan mucho —añadió con una sonrisa.

Unos minutos después llegaron al castillo. Era más bien una enorme mansión señorial, y mucho menos intimidante que Buckingham o que las otras residencias reales. Windsor, por ejemplo, era un auténtico palacio, uno de los castillos más antiguos del mundo, y rivalizaba con el de Versalles en Francia. En cambio, Balmoral presentaba una escala más humana.

Al bajar del coche fueron recibidos por un alegre grupito de corgis, y poco después apareció la reina en persona para darle la bienvenida. Al ver a su sobrina, le dio un cálido abrazo. Annie llevaba una falda de lino azul marino, penosamente arrugada después del largo viaje, una blusa blanca, un blazer y sandalias. Parecía una colegiala cuando siguió a su tía al interior.

Nada más entrar vio a una deslumbrante mujer pelirroja tocando el piano y cantando, rodeada de tres guapos jovencitos. Annie la reconoció al instante: era Su Alteza Real la princesa Victoria, su otra tía materna, quien saludó a la recién llegada con una amplia sonrisa. Los muchachos se giraron para mirarla y continuaron cantando. Se trataba de una canción americana, y todos coreaban la letra. Annie se acercó con aire cohibido mientras la reina volvía afuera con los perros. Sir Malcolm entregó la maleta a la doncella principal, y luego siguió a la soberana para mantener una breve conversación con ella antes de marcharse.

Cuando acabó la canción, la princesa Victoria se levantó, rodeó el piano y se quedó mirando atentamente a su sobrina, con expresión conmovida. Annie se parecía tanto a su madre que había lágrimas en los ojos de Victoria cuando la abrazó.

—¡Por fin! —exclamó—. Cuando mi madre y mi hermana te conocieron estaba de viaje en la India durante un mes, y desde entonces me he sentido un poco mal por no haber podido quedar antes contigo. ¿Te gusta cantar? Aquí lo hacemos mucho, querida. No tengo muy buena voz, pero eso nunca me ha frenado —dijo con desenfado, y ella y los chicos se echaron a reír. Aun así, tocaba muy bien el piano y cantaba mejor de lo que afirmaba, ya que era algo que hacía con frecuencia en las fiestas—. Yo soy tu tía mala —admitió alegremente—. Alexandra es la buena. Y estos son tus primos.

Le presentó a los hijos de la reina, los príncipes George, Albert y William, que tenían dieciocho, diecisiete y catorce años respectivamente, más o menos la edad que habían tenido las tres princesas durante la guerra. Eran muy guapos y rubios, con el aspecto teutónico de su padre, quien también apareció poco después para darle la bienvenida. El príncipe consorte Edward había renunciado a la nacionalidad alemana cuando contrajo matrimonio con Alexandra, y también había cambiado su título germánico por uno británico.

Después salieron todos a la terraza y, al cabo de una media hora, Victoria se ofreció para enseñarle a Annie su habitación.

—Has sido muy valiente al venir aquí para conocernos a todos de golpe. Tengo entendido que eres una amazona extraordinaria. Tu madre también lo era, diría que hasta extremos peligrosos. Tenía más o menos tu tamaño, y era muy temeraria cuando montaba a caballo. Nuestro padre siempre tenía miedo de que se cayera y se rompiera el cuello. —Luego adoptó una expresión nostálgica—. Me temo que yo era la malvada hermana mayor que siempre la estaba regañando e incordiando. Supongo que por celos. Ahora me arrepiento tanto de haber sido tan estúpida..., pero me alegro muchísimo de que estés aquí. —Victoria no lo dijo, pero en su fuero interno pensaba que con Annie tendría la oportunidad de hacer las cosas mejor y enmendar lo mal que se había portado con Charlotte en su juventud—. Te pareces tanto a ella... —comentó con dulzura cuando llegaron a lo alto de las escaleras, y luego la hizo pasar al espléndido dormitorio, decorado en satén amarillo y estampados florales de seda, y lleno de valiosas antigüedades—. Esta es mi habitación de invitados favorita —añadió, mientras Annie contenía el aliento y miraba a su alrededor. Nunca había visto una estancia tan hermosa en toda su vida. Estaba presidida por una enorme cama con dosel, y en una de las paredes colgaba un retrato de la reina Victoria de joven—. Esta era su residencia preferida —explicó mientras señalaba el cuadro—. El príncipe Albert compró el castillo original como regalo para ella, y luego lo amplió y lo remodeló. Eran una pareja muy romántica, y estaban locamente enamorados. Supongo que sus nueve hijos son testimonio de ello —comentó riendo.

Era una mujer de espíritu alegre y muy divertida, tal como había dicho Anthony. Era mucho más frívola que su hermana mayor, aunque entre ellas solo había un año de diferencia. Victoria tenía cuarenta y dos años, pero no los aparentaba. Se veía muy joven, vestida con unos pantalones de lino blancos, una camisa blanca almidonada y unas sandalias plateadas. La reina la había recibido con un traje de chaqueta y falda de lino en color azul claro, y con su característico collar de perlas de doble vuelta, que llevaba siempre allá donde fuera.

—Y no te preocupes por la etiqueta para la cena —dijo Victoria—. Aquí todo es muy informal.

—La verdad es que no sabía qué ropa traer —dijo Annie en voz baja, sintiéndose un poco nerviosa ante aquella mujer deslumbrantemente atractiva, que parecía tan llena de vida y tan a gusto consigo misma.

Victoria se había quedado muy impactada al ver el extraordinario parecido de la joven con su fallecida madre, aunque intentó que no se le notara. El comportamiento malicioso que había tenido con su hermana pequeña era una especie de puñal que llevaba clavado en el corazón, y ahora sentía como si Charlotte hubiera regresado con ellos encarnada en aquella joven tímida y bonita.

Entendía por qué les gustaba tanto a su madre y a su hermana. Era tan dulce, sencilla y franca, sin artificios ni pretensiones. Su actitud también era como la de Charlotte, incluso la forma de moverse.

—No dejes que te abrumemos, querida —dijo antes de salir de la habitación—. Somos demasiados, pero te trataremos bien, y tus primos son unos chicos estupendos. Mañana iremos todos a pescar. Y puedes salir a montar si quieres. Alexandra tiene algunos caballos magníficos aquí. Espero que disfrutes mucho de tu estancia —añadió sonriendo, y cerró la puerta tras de sí.

Annie se tumbó en la enorme cama y miró a su alrededor con una gran sonrisa. Todo era tan hermoso, y todos eran tan agradables con ella... Todavía no alcanzaba a entender cómo podía haberle ocurrido algo así. Desearía que Jonathan estuviera allí con ella para poder disfrutar de todo aquello, pero ya se lo contaría cuando regresara del fin de semana.

Antes de bajar a cenar, se dio un baño en el espacioso lavabo de estilo antiguo, que contaba con una bañera inmensa. Después se puso una simple falda negra y una blusa de seda blanca, uno de los pocos modelos que había adquirido. Su juventud y su belleza compensaban lo que le faltaba en elegancia y sofisticación, y la reina pareció dar su aprobación al verla entrar en el salón con aquel sencillo atuendo, conjuntado con unos zapatos negros de tacón alto, con los que se la veía bastante incómoda al caminar. Victoria bajó poco después con un vestido de Pucci que había comprado en Roma, con un estampado de cachemira en tonos turquesa, amarillo, negro y rosa chillón, y zapatos a juego. Su hermana la miró con gesto reprobador: era demasiado corto y llamativo, pero Victoria era famosa por tener unas piernas estupendas y le gustaba lucirlas. En comparación, Annie parecía una colegiala recatada, y en ese momento decidió que iría de compras con su nueva asignación para futuros encuentros familiares. Apenas tenía ropa que ponerse y, en su opinión, todos iban muy elegantes. Nunca se atrevería a llevar un vestido como el de Victoria, pero le parecía un modelo divertido que realzaba su fabulosa figura. Además, iba a juego con su flamante melena pelirroja, que llevaba suelta y la hacía parecer aún más joven. Annie podía entender perfectamente que hubiera tenido una aventura con uno de los amigos treintañeros de Anthony: Victoria parecía solo unos años mayor que ella.

La reina hizo que se sentara a su lado en la mesa, y durante toda la cena hablaron de caballos, un tema que apasionaba a ambas y que hizo que Annie se sintiera muy a gusto. Si había algo de lo que sabía, era de caballos. Su tía la invitó a salir a montar con ella por la mañana, antes de la excursión de pesca, y ella aceptó encantada. Después de cenar, todos se reunieron en torno al piano y cantaron sus canciones favoritas. Annie se sabía algunas de las letras y las coreó junto a ellos. Fue una velada de lo más divertida, y todos se retiraron pronto a sus aposentos.

Annie había quedado a las siete con la reina en los establos, pero se despertó a las cinco y contempló cómo salía el sol sobre las colinas. Cuando llegó puntualmente a la hora acordada, la soberana ya estaba allí. Había escogido para Annie un caballo muy enérgico y vigoroso que pensó que le gustaría, y que ese verano había hecho llevar expresamente a Balmoral para que ella lo probase. Victoria había dicho que era demasiado nervioso y difícil de manejar, y que prefería una de las yeguas más viejas. No era tan entusiasta de los caballos como su hermana mayor, aunque también era una excelente amazona. Todos en la familia lo eran, pero, por lo que había oído decir a la reina, su sobrina era mucho más intrépida que Victoria.

Annie se subió a la silla con soltura y enseguida tranquilizó al caballo. Cuando poco después salieron de los establos, ya lo tenía completamente dominado, y se encaminaron por un sendero en dirección a las colinas, atravesando un arroyo que Annie y su montura saltaron con facilidad.

—¿Sueles ir a cazar? —le preguntó la reina, y ella negó con la cabeza.

—Nunca he ido, pero me gustaría.

—Podemos organizar una montería este invierno. Seguro que te encantará. Lord Hatton me ha dicho que tu sueño es convertirte en yóquey profesional. Y estoy convencida de que ese día no tardará en llegar. No pueden seguir discriminándonos a las mujeres eternamente —comentó con voz serena.

—Eso espero, señora —dijo Annie—. No me parece justo. Solo nos aceptan en carreras de aficionados, y la mayoría son bastante malas. Daría lo que fuera por participar en una competición de verdad.

—Creo que eso ocurrirá algún día —auguró la reina—, aunque también puede ser arriesgado. Debes tener mucho cuidado, querida. Lord Hatton me ha dicho que eres una jinete muy audaz, y eso no siempre es bueno. Nunca olvides que los caballos son bestias poderosas y que nunca los controlamos tanto como nos creemos. Ellos también tienen mucho que decir.

Annie sonrió. Ella opinaba lo mismo.

—Respeto mucho a los caballos que monto —dijo.

Y aunque sabía reconocer a los que podían ser más peligrosos, también sentía debilidad por ellos. Era algo que lord Hatton había observado, y había informado de ello a la reina. Pero también le había dicho que, si alguna vez le daban la oportunidad, sería una yóquey excelente.

Cabalgaron durante una hora y regresaron a los establos. Antes de volver a la casa para desayunar con los demás, la reina le enseñó los ponis de las Shetland que criaban allí, de los que estaba muy orgullosa. Luego salieron todos juntos a pescar, salvo la propia Alexandra, que se quedó para revisar las cajas oficiales y las valijas diplomáticas que le llegaban también a diario a la residencia de verano. Annie soltó chillidos de alegría cuando pescó dos peces, y su primo mayor, el príncipe George, la ayudó a quitarles los anzuelos. Tenía cuatro años menos que ella, y era un muchacho muy serio y educado. Ser el primero en la línea de sucesión al trono, saber que reinaría algún día, confería mucha sobriedad a su carácter. En cambio, el príncipe Albert, de diecisiete años, era un chico travieso y revoltoso. En un momento dado saltó al lago completamente vestido y luego subió al barco chorreando. Se sacudió el agua como si fuera un perro grandote, salpicando a su alrededor y provocando las quejas de todo el mundo, aunque en realidad se agradecía, porque el tiempo era cálido. El príncipe William tenía catorce años y era un muchacho tímido y muy aplicado, que todavía estaba estudiando en Eton. Era más introvertido que sus dos hermanos mayores, y cuando habló con él, Annie se sintió conmovida por su carácter dulce y sensible.

A la hora del almuerzo celebraron el pícnic que los cocineros habían preparado y empaquetado en cestas de mimbre. Varios criados llegaron en una furgoneta para servirlo en mesas plegables, con manteles y vajilla de porcelana, y la comida transcurrió en un ambiente relajado y divertido. Al día siguiente organizaron la barbacoa al estilo americano que habían pedido los hijos de la reina, y le encantó a todo el mundo. Fue a base de perritos calientes, hamburguesas, mazorcas de maíz, tarta de manzana y helados.

—El próximo verano quiero trabajar en un rancho americano —anunció a mitad de la comida el príncipe Albert.

A todos les pareció muy gracioso. Sin embargo, llevaba tiempo insistiéndole a su madre para que le dejara trasladarse a una universidad estadounidense. La reina aún no había dado su consentimiento, pero él se mostraba inflexible. Estaba fascinado por todo lo relacionado con la cultura americana, y le habló a Annie de un rodeo al que había asistido durante sus vacaciones en Wyoming.

—Tengo entendido que eres una jinete muy intrépida —le comentó, y ella sonrió, sorprendida.

—¿Quién te lo ha dicho?

—Mi madre. Dice que te gustaría ser yóquey cuando las mujeres sean aceptadas en el circuito profesional.

—Me encantaría —reconoció Annie—. Aunque dudo que eso llegue a ocurrir aquí. Tal vez en Estados Unidos. Tienen una mentalidad mucho más abierta.

—En todos los aspectos —confirmó el príncipe Albert—. Me gustaría vivir allí algún día, y espero que a mi hermano no se le ocurra abdicar. De mayor quiero ser cowboy, no rey de Inglaterra.

En ese momento Annie cayó en la cuenta de que era algo que les preocupaba a todos: la posibilidad de convertirse en rey o reina algún día, aunque ella se encontraba demasiado atrás en la línea de sucesión como para que eso la inquietara. Aun así, sin duda era una tremenda responsabilidad, especialmente para los dos hijos mayores de la reina Alexandra. Su propio padre, el rey Frederick, había ascendido al trono casi a la fuerza, después de la abdicación de su hermano. Así que esas cosas ocurrían.

El fin de semana transcurrió muy deprisa. La princesa Victoria se marcharía al día siguiente a Londres, mientras que los demás se quedarían unos cuantos días más, y la reina tenía previsto permanecer allí otra semana. Le pidió a Annie que volviera pronto, ya que ahora ya conocía a todos los miembros de la familia, excepto a algunos primos lejanos que estaban diseminados por Europa, muchos de ellos ocupando los tronos de otras casas reales.

—Eres una auténtica Windsor —le dijo, antes de marcharse.

Todos se despidieron de ella entre abrazos, expresando su deseo de volver a verla pronto. A Annie le quedaba todavía un mes de trabajo en las caballerizas de la reina, y los príncipes George y Albert prometieron ir a visitarla antes de marcharse a la universidad. El príncipe William también le dijo que iría a verla antes de empezar el nuevo curso en Eton.

La reina había sacado a colación el tema de dónde viviría Annie cuando acabara su estancia de aprendizaje en los establos. Le había comentado que, si le interesaba, había apartamentos disponibles en el palacio de Kensington. En principio, Annie tenía intención de volver a Kent para ayudar a Jonathan con los mellizos. No obstante, le dijo a su tía que se lo pensaría. Estaba gratamente sorprendida: nunca se le había ocurrido que pudieran ofrecerle unos aposentos palaciegos.

En el viaje de regreso se sentía mucho más relajada que durante el trayecto de ida, ya que había conseguido sacar el máximo partido a su escaso vestuario. Se había quedado muy impresionada por la elegancia y la sofisticación de la princesa Victoria; era una mujer muy bella y estilosa, llena de vitalidad en todo lo que hacía y que animaba el ambiente allá donde fuera, aunque, a diferencia de su hermana, ella tenía muy pocas responsabilidades; ni siquiera tenía marido e hijos. Durante el fin de semana se había mostrado muy afectuosa con su nueva sobrina, e incluso le había dado algunos consejillos para moverse en aquel mundo. De cara a la galería tenía reputación de ser frívola y juerguista, pero Annie pudo ver que era una persona inteligente y mucho menos superficial de lo que aparentaba. Se trataba simplemente de la opción de vida que había elegido al no casarse. Solía referirse a sí misma en broma como la solterona de la familia, aunque esa no era en absoluto la imagen que Annie se había formado de ella. Era una mujer preciosa, y muy glamurosa.

En cambio, había descubierto que la reina era mucho menos severa y estricta de lo que sugería su imagen pública. Era una esposa y una madre cariñosa, que disfrutaba enormemente del tiempo que pasaba en familia. Incluso había lamentado que el verano estuviera llegando a su fin. En opinión de Annie, había sido un fin de semana estupendo. Le había servido para conocerlos a todos un poco mejor, y podía afirmar sinceramente que le encantaba su nueva familia.

Annie no vio a Anthony hasta la noche siguiente a su llegada. Había regresado del sur de Francia un día más tarde de lo previsto, y se le veía bastante hecho polvo, aunque afirmaba haber pasado unos días fabulosos. Había navegado en el yate de su amigo, había comido en el Club 55, había bailado en todas las discotecas y había ligado con mujeres de diversas nacionalidades; eso no se lo explicó a Annie, aunque era fácil de intuir. Cuando le preguntó por su fin de semana en Balmoral, ella contestó que lo había pasado de maravilla. Él se sonrió al ver su entusiasmo.

—Aquello es más de tu estilo que del mío. A mi padre también le encanta, pero yo siempre lo he encontrado terriblemente aburrido. Demasiado campestre, demasiado ambiente familiar. ¿Cantó la princesa Victoria?

—Todas las noches —contestó Annie sonriendo—, y también organizaron una barbacoa.

Él no le contó demasiados detalles de su estancia en Saint-Tropez, aunque, para gran alivio suyo, una barbacoa familiar no había estado entre sus planes. Sin embargo, Annie lo había pasado en grande. Ambos se encontraban en momentos de su vida muy distintos. A Anthony no le entusiasmaba la idea de pasar un fin de semana en familia, por mucho que se tratara de la mismísima familia real. A él le iban las diversiones más frívolas y mundanas, y no se imaginaba disfrutando de un estilo de vida tan tradicional, aunque sabía que la princesa Victoria era muy parecida a él. Aun así, el inocente entusiasmo de Annie le pareció entrañable.

Cuando Anthony llegó, ella ya estaba muy ocupada trabajando con los caballos. Lord Hatton se enfadó mucho con su hijo por haber regresado un día más tarde, pero Anthony estaba acostumbrado a sus sermones. Ya no le afectaban ni preocupaban lo más mínimo. Llevaba toda su vida soportándolos, y en ellos siempre aparecía la palabra que menos le gustaba en el mundo: responsabilidad.

Annie apenas lo vio durante los días siguientes, y el fin de semana viajó a Kent para celebrar el cumpleaños de los mellizos. Les había prometido que iría, y no se lo habría perdido por nada del mundo. Fueron unos días muy distintos a los que había pasado en Balmoral. Salieron a cenar a un restaurante italiano y luego fueron a la bolera. A uno de sus hermanos le regaló una cámara, y al otro, un estéreo. Los Markham estaban fuera, y les dieron permiso para utilizar la piscina. Annie se pasó horas nadando y jugando con sus hermanos, bajo la afectuosa mirada de su padre. Se sintió muy feliz pasando el fin de semana con ellos. Ahora tenía dos familias: por un lado, la familia real; por otro, aquella en la que se había criado como hija de los empleados de una gran finca. Eran dos mundos completamente distintos, pero aun así se sentía muy a gusto en ambos. Se había adaptado sorprendentemente bien a su nueva vida como sobrina de la reina y como prima del futuro rey de Inglaterra. Ahora era dos personas a la vez: una chica sencilla por crianza y una princesa por nacimiento.

Los chicos le tomaron el pelo cuando fueron a jugar a los bolos y le preguntaron si la reina tenía su propia bolera en el palacio de Buckingham. Ella contestó que no, y Jonathan se echó a reír.

—Si yo fuera rey —se puso a fantasear Blake—, tendría mi

propia bolera, una máquina de pinball, una gramola, un cine privado y un Aston Martin.

—¿Por qué un Aston Martin? —le preguntó Annie con una gran sonrisa, pensando en el Ferrari de Anthony, que le parecía mucho más glamuroso.

Su hermano se la quedó mirando, como si se acabara de caer de un guindo.

—Porque es el coche que conduce James Bond —contestó con gesto altanero, y Annie no pudo evitar reír.

—¡Pues claro! Mira que soy tonta...

Le dio un beso en la mejilla y luego fue a comprar palomitas para todos. Todavía sonreía si pensaba en la imagen de Blake como rey, con su bolera, su pinball, su gramola y su cine privado. Se preguntó si su nuevo primo George también tendría todas esas cosas en su lista. Era más probable que estuvieran en la de Albert, o quizá en la de William. Había algo entrañable y universal en los deseos de los muchachos adolescentes, aunque estuvieran siendo educados para reinar algún día.

14

El mes de septiembre pasó rápidamente para Annie. Le encantaba su trabajo en las caballerizas reales, pero su estancia de aprendizaje duraba solo dos meses y le apenaba ver que estaba llegando a su fin. Anthony, que había estado menos tiempo que ella, se marchó a mediados de septiembre. Iba a empezar a trabajar en una empresa de relaciones públicas en Londres, algo que Annie encontraba muy interesante. Le contó que se encargaría básicamente de organizar fiestas y eventos para personalidades importantes, utilizando sus contactos para introducir en los círculos sociales apropiados a los miembros de las nuevas fortunas empresariales. No daba la impresión de ser un trabajo muy serio, pero parecía divertido y a Anthony le iba que ni pintado.

—Además, pagan muy bien por ese tipo de servicios —le explicó mientras cenaban en su pub favorito la noche antes de que se marchara.

Annie había disfrutado mucho de su amistad durante el último mes y medio, más de lo que se habría esperado. Anthony era una persona más profunda de lo que pretendía aparentar, aunque nunca se ponía el listón muy alto y pasarlo bien seguía constituyendo su máxima prioridad. Aquel parecía un trabajo hecho a su medida, y encima estaba muy bien remunerado. No podía pedir más.

—¿Y tú qué? —le preguntó él—. ¿Qué harás cuando te marches dentro de dos semanas?

—Voy a irme un mes a Australia. Me muero de ganas de conocer el país —dijo ella con aire inocente.

Anthony se la quedó mirando con suspicacia. Era la primera vez que le hablaba de aquello.

—¿Por qué me da a mí que eso no es del todo cierto? ¿Qué te guardas en la manga? Sin duda, algo que ver con caballos. ¿Tal vez carreras amateur? —dijo, con una sonrisa irónica, y ella se echó a reír.

—Me conoces demasiado bien. Pero no se lo cuentes a tu padre, no lo aprobaría. Él y la reina opinan que este tipo de competiciones no merecen la pena. Sin embargo, yo creo que pueden ser una buena experiencia si alguna vez cambian las normas aquí. Podría correr en la Newmarket Town Plate, pero no tengo una buena montura para hacerlo. Así que me marcho a Australia.

—¿Y después?

—No lo sé. Podría volver a casa con mi padre durante un tiempo y echarle una mano en los establos. Se ha hecho daño en una rodilla y le iría muy bien mi ayuda.

—¿Por qué no te compras un buen vestido y te vienes a Londres? Podrías asistir a algunas de las fiestas que organice. Te incluiría en la lista como «Su Alteza Real», y eso impresionaría a mis nuevos y toscos clientes sobre la gente importante a la que conozco.

—No sé si sería muy apropiado —respondió ella, vacilante.

—No te preocupes por eso. De hecho, son gente muy agradable. Y también podría invitar a otros miembros de la realeza. Victoria no dudará en venir a mis fiestas, pero, aparte de ella, no hay mucho más donde elegir. Necesito otra alteza real. Qué diablos, yo te compraré ese vestido —bromeó él—. Algo despampanante y sexy —añadió, deleitándose con la visión, y ella se echó a reír.

—Parecería una niña de diez años que se ha escapado de un burdel. ¿Por qué no puedo ir con mi traje de montar?

—Y a lomos de un caballo, a ser posible. Si te aburres, siempre puedes unirte a un circo.

—Muchas gracias —dijo ella, en tono irónico.

—Tan solo procura no matarte en esas carreras de segunda en Australia. Ten mucho cuidado, Annie. Sé que no lo tendrás, pero estaré muy preocupado por ti.

—No lo creo —comentó ella riendo—. Estarás demasiado ocupado dando fiestas como para pensar en mí.

—Eso no es cierto —respondió él, muy serio—. Pienso mucho en ti. Y también me preocupo por ti. Necesitas a alguien que te cuide.

—No lo necesito —replicó ella con terquedad, alzando el mentón—. Soy más dura de lo que parezco.

—Y también más inocente y vulnerable de lo que te crees. No quiero que nadie se aproveche de ti.

Annie despertaba su instinto protector, algo que resultaba nuevo para él.

—Estaré bien —le tranquilizó ella.

Anthony aún recordaba el pánico que le había invadido cuando pensó que se había matado al caer del caballo en su segunda carrera. Después de aquello, no habían vuelto a competir. Ahora la veía como a su hermana pequeña. Annie se había visto abocada de pronto a un mundo que le resultaba totalmente desconocido, con gente con la que tampoco sabría lidiar. Gente que no dudaría en aprovecharse de ella de mil y una maneras. Anthony estaba muy familiarizado con ese mundo, pero ella no.

—Tan solo ten mucho cuidado —repitió.

Después de la cena, ella entró en la habitación de Anthony por primera vez. Ahora sabía que no tenía nada que temer de él. Anthony era un donjuán y podía tener a su disposición a todas las mujeres que quisiera, pero entre ellos se había forjado una sincera amistad.

Él le sirvió una copita de ginebra y Annie hizo una mueca al probarlo. Anthony tomó whisky de malta, sin hielo, y después de charlar un rato ella se puso en pie con la intención de marcharse.

—Hoy nos ha llegado un caballo nuevo y mañana quiero empezar a ejercitarlo para ver qué sensaciones me da. —Luego añadió—: La verdad es que voy a echar de menos este lugar.

—Deberían contratarte. Eres mejor que todos los entrenadores que tienen aquí —dijo él, y lo decía en serio.

Luego la acompañó hasta la puerta. Ella alzó la mirada y lo miró a los ojos. Parecía tan pequeñita frente a él que, por primera vez, Anthony sintió unos ardientes deseos de besarla, pero no se atrevió. Se produjo un largo e incómodo momento, durante el que ella también sintió algo. Pensó que sería por la ginebra. En cambio, él sabía que no era por el whisky, sino por ella. Sin embargo, también sabía que lo último que necesitaba en esos momentos era implicarse sentimentalmente con una princesa real. Si la relación entre ellos iba más allá, su vida se vería controlada por la reina, por la Corona y por el gabinete, que tendrían que dar su permiso para que pudiera realizar hasta el más mínimo movimiento. Y no podía imaginar nada peor, nada más restrictivo. Le gustaba ser un hombre libre.

Entonces se inclinó hacia Annie y la besó suavemente en la mejilla, con mayor ternura de la que ella habría esperado o de la que él habría pretendido mostrar. Deseaba con toda su alma rodearla entre sus brazos, pero resistió el impulso y ella se alejó por el pasillo, se despidió agitando la mano y entró en su dormitorio.

—¡No! —gritó Anthony para sí mismo cuando cerró la puerta de su habitación—. ¡Jamás! No seas ridículo. Es solo una niña.

Pero ya no era una niña, era una mujer, y había en ella algo irresistiblemente encantador. Se sirvió otro whisky, se tumbó en la cama y se quedó dormido. Se despertó cuando la oyó marcharse a los establos a las seis de la mañana, puntual como un reloj, pero para entonces el momento ya había pasado y volvía a sentirse más como él mismo.

Entonces, partió para Londres para empezar su nuevo trabajo. Dos semanas más tarde, cuando Annie ya estaba preparando el equipaje para marcharse, recibió dos grandes sorpresas: una de lord Hatton y otra de la reina.

La primera fue una oferta para trabajar en las caballerizas reales como ayudante de entrenador. Annie se mostró entusiasmada. Lord Hatton le preguntó cuáles eran sus planes, y ella contestó que se iba de viaje durante unas semanas. Él la invitó a incorporarse al trabajo a su vuelta y le dijo que podría alojarse en las dependencias de los entrenadores. Lord Hatton se alegró mucho cuando ella aceptó el puesto, y le comentó que la reina también estaría muy complacida.

La segunda sorpresa llegó en forma de carta remitida por el secretario privado de la reina. Su Majestad quería que Su Alteza Real fuera la primera en conocer la noticia: el señor Jonathan Baker iba a ser nombrado caballero. La soberana tenía la potestad de conceder algunos títulos nobiliarios a discreción, así como de conferir la dignidad de caballero a ciertos súbditos cuando lo estimaba oportuno. Así pues, por haber devuelto a la princesa Anne Louise a la familia real, movido por los motivos más honorables y sin pedir nada a cambio, la reina proponía nombrar caballero a sir Jonathan Baker a finales de octubre. Aquello emocionó aún más si cabe a Annie, que apenas podía esperar a llegar esa noche a Kent para comunicarle a su padre la noticia en persona. Iba a quedarse con él y los chicos unos días antes de partir hacia Australia, donde permanecería tres semanas para intentar participar en algunas de las carreras amateur abiertas a las mujeres, aunque fuera como sustituta. Siempre había querido ir allí para cumplir su sueño de convertirse en yóquey.

Esa noche, Annie aguardó hasta el final de la cena para contarle la gran noticia. Los chicos, inquietos como siempre, quisieron levantarse antes de la mesa, pero ella les pidió que esperaran. Y cuando por fin le dijo a Jonathan que iba a ser nombrado caballero por la reina, los ojos del hombre se llenaron de lágrimas.

—¿Sir Jonathan? ¿Estás de broma? —Ella le pasó la carta del secretario real—. Pero si yo no he hecho nada. Si al principio, cuando intentaba ponerme en contacto con la casa real, hasta tenía miedo de que me encerraran.

—Tú lo hiciste todo, papá. Encontraste el modo de llegar hasta la reina. Nada de esto habría sucedido si hubieras guardado silencio o si te hubieras amilanado. Ahora, gracias a ti, tengo dos familias y soy una princesa.

Luego le explicó que le habían ofrecido un trabajo en los establos de la reina. Los dos, su padre y ella, habían recibido unas noticias fabulosas. A Annie le iban a pagar por trabajar en lo que más le gustaba, y tampoco tendría que buscar alojamiento en Londres.

—¿Y qué vas a hacer en Australia? —le preguntó Jonathan, siempre preocupado por ella.

—Ah, echar un vistazo por allí —contestó Annie, pero él no la creyó.

—No cometas ninguna tontería.

—No haré nada. Además, volveré a tiempo para tu nombramiento.

Los mellizos también se habían quedado muy impresionados. Y cuando al día siguiente Jonathan se lo explicó a John Markham, la reacción de este fue concederle un ascenso y una subida de sueldo. Como ya era jefe de cuadras, Markham se inventó para él un nuevo y ampuloso cargo, y el aumento salarial también fue considerable. Por su parte, Jonathan le prometió invitarle a la ceremonia.

Mientras Annie estuvo allí, se enteró de que su padre había empezado a salir con la nueva secretaria personal de Annabelle Markham. Sus hermanos le contaron que era una mujer muy guapa y agradable, y Annie se alegró mucho por él. Se lo merecía, después de todo el amor que le había profesado y todo lo que había hecho por ella. Jonathan también iba a llevarla a la ceremonia. Cada vez que pensaba en ello, se le humedecían los ojos por la emoción. Nunca habría imaginado que algo así pudiera ocurrirle a él: ¡iba a ser nombrado caballero!

Después de pasar unos días en Kent, Annie se marchó a Sídney. Al final permaneció allí solo dos semanas, ya que se quedó muy decepcionada con el nivel de las competiciones, mal organizadas y nada profesionales. Participó en un par de ellas, pero en ningún caso le gustó su montura. Las mujeres le parecieron un tanto toscas y los promotores, bastante vulgares. No era para nada lo que había esperado, y se alegró mucho de volver a casa, aunque el país le resultó muy interesante.

A su regreso a Inglaterra, salió a cenar con Anthony. Ese fin de semana iba a organizar uno de sus primeros eventos, cuyo propósito era introducir en los círculos sociales británicos a un conocido magnate estadounidense. Había alquilado una fabulosa mansión en Mayfair, e invitó a Annie a asistir a la fiesta.

—Me siento un poco proxeneta haciendo este tipo de cosas —le reconoció Anthony—. Les gusta ser vistos en compañía de mujeres respetables, pero al final lo que quieren son prostitutas. Soy muy estricto con el tema de las drogas, pero esperan que les consiga todo lo demás. Y son hombres muy poderosos. No aceptan un no por respuesta. En fin..., ¿vendrás? —le preguntó, esperanzado.

—No creo que yo les impresione, Anthony. Y tampoco tengo nada que ponerme.

—Ve a Harrods o a Hardy Amies. Tu tía Victoria siempre compra allí. Te necesito en mi equipo —añadió, casi suplicándole.

—Ya estoy en tu equipo. Pero ¿para qué me necesitas?

—Para impresionarles.

—¿Es que Victoria no estará allí?

—Tiene que asistir a un baile en Venecia. Insisto: te necesito.

—Vale, de acuerdo. —Annie cedió a regañadientes—. ¿Qué tipo de vestido llevo?

—Sexy, ceñido, escueto —contestó él sin vacilar.

—No es para nada mi estilo.

—Muy bien. Pues todo lo sexy que te atrevas.

—Ahora me siento como una fulana —masculló Annie.

—Pues ya somos dos. Yo me siento como un chulo —repuso él, y ella se echó a reír.

Al día siguiente fue a Harrods y compró un sencillo vestido palabra de honor de terciopelo negro, un collar de diamantes falsos que parecían auténticos, unos zapatos de tacón de satén negro y un bolso de mano. La noche de la fiesta se recogió la melena rubia en un moño alto, se puso un poco de maquillaje y, a su llegada a la mansión de Mayfair, presentaba un aspecto majestuoso. Nada más entrar, Anthony la llevó aparte y extrajo un estuche de piel de un cajón. Lo abrió y sacó una hermosa tiara antigua, que colocó sobre la cabeza de Annie mientras ella lo miraba sorprendida.

—La he tomado prestada de Garrard's. Era de la reina Victoria. Ahora sí que pareces una princesa —dijo Anthony, visiblemente complacido.

Annie se quedó estupefacta al mirarse en el espejo.

—Es preciosa.

—No puedes quedártela, pero sí que puedes decir que perteneció a tu trastatarabuela.

Anthony ejerció a la perfección su papel de relaciones públicas, y ella se quedó impresionada al verlo en acción. La fiesta transcurrió sin el menor incidente y su cliente parecía encantado. La prensa estaba allí y tomó una fotografía de Annie con el anfitrión, un magnate petrolero de Texas que acababa de invertir una fortuna en la industria aeronáutica de Inglaterra y que quería entrar por todo lo alto en la sociedad británica. Le habría gustado conocer a la reina, pero Anthony le dijo que eso era imposible y que la mejor elección posible era Su Alteza Real la princesa Anne Louise. El premio de consolación resultó más que suficiente para el texano, quien la invitó a ir a visitarlo a Dallas. Annie estaba deslumbrante esa noche, y parecía una princesa de los pies a la cabeza. Anthony le dio las gracias y la besó en la mejilla cuando, antes de marcharse, ella le devolvió la tiara.

—Has hecho un magnífico trabajo —le felicitó Annie—. Se te da muy bien hacer de chulo.

—Y a usted de princesa, alteza. —Se alegraba mucho de que ahora fueran tan buenos amigos, y ella también—. Te mantendré en mi lista. Y, por cierto, me encanta tu vestido.

—Solo me ha costado cien libras. Como no puedo montar con él, no he querido volverme muy loca derrochando —comentó ella riendo.

En ese momento su cliente lo reclamó, y él se alejó a toda prisa. Cuando salía de la mansión, Annie se sorprendió de lo bien que lo había pasado esa noche. Había sido una velada de lo más glamurosa. Anthony estaba muy guapo con su esmoquin, y a ella le había encantado lucir la tiara. Se había sentido como una auténtica princesa.

Al día siguiente apareció una fotografía de ella y Anthony en los periódicos. A su regreso de Venecia, Victoria vio la foto y la llamó.

—Ten cuidado, querida —la advirtió—. Anthony Hatton es encantador, pero le gusta jugar con las mujeres. No vayas a enamorarte de alguien como él.

Era una mujer de mundo, y conocía bien a los hombres.

—Tranquila. Solo somos amigos. Necesitaba a una princesa para impresionar a su cliente —le explicó a su tía.

—Oh, Dios, si le dejamos acabará prostituyéndonos a todas —comentó riendo—. Yo no pude ir porque estuve en un baile muy divertido en Venecia. Tendrías que venir conmigo alguna vez. Los italianos son tan guapos y sexis... Allí todo el mundo es príncipe de algo. Están todos arruinados, pero son adorables. Y la fiesta fue realmente divina. Se te veía muy guapa en la foto con Anthony, solo que me preocupé un poco al verla.

—Ahora su padre es mi jefe. Acaba de ofrecerme trabajo como ayudante de entrenador en los establos.

—Fantástico.

Charlaron un rato más y luego colgaron. A decir verdad, la llamada de su tía no la sorprendió. Sabía que Anthony tenía fama de playboy en los círculos londinenses, pero era inofensivo y no existía ninguna relación sentimental entre ellos. Eran solo amigos. Y para agradecerle que hubiera asistido a la fiesta, Anthony le envió un ramo de rosas rojas, un detalle muy bonito por su parte.

Después de aquello, Annie centró su atención en la ceremonia en la que Jonathan sería investido caballero. Se celebró en una pequeña sala de recepción del palacio de Buckingham, en un ambiente muy oficial y solemne. La reina en persona posó la espada sobre cada uno de sus hombros para nombrarlo caballero del Imperio británico, y proclamó que a partir de ese momento sería conocido como sir Jonathan Baker. Las lágrimas rodaron por sus mejillas al oír pronunciar las palabras, y Annie también lloró, henchida de orgullo. Los mellizos se habían comprado sus primeros trajes para la ocasión, y Jonathan también llevaba uno nuevo con el que se veía muy elegante y digno. La abuela también estaba allí, mirando muy orgullosa a su hijo. Todo aquello hizo que Annie echara muchísimo de menos a Lucy, quien se habría sentido en el séptimo cielo si hubiera sido testigo de una ceremonia tan monárquica. Los Markham también asistieron, así como la mujer con la que salía Jonathan, que parecía muy enamorada de él y que se mostró muy educada y agradable con Annie. También estaban presentes varios oficiales, el secretario privado de la reina y el lord chambelán de la casa real. Tras celebrar el nombramiento con unas copas de champán, Jonathan invitó a su familia y a los Markham a cenar en Rules, el restaurante más antiguo de Londres. Y luego, a petición de Annie, Anthony lo organizó todo para que pudieran ir a bailar a Annabel's, donde el encargado y los camareros los trataron a cuerpo de rey. A Annie no dejaba de asombrarla cómo había cambiado su vida en tan poco tiempo: el hombre al que consideraba su padre había sido nombrado caballero, y ella era una princesa de sangre azul. Mientras bailaban sonrientes, ella lo llamó «Sir Jonathan», y él la llamó «Su Alteza Real»..., pero lo mejor de todo era que, fueran cuales fuesen sus títulos, ella sabía que para él siempre sería Annie, su hija del alma.

15

A finales de octubre, Annie regresó a las caballerizas reales para empezar a trabajar como ayudante de entrenador. Había pasado unos días en Kent con Jonathan y los chicos, y se había sentido casi como en los viejos tiempos, salvo por la ausencia de Lucy. Seguía echándola mucho de menos.

En su nuevo puesto tenía muchas más responsabilidades que durante su estancia de aprendizaje, y fue asignada a los tres establos siguiendo unos turnos de trabajo rotatorios. Aprendió mucho sobre el programa de crianza, que comentaba con Jonathan siempre que este iba a visitar las cuadras. El proceso de selección y de emparejamiento de los ejemplares resultaba fascinante, y tenía tanto arte como ciencia. Lord Hatton consultaba prácticamente todas las decisiones con la reina.

Annie amaba su trabajo. La absorbía tanto que no tenía tiempo para nada más, pero eso era algo que no le importaba.

En noviembre recibió la invitación de la reina para pasar las Navidades en Sandringham. Eso significaba que, si aceptaba, no podría celebrar las fiestas con Jonathan y los mellizos, pero él lo entendió perfectamente y le dijo que ese año debería estar con la familia real. Le daba pena no poder compartir esas fechas tan señaladas con él y los chicos en Kent, pero también le atraía la idea de celebrar las Navidades con sus tías, su tío, sus primos y su abuela. No sabía quién más estaría allí, pero tenía la impresión de que sería solo la familia. Para esta ocasión tendría que comprarse más ropa, ya que el único vestido decente que tenía era el que había adquirido para la fiesta del magnate texano. Lamentó no tener la tiara para volver a lucirla: había sido el complemento perfecto para su conjunto, y Annie sonrió al recordarlo. Había resultado especialmente apropiado, porque siempre la estaban comparando con su madre y con la reina Victoria, debido a que ambas habían sido también muy bajitas. El resto de la familia era mucho más alta, y parecía haber heredado su constitución de la parte germánica de su linaje. Los hijos de la reina Alexandra eran espigados como su padre, y ella también era bastante alta.

Sandringham estaba en el condado de Norfolk, mucho más cerca de Londres que el castillo de Balmoral, y era donde la familia real solía pasar las Navidades. Annie se tomó un día libre y compró algunos vestidos, la mayoría de color negro o azul marino, y uno de terciopelo rojo oscuro para la Nochevieja. También adquirió regalos para todos. A Jonathan le compró una hermosa serie de libros antiguos encuadernados en cuero, y a los mellizos una máquina de pinball, que fue entregada la mañana del día de Nochebuena. Cuando llamó a casa, su padre le dijo que los chicos se habían puesto como locos y habían invitado a todos sus amigos del colegio para que fueran a jugar.

A la madre de Jonathan, su otra abuela, le había enviado un hermoso abrigo negro. No la veía mucho desde que había empezado a trabajar en los establos de la reina, aunque le escribía siempre que tenía oportunidad. Su nueva asignación le permitió hacer regalos generosos a todos, y le daba pena no poder verlos durante las fiestas, pero sabía que ellos entendían que ahora tenía dos familias y nuevas responsabilidades. Iban a ser sus primeras Navidades reales.

A su llegada a Sandringham le asignaron un hermoso dormitorio, y varios criados subieron sus bolsas y maletas. Les estaba indicando dónde dejarlo todo cuando vio pasar por el pasillo un rostro familiar... Y allí estaba: Anthony, sonriéndole desde el umbral. Entonces recordó que los Hatton solían pasar las fiestas navideñas con la familia real, y le avergonzó no haber traído nada para él. A lord Hatton le había comprado una botella de Dom Pérignon, que le había entregado antes de marcharse de los establos. Aun así, se quedó muy sorprendida al encontrarse a Anthony allí. No se habían visto desde la fiesta para el magnate petrolero, ya que ambos habían estado muy ocupados con sus nuevos trabajos.

—Esperaba verte aquí —dijo él, sonriente, mientras cruzaba la habitación para besarla en la mejilla—. Pensaba llamarte, pero es que mi vida se ha vuelto una completa locura. La empresa de relaciones públicas ha despegado definitivamente, y ahora estoy organizando fiestas todas las semanas para una lista interminable de clientes VIP. Bueno, ¿y tú qué? ¿Mi padre te obliga a trabajar como una mula?

—Sí, y me encanta —repuso ella sonriendo.

—¿Te estás portando bien?

—Pues claro.

Annie no estaba segura de a qué se refería, aunque tampoco tenía tiempo de pensar en ello. Anthony no lo comentó, pero de pronto le pareció más adulta, más sofisticada que cuando la había conocido. Llevaba un traje de lana rojo con una falda elegantemente corta, que formaba parte del vestuario adquirido en Harrods cuando fue a comprar los regalos y que pensó que sería apropiado para Sandringham. Anthony admiró las piernas que dejaba ver su corta falda. Annie era bajita, aunque bien proporcionada. Sin embargo, él nunca se había fijado en sus piernas cuando las llevaba enfundadas en sus pantalones de montar, ni siquiera con el vestido de noche que lució durante la fiesta.

—Si necesitas algo, mi habitación está al final del pasillo —le ofreció, antes de marcharse para revisar su propio equipaje.

Las Navidades en Sandringham eran mucho más formales que los encuentros familiares en Balmoral durante el verano. No se organizaban pícnics ni barbacoas, y el secretario real había llamado a Annie para decirle que las cenas serían de gala. Esa era una de las razones por las que había ido de compras, a fin de estar bien preparada para la ocasión. Había comprado tres vestidos largos de noche, aparte del de terciopelo palabra de honor, que era el único que ya tenía. También había adquirido un kilt, el traje rojo que llevaba, otro de terciopelo negro y un vestido de lana blanco de un diseñador francés, que era el que pensaba lucir el día de Navidad. Ahora contaba con un vestuario bastante completo, que complementó además con algunas faldas y jerséis que se había traído de Kent la última vez que estuvo allí. Como de costumbre, cuando bajó para tomar unos licores de aperitivo antes de cenar, la princesa Victoria llevaba un vestido de cóctel negro de un diseñador francés, muy sexy y elegante, mientras que la reina llevaba un traje de terciopelo negro con falda larga, junto con su habitual collar de perlas, pendientes de diamantes y una tiara preciosa.

En esa primera cena, la de Nochebuena, Anthony se sentó a la mesa junto a Annie. Se inclinó hacia ella y le susurró:

—Debería haber traído la tiara de Garrard's que luciste en la fiesta. Pensaba regalártela para Navidad, pero creo que me la he dejado en casa. —Ella sonrió ante su comentario, recordando lo mucho que le había gustado aquella diadema—. Te sentaba de maravilla. Deberías llevar siempre tiaras.

Durante la cena, Annie le contó lo hermosa que había sido la ceremonia en la que su padre había sido nombrado caballero, y lo mucho que había significado para él. Anthony se sintió conmovido al oírlo. De algún modo, a pesar de todo lo que le había ocurrido en tan poco tiempo, Annie continuaba manteniendo los pies en la tierra y seguía siendo tan franca y natural como siempre.

—Bueno, ¿y a ti cómo te va? —le preguntó ella—. ¿Sigue gustándote tu nuevo empleo?

—Tengo que trabajar como un loco, y algunos de los clientes son bastante idiotas, pero otros son muy majos. Sobre todo los americanos. Conservan una especie de inocencia que resulta hasta tierna. Todos quieren conocer a la reina, e incluso creen que están en su derecho. No entienden cómo funciona la cosa, todo el protocolo y demás. Tendríamos que contratar a una doble, nunca reconocerían la diferencia. —Annie soltó una risita. Era muy divertido estar sentada junto a él. Siempre tenía algo interesante que contar, y siempre la hacía reír—. ¿Y tú cómo te sientes con todo esto? ¿Han empezado ya a agobiarte con cuestiones protocolarias? Sé de buena tinta que Victoria está bastante harta.

—Yo no soy la hermana de la reina —le recordó—. Solo soy su sobrina. A nadie le preocupa lo que yo haga o deje de hacer. No estoy en primera línea. Paso bastante desapercibida y, de momento, me va bien así.

—Hasta que cometas algún desliz y vayan a por ti, si dices algo inapropiado o sales el hombre que no debes.

Esa era la especialidad de Victoria. Siempre se relacionaba con hombres que la reina y el gabinete no aprobaban, o hablaba más de la cuenta y se mostraba crítica con el Gobierno, con el primer ministro e incluso con su hermana.

—No hago nada que puedan reprobarme —dijo Annie con sencillez.

—Ya lo harás algún día —le aseguró él—, y entonces tendrás que pagarlo caro.

Esa era la razón por la que Anthony nunca había querido implicarse sentimentalmente con la princesa Victoria ni con ningún otro miembro de la realeza. No era porque fuera mayor que él; eso no le importaba, y a ella tampoco. Sin embargo, Anthony prefería circunscribir su vida amorosa a las plebeyas: celebridades, debutantes, modelos y actrices, unas aventuras que también despertaban cierto revuelo y que le habían granjeado fama de playboy, tal como Victoria le había advertido a Annie. Pero ella no corría peligro de caer presa de sus encantos: lo conocía demasiado bien, y lo apreciaba como si fuera un hermano.

En la otra silla, al lado de Annie, estaba sentado el príncipe Albert. Su primo le habló de la universidad y de un viaje a Francia para esquiar que tenía planeado para después de las fiestas. Annie lo había visto en la prensa en compañía de la hija de un duque, una chica muy guapa, pero no había ni rastro de ella en la mesa. Nadie llevaba a sus citas a la residencia de la reina por Navidad, ni siquiera sus hijos. Eran unas celebraciones estrictamente para la familia y para los Hatton. El lord estaba sentado junto a la soberana y, en el otro lado, se encontraba su primogénito, el futuro heredero. La reina y lord Hatton siempre estaban hablando de caballos. Ahora estaban enfrascados en una conversación sobre un semental que ella quería comprar para sus servicios de monta. El príncipe consorte estaba sentado junto a su cuñada Victoria y, como de costumbre, ella le estaba haciendo reír con sus historias irreverentes. Victoria sabía sacar lo mejor de él. Los hombres la adoraban.

Al acabar la cena, las damas se levantaron de la mesa y esperaron en el salón a que los caballeros se les unieran poco después. Mientras tomaban café y brandy jugaron a las charadas, y luego a las cartas. A medianoche se retiraron todos a sus aposentos. Siguiendo la tradición, los regalos se intercambiarían al día siguiente, antes de la comida de Navidad, que consistiría en un suntuoso banquete celebrado en el comedor principal.

Cuando Annie entró en su habitación, ardía un fuego en la chimenea. La estancia se sentía cálida y acogedora, y estaba sentada tranquilamente pensando en lo agradable que había sido la velada cuando llamaron con suavidad a la puerta. Se levantó y, al abrir, se quedó muy sorprendida al ver a Anthony con una botella de champán y dos copas.

—¿Un poquito de espumoso antes de dormir? —sugirió.

Annie no estaba muy cansada, de modo que le dejó entrar. Anthony se sentó frente a ella, delante de la chimenea, con las piernas estiradas. Luego llenó las dos copas y le pasó una.

—Me alegro de que estés aquí —le dijo él, con aspecto relajado—. Todo esto es muy serio para mí, demasiado formal, pero pasar las Navidades solo en casa me parecía muy deprimente. Así que dejé que mi padre me convenciera. Y, para serte franco, esperaba que tú también vinieras, aunque no estaba seguro de si pasarías las fiestas en Kent.

—Pensé que este año debía venir.

—Ten cuidado. La vida de la realeza es como una telaraña de la que ya no puedes escapar.

—Haces que suene siniestro —dijo ella, y tomó un sorbo de champán.

—Siniestro no, insidioso. Al cabo de un tiempo, no hay nada que pueda compararse con ello, y te ves atrapado. Como en el caso de Victoria: estoy seguro de que hay montones de sitios en los que preferiría estar, pero aun así sigue aquí.

—Para ella este es su hogar —repuso Annie.

—Si no se anda con cuidado, acabará convertida en una vieja solterona. Los hombres tienen miedo de este mundo, y ella no será joven y bella por siempre. Ya tiene cuarenta y dos años, y no creo que ninguno de los hombres de los que ha estado enamorada hubiese podido soportar esto.

—¿Por qué no?

Annie estaba muy sorprendida. Anthony apuró su copa y se sirvió otra. Ella se preguntó si estaría un poco achispado, aunque no lo parecía.

—Porque, querida, la reina establece las normas para toda la familia. Y también el gabinete, y el primer ministro, y el arzobispo. Y hay que respetar las reglas y las tradiciones que han regido durante cientos de años. No puedes escapar. Es como una especie de prisión. Una prisión de oro, cierto, pero las paredes son muy gruesas y las puertas están cerradas a cal y canto. Y son muy pocos a los que se les permite entrar. Si no tienes cuidado, podría pasarte a ti también. No puedes casarte simplemente con quien tú elijas. Ellos tienen que aprobarlo.

—¿Todavía siguen siendo tan estrictos? —preguntó ella, asombrada, ya que los tiempos habían cambiado y la reina era una mujer joven.

—Lo son —contestó él—. Tú estás muy atrás en la línea de sucesión y tal vez no sean tan duros contigo, pero los pobres George y Albert tendrán que casarse con las mujeres que su madre apruebe. Ya se pueden ir olvidando de bailarinas y gogós.

—Bueno —dijo Annie riendo— por mí no tienen de qué preocuparse. No tengo intención de casarme. Solo quiero convertirme en yóquey algún día, si finalmente relajan las normas y permiten que las mujeres ingresen en el sanctasanctórum de las carreras oficiales.

—No puedes esperar eternamente a que eso ocurra.

—Sí que puedo —replicó ella en tono confiado—. Es mi único objetivo en este momento.

—Pues que Dios asista al comité de competición. Tengo la impresión de que siempre consigues lo que quieres.

—No siempre, pero estoy dispuesta a esperar y ser paciente.

—Seguramente te casarás y tendrás hijos antes de que eso ocurra —dijo él con aire desenfadado.

—No lo creo. No estoy segura de querer nada de eso —respondió ella muy seria—. Desde luego, no fue lo mejor para mi madre —añadió en voz queda, y él la miró con ternura.

—¿Tienes miedo de que eso pueda sucederte a ti también? —le preguntó, y ella asintió.

Era su peor miedo: morir en el parto. Él también tenía sus propios demonios.

—Eso ocurrió hace mucho tiempo, durante la guerra. Probablemente ni siquiera naciste en un hospital —dijo Anthony en tono juicioso, para tranquilizarla.

—No nací en un hospital, pero esas cosas siguen pasando.

—Piensa en la reina Victoria. Ella también era muy menuda, como tú, y tuvo nueve hijos en casa y nunca le pasó nada. Supongo que todos tenemos nuestros miedos. Yo tengo miedo de que la mujer que ame me abandone, del mismo modo que mi madre abandonó a mi padre. Aquello casi acabó con él. Creo que no llegó a recuperarse y que nunca ha amado a otra mujer desde entonces.

Aunque lo cierto era que se había visto a lord Hatton con varias mujeres, y tenía fama de donjuán.

—Es muy extraño cómo las cosas que nos ocurrieron en la infancia nos marcan para siempre —dijo Annie—. Desde que me enteré de lo que le pasó a mi madre, decidí que no quería tener hijos.

Aun así, nunca mostraba el menor miedo cuando montaba a caballo ni tenía ningún reparo en poner en riesgo su seguridad. Lo único que Annie se protegía era el corazón. Al igual que hacían Anthony y su padre.

—Nunca es demasiado tarde para cambiar de opinión sobre lo de tener hijos. Eres muy joven. Siempre estás a tiempo, si te enamoras del hombre adecuado. Sin embargo, resulta más difícil encontrar a una mujer que no se enamore de otro y te abandone —dijo él, expresando sus propios temores.

—Quizá no has conocido a las mujeres adecuadas —dijo Annie.

Anthony se quedó mirando el fuego con aire pensativo. Luego se giró hacia ella.

—Probablemente no. Las que resplandecen como diamantes en la nieve son las más peligrosas. No me fío de ellas, pero resultan de lo más tentadoras. Creo que mi madre era una mujer así. Era la hija de un marqués, una auténtica belleza. Mi padre quedó absolutamente deslumbrado, pero ella lo dejó, como ya sabes.

—El amor parece algo muy complicado —comentó Annie, y él asintió.

—Sí, ¿verdad? Pero no debería serlo. Debería ser algo sencillo entre dos personas buenas y honestas. El problema es que hay muy pocas personas honestas, y las que hay son tremendamente aburridas —dijo, y se echó a reír—. Como tu tía Alexandra. Es una mujer honorable y esencialmente buena, consagrada a sus deberes como reina, pero imagino que vivir con ella debe de ser bastante anodino. Victoria es muchísimo más divertida, pero nunca me fiaría de ella. Sospecho que puede llegar a ser muy maliciosa, incluso perversa. Sus historias amorosas nunca duran mucho, y son siempre con hombres que viven al límite y que no le convienen nada. Cuando haces eso, puedes acabar solo, como ella. —Ahora estaba de un ánimo serio y contemplativo, pero Annie intuía que su análisis era certero—. Quién sabe... Si tus padres hubieran seguido vivos, quizá a estas alturas ella lo habría abandonado a él.

—No sé mucho acerca de mi madre. Nadie quiere hablar de ella, porque les pone muy tristes. Murió tan joven...

—Lo entiendo. Pero hay una cosa de la que sí estoy seguro —dijo Anthony, mirándola muy serio, mientras se deslizaba de su asiento y se sentaba en el suelo, a los pies de ella—. Sé que eres una mujer honesta, Annie, y que no eres aburrida. Es una combinación difícil de encontrar, y siempre lo paso muy bien contigo.

Ella le sonrió con dulzura; se sentía muy a gusto en su compañía.

—Gracias. Yo también lo paso muy bien contigo, salvo la vez que casi me mato echando aquella carrera.

—Dios... —exclamó él, con expresión dolorida—. Pensé

que habías muerto. Nunca he estado tan asustado en toda mi vida.

—Bueno, sobreviví. Tuve mucha suerte.

—Los dos la tuvimos —dijo Anthony.

Entonces se inclinó hacia ella, y lo siguiente que supo Annie era que él la estaba besando, no de forma vehemente o apasionada, sino con sincera ternura. Ella no lo había visto venir, y se quedó muy perpleja.

—¿Qué estás haciendo? —musitó.

Él volvió a besarla, y esta vez ella le devolvió el beso. Nunca se había esperado que él hiciera algo así.

—Besarte —respondió Anthony, sonriéndole. Y luego la besó una vez más—. Cada vez que te veo, siento que algo ocurre en mi interior. Tienes todo lo que busco en una mujer, Annie, pero tengo mucho miedo.

—¿De qué?

—De echar a perder lo que tenemos. De que me abandones algún día. De las normas de la realeza que asfixiarían nuestras vidas. Todo eso me aterra, pero sé que quiero estar contigo algún día, y casarme contigo, y tener hijos contigo. Y no dejaré que mueras al tenerlos, lo prometo —dijo con extrema seriedad.

—No puedes saber si eso me matará —repuso ella, sin poder olvidarse de su madre.

—No quiero que te pase nunca nada malo. Odio la idea de que quieras ser yóquey. Podrías caerte del caballo y romperte el cuello, es mucho más probable que morir dando a luz. Lo que no alcanzo a imaginar es cómo podríamos llegar a conseguir estar juntos. ¿Cómo pasar de lo que somos ahora a convertirnos en una pareja adulta, con hijos, perros y todas las cosas buenas que conlleva el matrimonio? —preguntó con sincera preocupación.

—Tal vez deberíamos esperar hasta que estemos preparados.

Anthony había abierto nuevas puertas y ventanas a un panorama que ella nunca hubiera imaginado, pero que ahora intuía muy hermoso. Mientras el fuego crepitaba en la chimenea, él la rodeó entre sus brazos y la atrajo hacia sí, y ella sintió la calidez de su abrazo y de sus labios en los suyos. Nunca había sentido nada así por ningún hombre... hasta ahora.

—No quiero esperar —susurró él, y luego se apartó ligeramente para mirarla a los ojos—. Y esto no es ninguna artimaña para llevarte a la cama y dejarte al día siguiente. Estoy enamorado de ti. Lo supe desde aquel día en que casi te matas al caer del caballo, solo que no sabía qué hacer con esto que siento. Además, todavía eres demasiado joven para casarte, tal vez lo seamos los dos. Aún me queda mucho para madurar, pero no quiero perderte mientras esperamos. Y desde luego, no quiero perderte por alguna estúpida carrera de caballos.

—No me perderás —aseguró Annie, aunque él sabía que era perfectamente posible que pasara si conseguía su sueño de convertirse en jinete profesional—. ¿Qué vamos a hacer? —añadió con suavidad.

—No lo sé. Pasemos juntos todo el tiempo que podamos. Yo puedo ir a verte a los establos cuando no esté trabajando, y tú puedes ir a Londres.

—¿Debemos contárselo a la gente?

—Al final habrá que hacerlo, pero todavía no. Ya se lo imaginarán. Y habrá un montón de gente que te dirá que soy un calavera y que no deberías tomarme en serio.

—Victoria ya lo ha hecho —comentó Annie riendo—. Cuando vio en los periódicos una fotografía de nosotros en la fiesta del petrolero texano.

—Mira quién fue a hablar... —repuso él, poniendo los ojos en blanco—. Se ha acostado con la mitad de los hombres de Europa. Comparado con ella, yo soy un simple aficionado.

Y hace un tiempo podrían haberme acusado de mujeriego, pero ahora me siento diferente, Annie. Tú eres distinta a todas, y yo soy distinto cuando estoy contigo.

—¿Y cuando no estás conmigo? —preguntó ella, pues no era ajena a su reputación.

—Eso déjamelo a mí. —Entonces volvió a besarla, esta vez con más pasión. Se olvidaron del champán y de todo lo demás. Lo único que él quería era sentir sus labios y su cuerpo entre sus brazos. Ella le daba fuerzas, sabía que era una buena mujer y que podía confiar en ella—. ¿Te escaparías conmigo? —le preguntó cuando se apartó ligeramente para recuperar el aliento.

Ella se quedó pensativa, también con la respiración agitada.

—Tal vez, pero todavía no. Es muy pronto. —Él asintió, sin poner la menor objeción—. No quiero quedarme embarazada, como le pasó a mi madre. No quiero que lo nuestro empiece así, haciendo algo que no está bien y atenazados por el miedo.

—Ahora hay una píldora para no quedarte embarazada. Se puede conseguir en Estados Unidos.

—Ah, ¿sí? —dijo Annie, muy sorprendida. Era tan inocente que nunca había oído hablar de ello—. Pues yo me la tomaría. No quiero hacer nada de lo que podríamos arrepentirnos.

Anthony asintió. Tampoco él quería cometer errores. Quería hacer las cosas bien, por los dos. Para él también era como la primera vez. Desde la fiesta, había estado pensando en ella de esa manera.

—Me gustaría ir contigo a Venecia —dijo—, o a algún lugar de Francia. —Annie asintió, transportada por aquellas imágenes tan sugerentes, y luego dejó que él la llevara a la cama. Anthony se tumbó junto a ella y se limitó a abrazarla—. Te quiero, Annie —dijo con voz serena, y ella tuvo la sensación de no haberse sentido tan segura en toda su vida. Cuando el fuego por fin se apagó y empezó a hacer frío en la habitación, él se levantó a regañadientes y la contempló, con una sonrisa en la cara—. Mi ángel precioso... Aún no puedo creer que hayas llegado a mi vida. No te merezco, pero intentaré estar a tu altura. Te lo prometo.

Ella le sonrió con dulzura, se levantó de la cama y lo siguió hasta la puerta. Él asomó la cabeza para asegurarse de que no había nadie en el pasillo que pudiera verlo volver a su habitación. La besó por última vez. Había sido una noche crucial para ambos. Una noche que cambiaría sus vidas para siempre, si luchaban por ello y nada se interponía en su camino.

—Te quiero —le susurró ella—. Feliz Navidad.

—Feliz Navidad —respondió él, y luego se alejó con paso presuroso por el pasillo y entró en su habitación.

Annie cerró la puerta con suavidad. Se preguntaba qué acabaría pasando entre ellos y si él habría dicho todo aquello en serio. Si así era, ella sería la mujer más feliz del mundo. Aún sonreía cuando se metió en la cama y se acurrucó bajo las mantas.

En su cuarto, Anthony estaba de pie ante la ventana, contemplando cómo la nieve cubría el suelo y pensando en su madre. Esperaba tener más suerte que la que había tenido su padre. Sin embargo, por primera vez en su vida, creía que con Annie tendría una oportunidad de conseguirlo. Él le había abierto su corazón, y rezaba por que no se hubiera equivocado al hacerlo. Era la primera mujer en la que había confiado en toda su vida, y para él, eso era aún más importante que el amor.

16

Todo cambió desde el momento en que Anthony le dijo a Annie que la amaba. Fueron las Navidades más hermosas de su vida. Cuando se encontraron por la mañana en el desayuno, aparentaron que todo seguía como siempre. Se sentaron juntos a la mesa y conversaron con los demás como si no hubiera pasado nada, pero todo su universo se había trastocado de la noche a la mañana. Annie se sentía como si flotara en una nube.

Por descontado, no se olvidó de llamar a Jonathan y a los mellizos para desearles unas felices fiestas.

Por la tarde, Anthony se coló de nuevo en su habitación para besarla, y volvió a hacerlo una vez más cuando subió a cambiarse para la cena. Apenas podía mantener las manos apartadas de Annie, aunque ella no quería cometer ninguna locura y él quería comportarse de forma responsable. Después de la cena, Anthony se quedó en el cuarto de ella y hablaron durante horas sobre su futuro juntos. A Annie le pareció una noche mágica. Se tumbaron abrazados en la cama y se besaron como si no hubiera un mañana, pero no hicieron el amor. Aquello era nuevo para Anthony. Antes, si no podía acostarse con una mujer, perdía todo interés en ella. Pero con Annie todo era diferente, y no quería hacer nada que pudiera lastimarla o ponerla en riesgo.

Lograron que los demás no se enteraran de lo que ocurría

entre ellos siendo discretos y comportándose con naturalidad. Nadie sospechó nada cuando todos se marcharon el día después de Navidad. La reina tenía que regresar al palacio de Buckingham, y Victoria se iba a esquiar con unos amigos a Saint Moritz y después a Cortina. Lord Hatton tenía asuntos que atender, los príncipes debían volver a la universidad y al colegio y el príncipe consorte se iba a cazar a España con el rey. Todos tenían que proseguir con sus vidas y cumplir con sus funciones. Anthony lamentó profundamente que Annie tuviera que volver sola en tren a Newmarket. Él había venido en su Ferrari desde Londres, y no podía dejarlo en Sandringham. Su padre había venido en su propio coche, de modo que no podía llevarse también el de Anthony. Además, tenía que hacer algunas visitas durante el viaje de vuelta, por lo que no pudo ofrecerse a llevar a Annie.

El mayordomo principal acompañó a Annie a la estación, y durante todo el trayecto en tren hasta Newmarket, y luego en el taxi hasta los establos, se sintió como si siguiera viviendo en un sueño. Habían sido las Navidades más mágicas de su vida. Anthony ni siquiera podía llamarla sin despertar sospechas, así que tres días más tarde se presentó en las caballerizas reales para pasar el fin de semana, consciente de que su padre no estaría allí. Fueron a cenar a su pub favorito y al día siguiente salieron a montar por un sendero que estaba enfangado, pero no helado, procurando que los caballos no resbalaran.

—¿Cuándo vas a venir a Londres? —le preguntó Anthony sonriendo.

—Dentro de dos semanas tengo tres días libres. Puedo ir entonces.

—Me va a resultar muy duro sabiendo que estás aquí —dijo él, impaciente por pasar más tiempo con ella—. Te reservaré una habitación en el Ritz —le ofreció, y ella asintió encantada.

Esa noche los demás entrenadores salieron a cenar, y Anthony fue a la habitación de ella y se tumbaron abrazados en la cama.

—¿Cómo puedo conseguir esa píldora de la que me hablaste? —preguntó Annie con timidez, y él sonrió sorprendido. No pensaba que ya estuviera preparada para dar el paso—. No confío en que podamos seguir así mucho más tiempo —añadió con sensatez.

—Me encargaré de ello —le prometió él—. Tengo un amigo americano que me las puede enviar. Allí son más fáciles de conseguir.

Él tampoco quería cometer ninguna estupidez que pudiera arruinarlo todo. Annie le importaba demasiado.

Salió de las dependencias de los entrenadores antes de que los demás regresaran y se fue a dormir a la casa de su padre. Ella fue a verlo allí al día siguiente, y ambos se mostraron bastante prudentes: se prodigaron multitud de besos y caricias, pero sin ir más allá.

Anthony tuvo que marcharse el domingo por la noche, con gran pesar de su corazón, pero Annie le prometió que iría a Londres al cabo de dos semanas. Durante ese tiempo, él no paró de escribirle una serie de cartas breves y divertidas que la hacían reír y en las que le decía lo mucho que la amaba. Aquel constante flujo epistolar hacía que no pudiera dejar de pensar en él, y Annie tenía que obligarse a concentrarse en el trabajo. Cuando pasaron las dos semanas, por fin tomó el tren a Londres. Él la recibió en la estación y la condujo en su coche hasta el Ritz. No tenía intención de pasar la noche con ella; de lo contrario, la habría llevado a su apartamento. Pero al final no pudo separarse de Annie, y ella tampoco quiso que se fuera. Por si acaso, él venía preparado. No quería correr riesgos en su primera vez juntos.

Anthony mostró una gran delicadeza. Sabía que ella era virgen, y quería que le resultara lo menos doloroso posible. Sin embargo, para su sorpresa, Annie se reveló como una amante efusiva y dispuesta, y apenas salieron de la cama en todo el fin de semana. Hacía un tiempo frío y lluvioso, y la suite resultaba cálida y acogedora. Él había llevado las píldoras anticonceptivas que le prometió, pero le advirtió de que tardarían más o menos una semana en hacer efecto, así que fueron con mucho cuidado.

Hicieron el amor, mantuvieron largas conversaciones, pidieron que les subieran la comida a la habitación y salieron a dar algunos paseos por los alrededores del hotel. Para cuando acabó el fin de semana, estaban entregados el uno al otro en cuerpo y alma, y Annie se sentía una mujer completa y realizada.

Tenía la sensación de que, cuando volviera a los establos, todos se darían cuenta del cambio tan profundo que había experimentado, y le costó Dios y ayuda separarse de él cuando la llevó a la estación para que tomara el tren.

—Te amo, nunca lo olvides —le susurró él.

Se despidieron agitando la mano hasta que el tren arrancó. Cuando desapareció en un túnel, Annie se sentó, y durante todo el trayecto hasta Newmarket soñó con el maravilloso fin de semana que acababa de pasar. Esa noche, abandonando toda precaución, Anthony la llamó a los establos. Había un teléfono comunitario en las dependencias de los entrenadores, así que Annie no pudo decir mucho, pero él no paró de repetirle una y otra vez lo mucho que la amaba, y Annie le dijo que ella también.

Le habría gustado hablarle a Jonathan de su historia con Anthony, pero no se atrevió. Y, por increíble que pareciera, consiguieron mantener su relación en secreto durante varios meses. Después de aquella primera vez, cuando Annie iba a Knightsbridge se quedaba siempre en el apartamento de Anthony. Lo visitaba dos fines de semana cada mes. Por la mañana preparaban juntos el desayuno, y por las noches él la llevaba a cenar a sus restaurantes favoritos. De forma casi milagrosa, nunca se cruzaron con ningún conocido, y nunca los pillaron durante aquellos fines de semana.

Desde Navidad, lo único que había hecho Annie era trabajar y verse con Anthony. Era como vivir en una burbuja, hasta que en marzo el secretario de la reina la llamó para invitarla a asistir al Festival de Cheltenham en Gloucestershire. Era un evento hípico de tres días en el que se celebraban varias carreras de resistencia con obstáculos: la Champion Hurdle, la Champion Chase, la World Hurdle y uno de los puntos culminantes de la temporada, la Cheltenham Gold Cup. A Annie la emocionó mucho la invitación. Uno de los caballos de las cuadras reales participaba en la Gold Cup, y el secretario le dijo que si lo deseaba podía llevar con ella a Jonathan. No se atrevió a pedir si Anthony también podría acompañarla, pero sabía que él podría asistir junto a su padre, ya que lord Hatton estaría en el palco real.

Annie había visto a la reina varias veces en los establos, aunque desde la Navidad en Sandringham no había vuelto a coincidir con ella en ningún evento social o familiar. Lord Hatton y los entrenadores la mantenían demasiado ocupada con el trabajo. Conocía bien al caballo que competiría en la Gold Cup, un ejemplar joven al que había ejercitado varias veces. No era uno de los favoritos, pero la reina tenía mucha fe en él y en el yóquey que lo montaría, un jinete que ya había ganado varias carreras importantes para ellos.

En cuanto aceptó la invitación, Annie le comunicó a Anthony que asistiría al certamen, y él le dijo que lo arreglaría con su padre para acudir también. Nadie se extrañaría de su presencia. Ambos querían seguir manteniendo su relación en secreto, ya que, de lo contrario, la reina y el gabinete podrían empezar a interferir, y después lo harían la prensa y la opinión pública. Ninguno de los dos estaba preparado para enfrentarse todavía a tanta presión.

Annie le pidió a Jonathan que la acompañara, y él aceptó

entusiasmado. Cuando por fin llegó el día, la reina y lord Hatton la invitaron al área de preparación antes de la carrera. El caballo parecía tenso, como si presintiera lo que se avecinaba, pero el yóquey estaba tranquilo. Era de la misma estatura que Annie, aunque de constitución fornida, con hombros y brazos fuertes y unas piernas poderosas. Si ganaban, las apuestas estaban veinte a uno.

Cuando Annie volvió al palco real, Anthony ya había llegado. Victoria también estaba allí, vestida con un modelo de lo más glamuroso y acompañada por un joven muy atractivo. Saludó a Annie con un beso en la mejilla, se alegraba de verla. Tía y sobrina habían prometido salir a comer juntas algún día, pero aún no habían conseguido coincidir.

Todos observaron expectantes cuando el caballo arrancó, primero a un ritmo lento y constante, y luego cada vez más y más deprisa. El palco entero parecía contener el aliento, nadie se atrevía a hablar. Entonces, con una poderosa espoleada arremetida con destreza por el yóquey, el caballo alcanzó una velocidad vertiginosa y llegó a la línea de meta con cuatro cuerpos de ventaja sobre su inmediato perseguidor. El palco real estalló de júbilo. Victoria y Annie daban saltitos de alegría, y la reina y lord Hatton se abrazaron. Anthony estrechó calurosamente la mano de su padre y luego se giró hacia Annie y se agarraron de las manos, sonriendo. Su caballo había ganado, aunque las apuestas estaban veinte a uno. Todos habían apostado por él, y obtuvieron unas buenas ganancias. Luego bajaron a felicitar al yóquey, que estaba exultante y totalmente cubierto de fango. La reina lo abrazó y cuando se apartó tenía la cara manchada de barro, lo cual hizo reír a los demás. Sus hijos también habían asistido, y en el palco reinaba un ambiente de lo más alegre y festivo.

Los ojos de Annie seguían brillando de emoción después de la carrera, y lord Hatton no pudo evitar reírse.

—Lo estás saboreando, ¿verdad? —Después de tanto tiempo ya había empezado a tutearla, y podía ver lo mucho que deseaba convertirse en yóquey y participar en competiciones oficiales—. Tranquila, algún día llegará —le aseguró.

—Para entonces ya seré una ancianita —repuso ella, con desánimo.

—Todavía eres muy joven, te queda mucho tiempo.

Annie creyó percibir un gesto de contrariedad en el rostro de Anthony. Había oído la conversación entre ambos, y más tarde, cuando iban en el coche camino del restaurante donde la reina los había invitado a todos para celebrar la victoria, le preguntó en tono preocupado:

—Aún sigues queriendo competir en carreras, ¿no?

—Si puedo, sí. Pero no creo que permitan correr a las mujeres, al menos no en mucho tiempo.

—¿Y si llegan a permitirlo?

—Me gustaría intentarlo —dijo ella, consciente de que no valía la pena discutir por algo que ni siquiera era una posibilidad.

—¿Y si para entonces estamos casados y tenemos hijos? —preguntó él con insistencia.

—Supongo que para entonces ya sería tarde. Por favor, no te preocupes por eso. Nunca va a ocurrir.

—Pero podría ocurrir, y tú podrías caerte y romperte el cuello.

Se le veía nervioso y angustiado. Quería zanjar el asunto de una vez por todas, pero ella no estaba dispuesta. Lo llevaba en la sangre. Ansiaba correr y competir más de lo que pudiera querer a cualquier hombre. Él podía verlo en sus ojos cada vez que el tema salía a relucir.

—Thompson no se ha roto el cuello hoy —dijo ella con voz calmada.

—Pero él lleva corriendo desde hace años, y algún día también podría ocurrirle. No quiero que mi esposa y la madre de mis hijos se mate en una carrera de caballos —replicó él, enfadado; aunque, más que enfadado, tenía miedo por ella.

—Ha sido mi sueño toda la vida —dijo ella, sin perder la calma—. Si tuviera la oportunidad, lo haría. —Siempre había sido honesta con él—. Pero nunca la tendré.

—Espero que así sea.

Anthony no volvió a abrir la boca hasta que llegaron al restaurante, y entonces se relajó. Annie se fijó en que la reina miraba hacia ellos de vez en cuando, y se preguntó si sospecharía algo. Sin embargo, no podría poner ningún reparo. Conocía a Anthony de toda la vida. Su padre era lord Hatton y él era un joven de buena cuna, todo un caballero. Podría objetar que estuvieran teniendo una aventura, pero ambos eran solteros y ya no estaban a principios de siglo, sino en 1967. Además, gracias al amigo neoyorquino de Anthony, Annie estaba tomando la píldora y no corría el riesgo de quedarse embarazada fuera del matrimonio. Tenían intención de casarse algún día, aunque a ninguno de los dos les corría mucha prisa. En esos momentos tenían todo cuanto deseaban. La reina no hizo el menor comentario ni les preguntó nada. Tampoco Victoria, que también estaba allí aquella noche.

En mayo, por su cumpleaños, Anthony la llevó a cenar al Harry's Bar, y luego a bailar a Annabel's, ya que era miembro de ambos clubes. Allí se encontraron con Victoria, que llegó poco después que ellos. Vino acompañada por un americano casado con el que se estaba viendo de forma muy poco discreta, algo que no complacía en absoluto a la reina. Al verlos allí, Victoria se dio cuenta enseguida de lo que había entre ellos. Tras felicitar a Annie por su cumpleaños, hizo que enviaran a su mesa una botella de champán, y, en agradecimiento, ellos alzaron sus copas en dirección a la princesa y su atractivo acompañante. Se trataba de un conocido actor, casado con una actriz también muy famosa, de la que quería divorciarse para estar con Victoria. La historia había salido en todos los tabloides.

Por casualidad, las dos parejas salieron del club al mismo tiempo. Los paparazzi esperaban a la salida para conseguir imágenes de la princesa y el actor, pero al reconocer a Annie y Anthony también les hicieron un montón de fotografías a ellos. Aquello fue un inesperado regalo para los reporteros, y al día siguiente la prensa sensacionalista venía sembrada de fotos de ambas parejas. El titular que aparecía sobre una de las fotografías de Annie y Anthony rezaba: ¿CAMPANAS DE BODA REAL? ¡BUEN TRABAJO, ANTHONY!

Esa misma mañana, la reina llamó a Annie desde el palacio de Buckingham y le preguntó discretamente si los rumores eran ciertos. ¿Tenían intenciones de casarse?

—Estamos saliendo —reconoció Annie, sin nada que ocultar—, pero todavía no tenemos planes de matrimonio. Los dos pensamos que es demasiado pronto —añadió, y era la verdad.

—No tengo la menor objeción, siempre y cuando él haya dejado atrás sus años de vida disipada. Por lo que tengo entendido, le precede cierta fama de playboy, aunque ahora ya tiene edad de sentar cabeza, si es realmente lo que quiere. —Él tenía treinta y un años, y ella acababa de cumplir veintitrés—. Es un hombre encantador y conozco a su familia de toda la vida. Pero si de verdad queréis casaros, no tardéis mucho en hacerlo. No querréis convertiros en carnaza para los tabloides y tener a los paparazzi persiguiéndoos todo el día. Una vez que os caséis, perderán todo el interés. —Annie no quería dar un paso tan importante simplemente para librarse de la prensa sensacionalista, pero la reina lo había dejado muy claro. Era una mujer de valores tradicionales, y la única opción viable era el matrimonio—. Ya tienes edad para ello, querida —concluyó.

Pero a sus veintitrés años Annie no se sentía tan mayor, y, además, aún se estaba habituando a su nueva vida como miembro de la realeza.

Aquel fue el primer sinsabor de aquello que Anthony tanto detestaba: la presión de la Corona.

Cuando él la llamó, Annie le contó su conversación con la reina y él se enojó mucho.

—A esto es a lo que me refería. No quiero que la casa de Windsor nos diga cuándo tenemos que casarnos. Deberíamos hacerlo cuando nosotros queramos. Solo estamos empezando. ¿Qué prisa hay?

—A mí también me gustaría esperar un poco. Me parece que veintitrés años es muy pronto para casarse. Yo diría que la mejor edad es a los veinticinco o a los veintiséis —comentó con aire pensativo.

—Yo también creo que casarse con treinta y un años es muy pronto. Siempre he pensado que la edad ideal para un hombre son los treinta y cinco. Cuando llegue el momento lo sabremos, pero tenemos que decidirlo nosotros. Ahora la reina empezará a presionarnos, y no quiero ni pensar lo que le habrá dicho a Victoria. Seguro que se ha puesto hecha una furia.

Así era, y le había exigido a su hermana que rompiera inmediatamente con el actor antes de que volviera a arruinarse la vida, pero Victoria ya estaba acostumbrada. Llevaba más de dos décadas batallando con su familia sobre con quién debería o no salir, y parecía disfrutar escandalizándolos, a ellos, a la prensa y a la opinión pública. Anthony y Annie no querían formar parte de eso.

Lord Hatton también llamó a Anthony para confirmar los rumores, y cuando este le contó que estaban saliendo juntos, su padre se mostró encantado. Le dijo que no podría haber elegido una chica mejor, y le preguntó cuándo iban a casarse. Esperaba que fuera lo antes posible. Al igual que la reina, opinaba que la manera más rápida de escapar de la presión pública y mediática era formalizando su relación. Pero ni a Anthony ni a Annie les parecía una razón suficientemente válida ni apropiada para casarse.

Jonathan también llamó a Annie para decirle que estaba muy emocionado. Anthony le parecía un hombre estupendo, y la animó a hacer lo que considerara mejor para ellos. Sin embargo, tanto la casa real como lord Hatton les presionaban para que se casaran cuanto antes, lo cual a ambos les parecía muy precipitado. Se negaban a aceptar cualquier tipo de presión, para gran pesar de la reina, aunque ella ya tenía suficientes problemas con su hermana.

Ese verano, Anthony la llevó de vacaciones a Saint-Tropez, donde sufrieron el acoso constante de los paparazzi. Al final tuvieron que buscar refugio en el yate de un amigo y poner rumbo a Cerdeña, donde la cosa tampoco mejoró. La persecución era incesante. Siempre que salían, ya fuera en Londres o en cualquier otra ciudad, incluso para ir al supermercado, acababan apareciendo en todos los tabloides, besándose, sin besarse, cogiéndose de la mano, o incluso una vez discutiendo en el parque. Anthony estaba muy enfadado por la situación.

—No puedo soportar toda esta presión. Y, aunque nos casáramos, continuarían persiguiéndonos a todas partes. Si tenemos un hijo, si te quedas embarazada, si vamos a esquiar... Hagamos lo que hagamos, no dejarán de acosarnos. Lo odio. —Estaba furioso, y a ella tampoco le hacía ninguna gracia todo aquel asunto—. ¿Quieres que nos casemos ahora? —le preguntó directamente—. Haré lo que tú quieras.

Sin embargo, aquello le quitaría todo el encanto. No tenía sentido dar un paso tan importante solo para librarse de la presión de la reina y de la prensa.

—La verdad es que no —dijo ella con franqueza—. ¿Por qué no nos concedemos un tiempo y tomamos la decisión dentro de dos años, cuando haya cumplido los veinticinco? Entonces me sentiré preparada. Tú tendrás treinta y tres. Y que les den a la prensa y a todos los demás.

—Me parece perfecto —convino él—. Dentro de dos años, y entonces daremos el paso. Trato hecho.

Y sellaron el acuerdo con un beso. No parecía una decisión muy romántica, pero era la mejor solución para ambos.

Después de aquello, los reporteros continuaron persiguiéndolos, pero el acoso no fue tan frenético. Sin un anuncio de compromiso oficial ni una fecha de boda, empezaron a perder el interés. Y cuando coincidían con la reina, esta siempre dejaba caer alguna insinuación, aunque estaba mucho más preocupada por su hermana, quien, como de costumbre, parecía disfrutar provocando escándalos.

Annie y Anthony eran felices tal como estaban. Ella se alojaba en el apartamento de él cuando iba a Londres, y él se quedaba en la habitación de ella cuando iba a Newmarket, dado que su historia ya no era ningún secreto. Además, lord Hatton también les dejaba quedarse en su casa con frecuencia. Así que la situación se calmó y pudieron seguir adelante con su relación. Continuaron con sus planes de casarse, o al menos de comprometerse, dentro de dos años, cuando ella tuviera veinticinco. A ambos les parecía la edad ideal.

Para satisfacer sus ansias de competir, lord Hatton convenció a Annie para que ese otoño participara en la Newmarket Town Plate. Era la única carrera para mujeres que se corría según las normas del circuito hípico. Acabó en segundo lugar y se mostró exultante, pero aquello no hizo más que aumentar su avidez, y al año siguiente volvió a inscribirse y quedó la primera.

Poco antes de cumplir los veinticinco años, justo antes de que pudieran empezar a plantearse sus planes de boda, Annie recibió la llamada de un famoso entrenador de Lexington, Kentucky. La invitó a correr para sus cuadras en la Blue Grass Stakes Thoroughbred, que se celebraba en el hipódromo de Keeneland. Competiría contra yoqueis masculinos por un premio de un millón de dólares, en una carrera con apuestas al totalizador. Era la oportunidad con la que había soñado toda su vida. El entrenador le dijo que habían oído hablar de ella y que la habían visto correr en la Newmarket Town Plate, y ahora podría convertirse en la primera mujer yóquey inscrita en la Blue Grass Stakes. Cuando colgó, pensó que el corazón iba a salírsele del pecho. Estaba tan emocionada que casi podía saborearlo. Llevaba esperando ese momento desde hacía años, y sabía que por fin estaba preparada. Había aceptado sin dudarlo, pero ahora tendría que decírselo a Anthony. Confiaba en que se mostrara razonable. Sabía que lord Hatton se alegraría mucho por ella, y Jonathan también.

Esperó a que Anthony viniera el fin de semana a Newmarket para contárselo. Iban a pagarle una fortuna, pero no había aceptado por el dinero, aunque a nadie le amargaba un dulce. Había aceptado porque era su sueño, y porque sabía que tenía que hacerlo. Y esperaba que Anthony lo comprendiera.

No hubo manera de evitar el tema. Él supo que ella escondía algo nada más verla, de modo que, al poco de llegar, Annie le contó lo de la llamada.

—Supongo que has rechazado la oferta, ¿no? —preguntó él, con expresión tensa y mirándola fijamente a los ojos.

—No he podido. Llevo toda mi vida esperando esta oportunidad, y lo sabes. Tengo que hacerlo.

—¿Y arriesgar tu vida compitiendo contra hombres? —exclamó él, horrorizado.

—No voy a morir, Anthony. Y este es mi sueño.

—Creía que tu sueño éramos nosotros, tú y yo. Si te pidiera que rechazaras la oferta, ¿lo harías?

Estaba convirtiendo aquello en una cuestión de poder, poniendo su amor a prueba, lo cual era muy injusto. Annie guardó silencio un momento, y luego negó con la cabeza. Era consciente de que se trataba de un momento crucial en su relación, pero no podía renunciar a aquella carrera por él.

—No puedo. No me pidas que lo haga. No es justo. He querido ser yóquey profesional desde que me subí a un caballo por primera vez.

—¿Y qué hay de nosotros?

—¿Por qué no podemos tener las dos cosas? No voy a competir en carreras toda la vida. Concédeme solo un año. Corren rumores de que el año que viene dejarán participar a las mujeres en el Derbi de Kentucky. Sería el momento culminante de mi vida.

—No quiero estar casado con una yóquey. ¿Qué es lo que quieres, Annie? ¿A mí? ¿A nosotros? ¿O prefieres ser una jinete profesional? No puedes tener las dos cosas.

Sus ojos eran como el acero cuando la miró. Anthony no estaba dispuesto a ceder. Nunca antes había dejado tan clara su postura, pero Annie solo tenía veinticinco años, y no quería dejar escapar aquella oportunidad única en la vida.

—¿Por qué no? ¿Por qué tengo que renunciar a mi sueño para casarme contigo?

—Porque no quiero estar casado con una mujer que estaría poniendo su vida en riesgo cada día, que podría partirse el cuello y quedarse paralítica, solo por sus ansias de competir y ganar. No es algo compatible con el matrimonio ni con tener hijos, y lo sabes.

—Pues esperemos un año. Déjame correr durante un año y luego lo dejaré. Te lo prometo.

Solo lo dejaría después de participar en el Derbi de Kentucky, si los rumores eran ciertos.

—No te creo. Nunca lo dejarás. Lo llevas en la sangre, así que ahora tienes que tomar una decisión —dijo Anthony, con una voz fría como el hielo—. Si vas a Kentucky y corres esa carrera, todo habrá acabado entre nosotros, pero si quieres casarte conmigo, tendrás que renunciar. Una vez que empieces a competir como jinete profesional contra hombres, ya nunca podrás dejarlo. Te conozco.

Annie sabía que tenía razón, y estaba dispuesta a hacer el sacrificio por él, pero todavía no. Primero quería vivir su sueño. Aquella era su gran oportunidad.

Anthony le dirigió una mirada acerada que no dejaba lugar a discusión.

—Cuando hayas tomado la decisión, házmelo saber —concluyó.

Salió dando un portazo de la casa de su padre, donde habían mantenido la discusión. Lord Hatton les había dejado estar allí mientras él estaba en su despacho. Poco después, Annie lo oyó arrancar el coche y alejarse.

Se quedó destrozada por su reacción. Anthony no se había mostrado nada razonable, pero de ningún modo pensaba renunciar a correr esa carrera por él. Era algo demasiado importante para ella, el principio de un nuevo capítulo en su historia personal. Llevaba toda la vida esperando a convertirse en jinete y competir oficialmente en las grandes ligas, no en carreras amateur de segunda categoría. En cambio, solo llevaba dos años y medio esperando a comprometerse y casarse con Anthony. En su mente, no había ni punto de comparación. Annie iba a marcharse a Estados Unidos, y si él no podía soportarlo, entonces no era el hombre para ella. No pensaba renunciar a sus sueños por él. Si la amaba realmente, no le pediría que lo hiciera.

No llamó a Anthony y él tampoco la llamó a ella. Al cabo de tres semanas, Annie tomó el avión con rumbo a Kentucky. Su historia de amor había acabado. Su sueño de convertirse en yóquey significaba demasiado para ella, y no estaba dispuesta a dejar de cumplirlo, ni siquiera por Anthony, a pesar de amarlo con toda su alma. Había esperado que él entendiera lo importante que era para ella, y lo había entendido, por eso la había dejado. Para Annie, la carrera significaba más que su amor por él.

17

La carrera celebrada en junio en Kentucky fue el acontecimiento más emocionante de su vida, y superó todas sus expectativas. El caballo que debía montar era un animal magnífico. Llevaba años oyendo hablar de su criador, pero no lo conocía en persona. Lord Hatton sí lo conocía, y estaba seguro de que asignaría a Annie un ejemplar fabuloso, como así fue. La reina la llamó para desearle buena suerte, y Victoria le envió un telegrama. Jonathan también la telefoneó para decirle que confiaba plenamente en ella, que lo que debía hacer era centrarse en la carrera y no pensar en nada más.

Anthony seguía muy presente en su mente y en su corazón, pero ahora no podía permitirse ninguna distracción. No debía pensar en otra cosa que no fuera la carrera. Ya hablaría con él más adelante para intentar reconciliarse, pero por el momento solo podía visualizar ante ella el circuito que debía recorrer y el caballo que debía montar. Nada más importaba. La semana anterior a la carrera no habló con nadie, salvo con el criador, el entrenador y el propietario. Durante todo ese tiempo se dedicó en cuerpo y alma a entrenar al caballo y a familiarizarse con él.

La víspera de la carrera apenas durmió un par de horas. Se levantó a las cuatro de la mañana, salió a correr un rato para intentar relajarse y se dio una larga ducha con agua caliente.

Luego fue a la cuadra y mantuvo una larga conversación con su caballo. Sabía que podía conducirla a la victoria. Las apuestas estaban treinta a uno en su contra. Nadie pensaba que una mujer pudiera ganar una carrera tan exigente como aquella.

Se trataba sin duda de un momento histórico. Además de Annie, había otra jinete inscrita en la competición, que montaría un caballo que ya había ganado numerosas carreras en Estados Unidos. Era una apuesta más segura y una montura mucho más fiable que la de Annie. El caballo que montaría ella se llamaba Ginger Boy, y nadie estaba seguro de cuál podría ser su rendimiento. Excepto Annie, que confiaba ciegamente en él y sabía que podía ganar.

Mientras lo acariciaba suavemente, le habló:

—Podemos hacerlo, lo sé. Sé que yo puedo y sé que tú también. No dejes que te asusten, Boy. Solo tienes que arrancar seguro y tranquilo.

Más tarde pesaron a Annie, y luego procedió a vestirse con los colores de la cuadra para la que corría. Se aseguró bien el casco y subió a su montura bajo las atentas miradas del propietario y del entrenador. Su blanco y pequeño rostro mostraba una expresión muy seria, y sus ojos azules se veían enormes.

—Buena suerte, alteza —le dijo el propietario, que confiaba en no haberse equivocado al contratarla: se la veía tan delicada, y sus manos parecían tan pequeñas comparadas con el enorme y poderoso animal que montaba...

—Puede llamarme Annie —le respondió ella.

Luego, mientras los dos hombres la observaban, se dirigió hacia la línea de salida y el propietario subió a su palco para ver la carrera. El acontecimiento iba a ser retransmitido por las cadenas deportivas de todo el mundo. Había cámaras dispuestas a lo largo de todo el recorrido, pero Annie no vio nada de aquello mientras se colocaba en la posición de salida, solo la pista que tenía delante y el caballo que montaba. No pensaba en nada más salvo en lo que tenía que hacer.

Empezaron de manera lenta, tal como Annie había previsto. Galoparon a un ritmo constante, cobrando impulso y velocidad a medida que avanzaban. Fueron adelantando a otros caballos, cabalgando como el viento, cada vez más y más rápido, y en la recta final Annie espoleó a Ginger Boy con todas sus fuerzas: sabía lo que necesitaba de él, y él sabía lo que ella quería.

—¡Dalo todo ahora, venga, Boy, tú puedes! ¡Podemos hacerlo!

Galopaba más raudo y veloz que cualquier caballo que hubiera montado en su vida. Annie tenía la sensación de estar avanzando por encima del suelo como a cámara lenta. Solo escuchaba su propia respiración y la de su caballo, cada vez más y más aceleradas. Entonces oyó los gritos de la gente y el rugir de la multitud. Cruzó la línea de meta a una velocidad vertiginosa, sin ser consciente de lo que había a su alrededor ni de dónde estaban los otros caballos. Todos sus sentidos estaban centrados en Ginger Boy. Continuaron al galope un rato más y entonces empezó a refrenarlo, dándole fuertes palmadas en el cuello.

—¡Lo has logrado, Ginger Boy! Estoy muy orgullosa de ti.

Por fin alzó la mirada. No tenía ni idea de en qué puesto habían quedado. Entonces vio a su entrenador corriendo hacia ellos, gritando y agitando las manos. Ella detuvo el caballo hasta que el hombre llegó a su altura.

—¡Lo has conseguido! ¡Oh, Dios mío! ¡Lo has conseguido!

—¿Cómo hemos quedado? —preguntó Annie, mientras el caballo caracoleaba un poco y ella lo conducía fuera de la pista, entre los gritos y vítores de la multitud.

—¿Lo dices en serio? —El entrenador la miró como si acabara de caer del espacio exterior—. Has llegado la primera, con cinco cuerpos de ventaja. Acabas de hacer historia.

Annie bajó de un salto de la silla y el hombre le dio un efusivo abrazo. Luego, completamente aturdida y con las piernas temblorosas, condujo a Ginger Boy hasta el círculo del ganador. Los mozos cogieron las riendas del caballo y se lo llevaron, para que la gente pudiera jalearla y levantarla por los aires. Todas las cámaras apuntaban a su cara, y entonces llegó el propietario y la abrazó, mientras su esposa no paraba de llorar. La otra participante había quedado en octava posición.

—Ha sido lo más hermoso que he visto en mi vida —dijo el dueño del caballo, con las lágrimas corriéndole también por las mejillas.

Annie deseó poder compartir toda su felicidad con Anthony, con Jonathan y con toda la gente a la que quería. Estaba ansiosa por ver la grabación de la carrera, porque en aquel momento había sido como si el tiempo se hubiera detenido, como si solo existieran ella y Ginger Boy y nada más importara en el mundo. Había nacido para ser yóquey. Sabía que había hecho lo correcto viniendo a Kentucky. No podía renunciar a su sueño, y se alegraba de no haberlo hecho. Aquel era su momento, y hubiera deseado que Anthony formara parte de él, pero no había sido posible.

Concedió dos entrevistas para la televisión estadounidense y otra para la BBC, y luego se marchó del hipódromo en el Rolls-Royce del propietario, no sin antes ir a ver a Ginger Boy para despedirse y darle las gracias.

Aún le temblaban las piernas y notaba el corazón desbocado cuando llegó al hotel y vio las repeticiones de la carrera. Recibió llamadas de Jonathan, de la reina y de lord Hatton, y todos le dijeron lo increíble que había estado. Anthony no la llamó, y comprendió que muy probablemente todo había acabado entre ellos. Aun así, por mucho que lo amara, no lamentaba la decisión que había tomado. No había renunciado a su sueño.

Al día siguiente voló de regreso a Londres y, al llegar a los establos de Newmarket, fue recibida como una auténtica heroína.

La reina había enviado un automóvil con chófer para recogerla en el aeropuerto, y al día siguiente fue a verla en persona. Le dio un cariñoso abrazo y le dijo que estaba muy orgullosa de ella. Estaba tan emocionada como la propia Annie, y sabía que Charlotte habría sentido lo mismo por su hija.

—¿Y Anthony? —preguntó la soberana, con expresión preocupada.

—No lo sé —respondió ella en voz queda—. Me dijo que, si corría esa carrera, todo habría acabado entre nosotros. Así que supongo que hemos terminado.

Se la veía muy triste al decirlo, pero no se arrepentía.

—Tal vez acabe cediendo —dijo su tía con delicadeza.

—O tal vez no. Pero llevaba mucho tiempo esperando una oportunidad así. No podía renunciar a mi sueño por él.

—Me alegro de que no lo hicieras —dijo Alexandra con voz serena—. Te habrías arrepentido toda tu vida y habrías estado resentida con él.

El propietario de Ginger Boy había aceptado el trofeo en nombre de Annie, pero nadie podría arrebatarle nunca los récords que había batido como mujer ni la victoria tan impresionante que había conseguido. Había sido una experiencia realmente increíble.

Después de que la reina se marchara, Annie recibió la llamada del propietario de unas cuadras de Virginia. Quería que el próximo año montara uno de sus caballos en el Derbi de Kentucky si, tal como se preveía, las yoqueis femeninas acababan siendo admitidas. Ella aceptó en el acto.

Esa misma noche telefoneó a Jonathan para pedirle que la acompañara si finalmente acababa compitiendo el año que viene en el derbi. En esos momentos se sentía como en una nube, y, aunque el dolor por la pérdida de Anthony seguía clavado en su corazón como una esquirla de vidrio, sabía que ahora no podía rechazar ninguna de aquellas oportunidades. Y tampoco quería: Anthony había estado en lo cierto.

Lo llamó al día siguiente de volver de Kentucky. No lo cogió, y tampoco le devolvió la llamada. Le telefoneó a su despacho, pero le dijeron que estaba reunido, y también esperó en vano a que le devolviera la llamada. Así pues, Annie ya tenía su respuesta. Como mujer, había obtenido una gran victoria en la historia de las competiciones hípicas, pero había perdido a su hombre. Anthony le había dicho que así sería, y no había dado su brazo a torcer. Él sabía lo que quería, y ella también. Annie no podía dejar que él la controlara y la obligara a renunciar a lo que más había deseado en la vida; eso habría sido lo peor que podría pasarle. Al final, el hecho de ser una princesa no había acabado con su relación, pero su sueño de ser yóquey, sí.

Al día siguiente vio una fotografía de Anthony en la prensa, acompañado por una famosa modelo que se enroscaba en torno a él como una serpiente. A Annie le dolió ver aquella fotografía, pero no tanto como le habría dolido no poder competir. No podía consentir que le arrebatara eso, y no lo había permitido. Por lo visto, Anthony había vuelto a su antigua vida. Y ella también. La vida en la que lo único que importaba eran los caballos, y ahora también los triunfos. El dueño de las cuadras que le había pedido que corriera para él en el Derbi de Kentucky voló a Londres para conocerla.

Al cabo de una semana, Annie volvió a ver a Anthony en los periódicos con una chica distinta. Y, poco después, con una estrella de Hollywood que había venido a Londres para promocionar su nueva película. Habían ido a bailar a Annabel's. Aun así, Annie sabía que, de algún modo, la emoción de acostarse supuestamente con todas aquellas mujeres no tenía ni punto de comparación con la que ella había experimentado al ganar la carrera, o con competir en el Derbi de Kentucky el año que viene, tanto si ganaba como si no. Esperaba que Anthony fuera feliz, aunque dudaba que lo fuera. Las suyas eran victorias vacías. Ella continuaba amándolo y echándolo de menos, y habría deseado compartir todo aquello con Anthony, pero ni en un millón de años habría renunciado a su sueño por él. Simplemente, no podía.

Dos semanas después de que Annie volviera de Estados Unidos, lord Hatton la invitó a su casa. La felicitó por su victoria y estuvieron media hora hablando de la carrera. Luego le dijo lo mucho que lamentaba lo ocurrido entre ella y Anthony.

—A mí también me entristece —dijo ella, con aire desdichado—, pero yo no podía renunciar por él. Y él no estaba dispuesto a dar su brazo a torcer. Era o todo o nada.

—Así es a veces la vida —comentó él—. Pero hiciste lo que debías. Hay cosas en las que no puedes ni debes ceder, y esta era una de ellas. Mi hijo es un hombre terco, y en ocasiones estúpido. Todos lo somos, supongo. Tú vales infinitamente más que esas bobaliconas con las que va por ahí, o con las que solía ir. Me da mucha pena ver que ha vuelto a las andadas.

No tanto como le dolía a ella, pero no lo suficiente como para traicionar sus principios.

—A mí también —respondió Annie.

—Acabará arrepintiéndose —sentenció lord Hatton, aunque tampoco servía de mucho consuelo.

—Tal vez no. Tal vez lo nuestro no tenía ningún futuro.

—¿Qué prefieres ser? ¿Una de las jinetes más famosas de la historia, la primera mujer en ganar una carrera tan importante, o la esposa de Anthony, después de renunciar a todo eso?

—Quiero las dos cosas —dijo ella con franqueza.

—El mundo no siempre funciona así.

—Supongo que no.

Al mes siguiente, en julio, Annie voló a Virginia para conocer a Aswan, el caballo con el que esperaba correr el próximo año en el Derbi de Kentucky, aunque aún no era seguro. Cenó con el propietario de las cuadras, y hablaron sobre la carrera y sobre la historia del caballo. Se trataba de una elección interesante: había ganado varias carreras importantes, pero en otras había tenido unos resultados bastante irregulares.

—A mi chico le gustará el derbi —dijo el propietario, sonriendo a Annie.

—A mí también, señor MacPherson —respondió ella, sonriéndole a su vez.

Antes de regresar a Inglaterra, tuvo la oportunidad de montar al caballo y familiarizarse con él. Era un animal increíble. Respondía al menor toque, a las órdenes de voz y casi a su proceso mental, como si le leyera el pensamiento. La competición sería muy dura y exigente. Antes de la carrera, Annie entrenaría a fondo con él y analizaría las características de los otros competidores. Habló con lord Hatton, quien le dio algunos valiosos consejos sobre Aswan. Nunca había visto al animal, pero conocía su linaje, así como al entrenador y al propietario.

A su regreso, Annie estuvo dos semanas en Kent con Jonathan y los chicos, y luego pasó el mes de agosto en Balmoral con la familia real. Fue una estancia apacible y relajada, con barbacoas, pícnics y cenas informales. Los príncipes George, Albert y William estaban hechos ya unos hombrecitos, y Annie se sentía como en casa con todos ellos.

Había oído que Anthony estaba pasando el mes en Saint-Tropez, pero trataba de no pensar en él. Aún sentía una dolorosa punzada en el corazón cuando alguien decía su nombre.

La reina volvió a sacar a colación su espectacular triunfo de hacía dos meses en Kentucky.

—Tu madre habría estado muy orgullosa de ti, y también se habría muerto de envidia —le dijo, y Annie se echó a reír—. Charlotte habría dado lo que fuera por hacer lo que hiciste tú. Todos nos sentimos muy orgullosos de ti, Annie.

—Gracias, señora —contestó ella respetuosamente.

—Lord Hatton y yo tenemos una proposición que hacerte. ¿Te interesaría participar el próximo mes de junio en la Gold Cup Race, en el Royal Meeting de Ascot? Estaríamos muy honrados de que corrieras para nosotros. Nos gustaría que montaras a Starlight. —Se trataba de un hermoso caballo blanco, pero era muy joven y no había participado en muchas competiciones—. No parece la elección más obvia, pero creemos que está preparado para una gran carrera y que podría quedar en muy buena posición. Y si alguien puede conseguirlo, ya has demostrado que esa eres tú. ¿Lo harías? —le preguntó la reina, y Annie la miró con expresión de asombro.

—¿Lo dice en serio, señora? Para mí sería todo un honor. Me gustaría empezar a trabajar con él cuanto antes, ya que no lo he ejercitado mucho.

Le encantaba la idea de competir en su propio territorio, en Inglaterra, y con uno de sus caballos. Y, además, corriendo para su tía, la reina. No se podía pedir más. Annie también pensaba que el caballo estaba preparado, y como formaba parte de las cuadras de lord Hatton en Newmarket, podría trabajar con él siempre que quisiera. El Derbi de Kentucky era en mayo, y la carrera de Ascot en junio, así que podría correr en las dos.

La Gold Cup era el punto culminante del gran certamen hípico de cuatro días que se celebraba en el hipódromo de Ascot. Con su recorrido de algo más de cuatro kilómetros, era la carrera sin obstáculos más larga de la temporada, y una auténtica prueba de resistencia tanto para caballo como para jinete. Annie no podía concebir nada más emocionante que correr la Gold Cup en nombre de la reina. El hipódromo de

Ascot se encontraba en el condado de Berkshire, a menos de diez kilómetros del castillo de Windsor, así que imaginaba que la familia real asistiría al completo. Annie estaba tan entusiasmada por la proposición de la reina que apenas podía hablar, solo sonreír con expresión radiante. Y la soberana estaba igualmente encantada de que hubiera aceptado.

Esa noche la llamó su tía Victoria desde el sur de Francia. Se esperaba que llegara a Balmoral en los próximos días.

—Bueno, querida, sin duda estás confiriendo gran dignidad a nuestra familia. No podría estar más orgullosa de ti. George me llamó a medianoche el día que ganaste la carrera en Kentucky. Se quedó despierto toda la noche para verte. De hecho, media Inglaterra estuvo pegada al televisor. Y gracias a ti gané mil libras en una apuesta. Cuando vayas a Londres, te invitaré a cenar con mis ganancias.

—La tía Alexandra acaba de pedirme que corra la Gold Cup de Ascot el año que viene.

—¡Eso es fantástico! —exclamó Victoria, entusiasmada.

Luego pareció titubear un instante; sabía que iba a tocar un tema delicado, pero al final decidió decírselo.

—La otra noche vi a Anthony en una fiesta.

—¿Cómo está? —preguntó Annie tratando de adoptar un tono neutro, aunque no lo consiguió.

Seguía doliéndole terriblemente, y Victoria se lo notó en la voz. Sin embargo, tampoco quería ocultárselo, por si Annie se enteraba por otras personas.

—La verdad es que está fatal. Tiene un aspecto horrible. Da la impresión de que lleva borracho desde que te marchaste a Kentucky. Ya lo había visto antes otras veces. Creo que lo han echado del trabajo, pero no estoy segura. Él no me lo dijo, me lo contó alguien. Ya sabes cómo es Londres, un hervidero de cotilleos. No me habló de ti, pero sospecho que te echa muchísimo de menos. Estaría loco si no lo hiciera, aunque imagino que es demasiado orgulloso para reconocerlo.

—Lo llamé algunas veces, pero no me cogió el teléfono ni me devolvió las llamadas. Supongo que es mejor así, ya no tenemos mucho que decirnos. Hice exactamente lo que él me prohibió que hiciera.

—Decir «Lo siento, fui un idiota» siempre sirve de ayuda, pero ellos nunca dirán algo así, ¿verdad, querida? Se atrincheran en sus posiciones y luego salen de ahí hechos polvo. Anthony iba con una mujer horrible. Daba la impresión de que quería matarla, y tal vez debería hacerlo y acabar en prisión. Sería un castigo justo por abandonarte. Al menos tendría que haberte pedido disculpas.

—Fue una cuestión de orgullo por parte de los dos —dijo Annie con voz apagada.

Para entonces llevaban ya tres meses separados, en lugar de, como habían planeado, estar comprometidos. Y ella tenía programadas dos grandes carreras para el próximo año, algo que él no toleraría.

—Siempre es así con los hombres, querida. Siempre es así. En fin, como suele decirse, nos vemos en las carreras. Me alegro de que Alexandra te haya pedido que corras para nosotros. Deberías aceptar, en lugar de seguir ganando para los americanos. Danos un poco de esa magia tuya.

A Annie le encantaba charlar con Victoria, y también le gustaba oír hablar de Anthony, aunque le doliera saber que era infeliz y que seguramente continuara odiándola por haber antepuesto sus sueños a todo lo demás. Annie dudaba de que quisiera seguir compitiendo toda la vida, pero al menos quería probarlo durante un tiempo. Ahora se encontraba en una posición ideal y podía elegir las carreras que quería correr. No había esperado que todo ocurriera tan deprisa. Nadie se lo había esperado, pero Anthony sí que lo había vaticinado.

Después de colgar, se tumbó en la cama sin poder dejar de pensar en él. Se preguntó si sería tan desdichado como Victoria había dicho, o si seguiría pensando que había hecho lo correcto al pedirle que renunciara a sus sueños. Seguramente nunca admitiría ante nadie que pudiera estar equivocado, y dudaba bastante de que volviera a hablar con ella, al menos no en mucho tiempo. De forma inevitable, sus caminos volverían a cruzarse en algún momento. Habían estado juntos casi tres años, pero al final eso no significaba nada, y mucho menos ahora. Todo lo que habían compartido estaba muerto y enterrado. Él ya no quería nada con ella. Ni siquiera la había felicitado por su victoria en Kentucky. Anthony ya era historia pasada en su vida.

A finales de agosto, regresó a Newmarket y empezó a entrenar a Starlight para la Gold Cup que se celebraría en Ascot dentro de nueve meses. Además, había recibido la confirmación de que también podría competir en el Derbi de Kentucky en mayo del próximo año, y tenía previsto pasar los meses de marzo y abril en Virginia, entrenando a Aswan.

Durante los seis meses siguientes estuvo muy enfrascada en sus tareas en los establos de lord Hatton, al tiempo que entrenaba diligentemente con Starlight y se preparaba para la carrera de Ascot. Le alegró descubrir que se trataba de un caballo a la vez enérgico y receptivo, con el que resultaba fácil trabajar. En cuestión de un mes ya se sentía en total armonía con el animal. Era capaz de dirigirlo con el más leve toque, y cuando le daba rienda suelta cabalgaba sobre el terreno a gran velocidad, con paso firme y seguro. Contaba a su favor con un buen tamaño y una extraordinaria fuerza, y aunque le faltaba madurez y experiencia, Annie intuía que algún día llegaría a ser un gran caballo de carreras. Lo que debía hacer era conseguir que se adaptara cuanto antes a un ritmo de entrenamiento del que carecía antes de empezar a trabajar con él.

De vez en cuando, lord Hatton se acercaba al campo donde Annie entrenaba a su montura. Los observaba durante un rato y le preguntaba por su evolución. Starlight se había transformado en un animal completamente distinto. Annie tenía una singular conexión casi telepática con los caballos con los que trabajaba, y lord Hatton estaba impresionado con los resultados que conseguía. Starlight era un caballo impredecible, y a veces sus progresos eran irregulares, pero la joven conseguía sacar de él lo que nadie había logrado con anterioridad. El enorme animal confiaba ciegamente en ella.

Annie pasó la Navidad en Sandringham con la familia real, y el Año Nuevo con Jonathan y los chicos, en Kent.

En marzo, Jonathan la acompañó a Virginia y permaneció a su lado mientras entrenaba a Aswan para la carrera. Había sido un año muy arduo para ella. Había estado totalmente consagrada al trabajo, y sus destrezas como amazona habían alcanzado un altísimo nivel.

Jonathan también estuvo presente cuando Annie quedó segunda en el Derbi de Kentucky. Fue un triunfo personal extraordinario, y encabezó los titulares de la prensa de todo el mundo. A su regreso a Londres fue recibida como una auténtica heroína, y dos semanas después celebró su cumpleaños junto a la familia real en el castillo de Windsor. Acababa de cumplir veintiséis años.

Hacía justo un año de su ruptura con Anthony, por lo que se quedó muy sorprendida cuando él le envió una nota para felicitarla por su heroica participación en el derbi y para desearle un feliz cumpleaños. Ella le escribió para darle las gracias. Sus caminos habían vuelto a cruzarse después de un año, pero ahora estaba demasiado concentrada entrenándose para participar en Ascot.

Se quedó en el castillo de Windsor hasta el mes de junio, y el día antes de la carrera dejó que Starlight descansara, para que estuviera fresco y preparado para competir en el gran evento. Estaba muy nervioso y excitado cuando dos mozos y uno de los entrenadores lo llevaron a su cuadra en el hipódromo, y Annie lo sacó para ejercitarlo un poco. Por la noche, volvió para ver cómo estaba y le habló para tranquilizarlo.

La mañana de la carrera, Starlight parecía muy ansioso. Se notaba que se moría de ganas por correr.

El séquito real llegó en unos hermosos landós tirados por caballos, y desfiló por la pista delante de la multitud.

La familia al completo entró en el palco real. Habían venido todos: la reina y el príncipe consorte Edward, la princesa Victoria y los tres hijos de Alexandra, que habían faltado a sus clases para asistir a la carrera. También estaban allí los Markham y Jonathan, que había venido acompañado de los mellizos y de Penny, la mujer con la que llevaba saliendo desde hacía un tiempo. Lord Hatton estaba sentado junto a la reina, y cuando Annie miró con sus binoculares hacia el palco, el corazón le dio un vuelco al ver a Anthony, que estaba de pie junto a la tribuna. Supuso que había venido por su padre, pero sintió una extraña sensación al verlo allí, y se preguntó si volverían a encontrarse en persona después de la carrera. Esperaba que no fuera así, y ahora lamentaba haberlo visto. Observó que se sentaba entre Victoria y el príncipe William, que daba saltitos nerviosos en su asiento por la emoción. Annie sonrió al verlo. Acababa de cumplir dieciséis años, y había venido desde Eton. Sus hermanos mayores ya tenían diecinueve y veinte años.

Se trataba de un gran acontecimiento deportivo y social, una de las carreras más importantes del calendario hípico internacional. Nunca pensó que llegaría el día en que pudiera competir en un evento de tal magnitud. No solo era la única mujer que correría ese día, sino también la primera yóquey femenina en participar. Había muy pocas mujeres preparadas para dar el salto al circuito de competición oficial, pero, después del precedente del Derbi de Kentucky, la reina había decidido dar ejemplo también en Inglaterra. Annie había sido una de las dos únicas participantes en la Blue Grass Stakes y en el derbi, y sabía que en el futuro otras seguirían su estela, aunque también tenía claro que no serían muchas.

Dejó que Starlight caminara un poco al paso, pero estaba demasiado ansioso para darle mucha rienda. Le habló con suavidad para tranquilizarlo, y entonces llegó el momento de dirigirse hacia la salida. Annie llevaba los colores de las cuadras reales: púrpura con galones dorados, mangas escarlatas y casco de terciopelo negro con ribete dorado. Lucir aquel uniforme era el mayor honor de toda su vida. Estaba satisfecha con el orden que le había tocado en la línea de salida, y mientras trotaban hacia su puesto evitó mirar a su alrededor en busca de rostros familiares. Su mente y sus ojos estaban concentrados únicamente en Starlight. Le dijo algunas palabras de aliento mientras esperaban a que llegara el momento, y entonces arrancó la carrera.

Annie dejó que cogiera gran velocidad desde el principio, porque ya lo conocía bien y sabía que así era como le gustaba correr. Empezó con mucha fuerza y luego estabilizó su paso, mientras ella controlaba su galope a un ritmo estable, y luego lo espoleó para que aumentara la velocidad, llevándolo cada vez más y más al límite, utilizando su potencia y su tamaño para cobrar impulso, y entonces, aprovechando la confianza que el animal tenía en ella, lo forzó a ir a un ritmo casi demencial. Sus patas golpeaban contra la tierra cada vez más y más fuerte, más y más rápido, hasta que sus cascos apenas parecían tocar el suelo. A cualquiera que se le hubiera preguntado habría dicho que el caballo volaba sobre la pista, y entonces enfilaron la recta final. Starlight continuaba avanzando y Annie veía a los otros quedar atrás, y entonces le pidió un último y definitivo esfuerzo y, en un arranque final de locura y agonía, cruzaron la línea de meta en solitario. Siguieron cabalgando hasta que por fin pudo refrenar al animal sin riesgo de que resultara lesionado, y luego le hizo dar la vuelta y miró hacia el palco real con una gran sonrisa. Lo habían conseguido. Starlight lo había conseguido por sus propietarios, por su reina y por su yóquey.

Esta vez no tenía la menor duda: habían acabado en primer lugar. Y, entonces, anunciaron por megafonía al vencedor: Starlight, propiedad de Su Majestad la reina Alexandra, montado por su sobrina, Su Alteza Real la princesa Anne Louise Windsor. Para Annie fue el momento de mayor orgullo de toda su vida, y también uno de los momentos más gloriosos para la soberana. Podía verlos dando saltos de alegría en el palco real, y casi podía oír sus gritos. El rugido ensordecedor de la multitud puso muy nervioso a Starlight, pero Annie logró mantenerlo bajo control. Su Majestad y lord Hatton bajaron a la pista para aceptar el trofeo junto a ella, y la reina le dio unas palmadas cariñosas en el brazo para agradecerle su esfuerzo. Ambas estaban llorando sin siquiera ser conscientes de ello.

—Qué carrera tan maravillosa has hecho, Annie —la felicitó Alexandra, llena de júbilo.

—Todo lo ha hecho Starlight —repuso ella con modestia.

Lord Hatton sonreía exultante, y también le dio las gracias. Luego Annie condujo al caballo hasta su cuadra y se quedó un rato con él, hasta que empezó a calmarse. Entonces lo dejó con los mozos y el entrenador, y se encaminó hacia el palco real para reunirse con su familia. Aún se sentía aturdida y notaba las piernas temblorosas. Ni siquiera se molestó en asearse un poco. Estaba manchada de barro, con salpicaduras en la cara y por todo el casco. Y en ese momento vio a Anthony que caminaba directamente hacia ella. Annie se paró en seco, sin saber qué decir.

—¡Has estado fantástica! —exclamó él, y la estrechó entre sus brazos sin importarle el barro que la cubría casi por completo, aún húmedo de la carrera.

—Estoy muy sucia, no...

Entonces él la besó antes de que pudiera seguir hablando, y Annie se acordó de aquella primera vez en Sandringham, cuando él la sorprendió diciéndole que la amaba. Cuando Anthony por fin se apartó, Annie sintió que le faltaba el aliento, aún más que tras acabar la carrera, y estaba igual de sorprendida que la primera vez que la besó.

—Siento haber sido tan necio. Me habría gustado decírtelo antes de la carrera, pero no quería alterarte. Por Dios, has estado increíble... Apenas se te podía ver volando sobre la pista.

Él no paraba de sonreírle, mientras ella lo miraba con estupor.

—¿Por qué has venido? —le preguntó. Notaba las piernas aún más temblorosas.

Había supuesto que había asistido por su padre.

—¿Tú qué crees? Pues para decirte que te amo y que lo siento mucho. Que yo estaba equivocado y tú tenías razón. Has nacido para esto, Annie, y fui un idiota al tratar de impedírtelo. Gracias a Dios que no me escuchaste. Tenías que cumplir este maravilloso sueño, y si tenemos que esperar diez años para tener hijos, esperaremos.

—Solo te pedí un año, no diez —dijo ella con dulzura—. Y ya he hecho lo que quería. Esta carrera era mi sueño, correr aquí, por Inglaterra y por la reina. Y no tengo intención de seguir compitiendo para siempre, te lo prometo.

Él la interrumpió besándola de nuevo.

—No hagas promesas que no puedas cumplir. Eres la mejor yóquey que he visto en mi vida, y mi padre opina lo mismo. Y pensar que casi provoco que te mates corriendo aquella estúpida carrera... Suerte que no te pasó nada.

Ella se echó a reír, y entonces enlazó su brazo con el de Anthony y echaron a andar hacia el palco real, para reunirse con los demás.

—¿Por qué no me devolviste las llamadas? —le preguntó Annie mientras caminaban por la pista.

—Porque estaba emperrado en tener razón, aun sabiendo que no la tenía. Por cierto, me echaron del trabajo. Estuve borracho tres semanas y fastidié todos los eventos. Ahora quiero trabajar con mi padre y ayudarle en los establos. Es el lugar al que pertenezco, y tú también —le dijo con ternura, y luego la hizo detenerse un momento antes de llegar con los demás—. ¿Te casarás conmigo, Annie, aunque haya sido tan estúpido?

—Sí —respondió ella, en voz tan baja que solo él pudo oírla.

—¿Tendré que pedírselo a tu tía?

—Probablemente. Y al primer ministro, y al gabinete, y al lord chambelán, y a un millón de personas más... Y a mi padre.

Ambos se echaron a reír, y luego subieron las escaleras en dirección al palco real, donde todos seguían celebrando la victoria entre risas y felicitaciones. La reina sonrió al verlos. La situación había mejorado inmensamente en cuestión de minutos, y no estaba segura de si Annie sonreía porque había ganado la carrera o porque Anthony acababa de besarla. Alexandra los había visto a través de los binoculares, y estaba encantada.

—Tengo que hacerle una pregunta más tarde, señora —dijo él en voz baja, y ella esbozó una gran sonrisa.

—La respuesta es sí —dijo la reina, y él no pudo contenerse de darle un abrazo.

—Gracias, señora.

Se quedaron una media hora más y después se marcharon. Esa noche lo celebrarían por todo lo alto con una gran cena en el castillo de Windsor. Annie salió del palco rodeando con los brazos a sus dos hermanos, seguidos por los tres jóvenes príncipes. Todavía llevaba la cara manchada de barro, pero nunca había parecido tan feliz. Cuando los demás ya habían entrado en la furgoneta que la reina había puesto a su disposición, Anthony la paró un momento y volvió a besarla.

—Eres una jinete prodigiosa —le dijo, lleno de profunda admiración—. Gracias a Dios que no permitiste que te obligara a renunciar a tu sueño. Siento mucho haberlo hecho.

—Ahora ya no importa. No te hice caso. No podría haberlo hecho, pero te amo y siempre te he amado. No he dejado de quererte en todo este año —dijo, aunque se le había hecho muy largo y doloroso sin él.

—Espero que nuestros hijos lleguen a montar algún día como tú. Hoy has hecho historia, Annie.

Y ambos sabían que volvería a hacerla. Posiblemente muchas veces, hasta que algún día se retirara, pero siempre le quedaría el recuerdo de todo lo que había conseguido. Nadie podría arrebatárselo nunca. Anthony lo sabía mejor que nadie. Este momento, este día y esta gran hazaña le pertenecían solo a ella, y con todo merecimiento.

—¿Vais a entrar o nos vamos a morir de viejos aquí esperando? —les gritó Victoria desde el interior de la furgoneta.

—Perdón —se disculpó Anthony.

Ayudó a Annie a subir y luego entró detrás de ella. Salieron para el castillo de Windsor, mientras todos reían y hablaban sobre la gloriosa y memorable jornada que habían vivido.

18

Jonathan y Annie esperaban en una pequeña sala de la iglesia anglicana de St. Margaret, construida en el siglo XI y emplazada en los terrenos de la abadía de Westminster, cerca del Parlamento británico. Ella había elegido para la ocasión un sencillo vestido de encaje blanco, con mangas largas y una diminuta cintura, que la hacía parecer más que nunca un hada de cuento. Llevaba velo y una larga cola que se extendía tras ella mientras aguardaba nerviosamente junto a su padre a que sonara la música para enfilar el pasillo en dirección al altar.

El secretario privado de la reina, sir Malcolm Harding, se presentó en la sala con un estuche de piel de aspecto antiguo. Se lo tendió a Annie y ella se lo quedó mirando, sorprendida. Esa misma mañana, la reina madre le había regalado un collar de perlas de doble vuelta y le explicó que había sido un obsequio de su abuela, la reina Alexandra, el día de su boda. La propia soberana le había entregado un broche de Carl Fabergé con forma de corazón, incrustado con perlas y diamantes sobre una base esmaltada de color rosa claro. Le dijo que lo había lucido en su boda y que, como no tenía hijas, quería que ahora lo tuviera la hija de su hermana. Con todo, lo más significativo para Annie fue llevar la pulsera con el corazón dorado que había pertenecido a su madre, la princesa Charlotte, y que a ella le había regalado su hermana Alexandra.

—¿Quién lo envía? —le preguntó a sir Malcolm mientras cogía el estuche de piel, y el secretario sonrió.

—Su futuro marido, alteza. Quería que la tuviera antes de la ceremonia. —Annie abrió el estuche con manos presurosas y no pudo evitar sonreír al ver lo que contenía: era la tiara que Anthony había pedido prestada para ella en Garrard's, la que el príncipe Albert le había regalado a su esposa, la reina Victoria. La suya había sido una de las más grandes historias de amor de la monarquía británica—. El señor Hatton confía en que pueda lucirla sobre el velo. Es su regalo de bodas, alteza.

La tiara encajaba a la perfección, y tenía la proporción justa, como si hubiera sido hecha expresamente para ella. A Annie le había fascinado desde el momento en que la vio. No había podido olvidarse de aquella maravillosa joya, y al parecer Anthony tampoco. Ahora había vuelto por fin al lugar que le correspondía: la cabeza de la trastataranieta de la reina Victoria.

Sir Malcolm cogió el estuche y se marchó. Luego Annie miró al hombre que había sido su padre durante la mayor parte de su vida.

—No pareces una princesa, pareces una reina —le dijo Jonathan, sobrecogido ante tan hermosa visión.

Annie había decidido no llevar damas de honor. Serían solo ella y su padre, que la acompañaría hasta el altar de la pequeña capilla.

—Te quiero, papá —susurró ella.

—Yo también te quiero, Annie.

En ese momento empezó a sonar la música, se abrió la puerta y los dos se encaminaron hacia la nave del templo. Al llegar al principio del pasillo vio a Anthony al fondo, que la esperaba ante el altar. Así era como debía ser, aquel era su destino, al igual que todo lo que había ocurrido hasta entonces: descubrir quién había sido su verdadera madre, ser devuelta al seno real de los Windsor, la familia legítima a la que pertenecía, conocer a Anthony, ganar todas aquellas carreras y ahora aquel momento mágico en el que nada más importaba. Había perdido al hombre al que amaba durante un año y lo había vuelto a encontrar, o él la había encontrado a ella. Y sabía que lo amaría eternamente, como se habían amado Victoria y Albert.

Avanzaron por el pasillo con paso lento y solemne, y al llegar al altar se detuvo junto a Anthony, que la miró con una expresión radiante, llena de amor. Habían pasado por tanto juntos, y se conocían tan bien... Sus miedos y sus anhelos, sus esperanzas para el futuro. Los sueños de ella ya se habían hecho realidad: ahora lo tenía a él, y esperaba tener pronto a sus hijos.

Jonathan tomó asiento en el banco de delante, junto a Penny y los mellizos. Al otro lado del pasillo, el príncipe consorte estaba sentado junto a la reina Alexandra, que tenía a Victoria cogida de la mano. Ambas miraban muy emocionadas a Annie, rememorando aquella época tan lejana en la que habían sido tres hermanas. La reina madre estaba sentada al lado de Victoria, con lágrimas en los ojos, recordando también a su hija Charlotte. A las tres seguía asombrándolas el extraordinario parecido que Annie guardaba con ella. Era la viva imagen de la madre a la que nunca había conocido.

Mientras la reina madre cogía a Victoria de la otra mano, esta le susurró a Alexandra:

—Es igualita a Charlotte, ¿verdad?

Y ahora allí estaban todos, con su legado monárquico y sus historias personales, con sus amores y sus pérdidas. El futuro rey George estaba sentado detrás de su madre, junto a sus hermanos. Al igual que todo aquel pasado que les precedía, ahora el futuro se extendía ante ellos en la persona de George y de los príncipes, y también de Annie, que lucía la tiara de su trastatarabuela la reina Victoria. Todo estaba entrelazado en una cadena infinita de historias de amor y de linajes reales y vidas sencillas.

Annie miró a los ojos al hombre al que amaba y con el que estaba a punto de casarse.

—Gracias —musitó, señalándose discretamente la tiara.

—Te quiero —susurró Anthony.

Jonathan contemplaba arrobado a la joven a la que tanto quería, a la que había enseñado a montar y a la que había ayudado a convertirse en princesa. Alexandra y Victoria no podían dejar de pensar en su hermana ausente, y al ver a su sobrina ante el altar casi sentían que Charlotte por fin había regresado a casa.

Y mientras Anthony y Annie intercambiaban sus votos, el pasado, el presente y el futuro se fundieron en un momento esplendoroso, único y memorable, que los uniría a todos para siempre.